KB0655525

N.
E.
W.

김사과 장편소설

N. E. W.

펴낸날 2018년 8월 8일

지은이 김사과
펴낸이 이광호
편   집 이민희 최지인 조은혜 박선우
펴낸곳 ㈜문학과지성사
등록번호 제1993-000098호
주소 04034 서울 마포구 잔다리로7길 18(서교동 377-20)
전화 02) 338-7224
팩스 02) 323-4180(편집) / 02) 338-7221(영업)
전자우편 moonji@moonji.com
홈페이지 www.moonji.com

ⓒ김사과, 2018. Printed in Seoul, Korea
ISBN 978-89-320-3454-6 03810

이 책의 판권은 지은이와 ㈜문학과지성사에 있습니다.
양측의 서면 동의 없는 무단 전재 및 복제를 금합니다.

이 도서의 국립중앙도서관 출판예정도서목록(CIP)은 서지정보유통지원시스템 홈페이지
(http://seoji.nl.go.kr)와 국가자료공동목록시스템(http://www.nl.go.kr/kolisnet)에서
이용하실 수 있습니다. (CIP제어번호: CIP2018023289)

김사과 장편소설

N.E.W.

뉴

문학과지성사

차례

이야기의 시작

사랑하는 사람의 보드라운 살갗을 만질 때 가장 기분이 좋다고 정지용은 주장했다. 그것은 사랑하는 사람의 몸을 찢어 놓는 데 아주 잠깐의 시간이면 충분하다는 느낌을 주기 때문이다. 아니 그는 주장하지 않았다. 심지어 생각조차 한 적이 없는데 왜냐하면 그것은 너무나도 당연한 사실이었고, 공기처럼 온 세계에 산재된 상식이어서 아무것도 주장할 것이, 생각할 것이 없었기 때문이다.

I부

1991년 크리스마스 이브, 소련 붕괴를 이틀 앞두고 정지용은 태어났다. 집안 분위기도 국제 정세 못지않게 어수선했다. 할머니는 그해 초 오랜 암 투병 끝에 세상을 떠났고, 이후 두문불출하던 할아버지마저 뇌졸중으로 쓰러져 식물인간 상태였다. 아버지 정대철은 열흘째 소식이 없었다. 어머니 은미라는 수소문 끝에 남편이 바람이 났는데 그 상대가 자신이 경영하는 오손그룹의 신입 남자 직원이라는 루머를 전해 듣고 충격을 받아 출산 예정일을 한 달 앞두고 산통을 시작했다. 회사 경영권을 둘러싼 가족 내분의 결과로서 정대철은 형제자매들과 아무런 교류가 없었다. 그리하여 정지용은 실성 직전의 은미라와 그녀의 여동생, 걱정에 잠긴 외할머니에 둘러싸여 세상으로 나왔다. 담당 의사 또한 여의사였고, 간호사들도 여성들이었으므로 그가 생애 최초로 접한 세상은 완벽하게 여성들의 것이었다고 할 수 있다. 바야흐로 포스트모던한 세계 속에 성공적으로 첫발을 디딘 것이다.

은미라는 병원에서 곧바로 친정집으로 향했다. 정대철은 고대하던 아들의 얼굴을 이듬해 봄 강남의 모 호텔에서 열린 백일잔치에서야 볼 수 있었다. 그는 아들을 품에 안고는 감격하여 눈물을 흘렸는데 그것을 멀찍이서 지켜보고 있던 그의 장인은 (그는 전날 밤에야 자신의 딸이 그토록 남편을 증오하게 된 이유를 알게 되었다) 사위가 충분히 들을 수 있을 정도의 큰 소리로 "호모 새끼 같다"고 중얼거렸고 그것을 들은 정대철은 눈물을 삼키며 서둘러 연회장을 떠났다.

그해 가을, 마침내 은미라는 아들과 함께 정대철의 집으로 돌아왔다. 그녀도 세속의 인간인 이상 승승장구하는 오손그룹의 기세에 마음이 흔들리지 않을 수 없었다는 것이 세간의 추측이었다. 집으로 돌아온 그녀는 아들 양육과 집의 리노베이션에 몰두했다. 도쿄 근교의 황족 별장에 영감을 받아 우아하게 단장된 응접실에서 열린 정지용의 두 살 생일잔치에서, 그녀는 사모님들의 세계로 화려하게 돌아왔다. 그사이 그녀는 놀랄 만큼 달라져 있었다. 과장하자면 예술학교 입학에 실패하고 좌절에 빠진 1908년의 히틀러와 베를린 올림픽에서 관중들의 열렬한 환영을 받는 1936년 히틀러의 차이와 비교할 만했다. 너무나도 달라진 그녀의 모습과 태도에 놀란 한 참석자는 정대철이 사고로 죽은 은미라를 대신하여 그녀의 사이보그를 만들어 가져다 놓은 것이 아니냐는 의견을 내놓기도 했다. 그 사이보그라는 단어의 사용은 너무나도 분명하게 정대철을 노린 것이기도 했기 때문에, 주위의 다른 참석자들은 긴장했으나 다행히 별일 없이 넘어갔다.

그 참석자의 말처럼 은미라의 놀라운 변화는 몇 년 전 정대철의 변화와 상당히 유사했다. 3년 전 결혼식을 올린 둘은 열네 살 차이로 은미라는 초혼, 정대철은 재혼이었다. 그는 1980년대 중반 이혼 무렵부터 뱀이 허물을 벗듯 인상적인 변화를 보여주기 시작했는데, 같은 시기 진행된 오손그룹의 경영권 투쟁에서 놀라운 전략과 행동력으로 네 명의 형제자매를 차례로 제압하고 순식간에 회사를 장악한 것이 하이라이트였다. 이혼과 가족 내 투쟁, 회사 경영권 장악이라는 세 가지 사건은 각각 한 사람의 인생을 바꾸어놓기에 충분할 정도로 큰일이었으므로 뭐가 먼저이고 뭐가 나중인지, 어떤 것이 어떤 것을 촉발했는지, 무엇이 결과이며 무엇이 의도인지 그 과정을 투명하게 이해하는 것은 불가능했다. 아내와의 위기가 그를 바꾸어놓았고 그 결과 탁월한 싸움꾼이 되었는가? 혹은 어떤 내적 변화가 이혼과 경영권 투쟁의 승리로 이어졌는가? 아니면 가족들과의 대립을 통해서 스스로를 자각하게 되었고 그 결과 아내와 헤어졌는가? 어쨌든 결과는 명확했다. 그는 사람들이 두려워하는 존재가 되어 있었다.

물리적으로도 그는 혼자가 되었다. 사람들은 그를 피했고, 그는 사람들에게 다가가지 않았다. 동시에 회사 경영에 놀라운 능력을 발휘하기 시작했다. 회사 장악, 인재 양성, 신산업

투자, 해외 시장 개척, 정부와의 친화, 다섯 가지를 동시에 성공적으로 이루어낸 그의 놀라운 활약은 너무나도 마법 같고 불가사의했으므로 그가 구소련의 무장 세력과 손을 잡았다거나, 사실은 일본 A급 전범의 사생아라거나, 심지어 프리메이슨의 멤버라는 식의 루머까지 생겨났다. 물론 그 루머들 가운데 어느 것도 사실로 증명되지 않았다. 하지만 거짓이라 판명된 것도 없었다. 정대철은 어떤 루머에도 반응하지 않았다. 그는 점점 더 모두가 두려워하는 존재가 되어갔으며 온갖 루머들이 난무하는 가운데 엉뚱하게도 재혼 발표를 했다.

사람들은 자연스럽게 그의 두번째 아내에 관심을 기울이기 시작했다. 그녀는 행운아인 걸까? 반대로 고전적인 희생양인 걸까? 자연스럽게 그의 전처에 대한 의문도 증폭되었다. 믿을 만한 소식통에 따르면 그녀는 호주로 이민을 갔다고 한다. 또 다른 믿을 만한 소식통에 따르면 그녀는 모로코의 부자와 재혼을 했다. 또 다른 루머에 의하면 그녀는 이혼할 때 정대철에게서 10원 한 장 건지지 못했으며, 또 다른 루머에 따르면 이혼의 대가로 백억을 받았다. 그런데, 그래서, 그렇다면, 은미라는 도대체 누구인가?

그녀가 소박한 교육자 집안 출신이며 이십대 중반의 참한 처녀라는 소식에 사람들은 잔잔한 동정심에 빠져들었다. 도대체 왜 그런 참한 규수가 정대철과 결혼하는가? 그녀의 어머니가 야망으로 가득하다는 의견이 제기되었다. 사실은 그녀의 아버지가 정씨 가문과 오랜 인연이 있다는 소문도 있었다.

자욱한 소문들 속, 둘은 강북의 한 성당에서 조촐한 결혼식을 올렸다. 참석자들의 말에 따르면 은미라는 앳되며 고결해 보이는 미인으로 찰스 왕세자와 웨딩마치를 올리던 때의 다이애나 스펜서를 떠올리게 한다 했다. 앞날이 구만리 같은 처녀가 해괴한 불한당 놈에게 자신의 운명을 맡기다니 돈이 좋기는 좋은 것인가 보다고 호사가들은 말잔치를 벌였다. 하지만 냉정하게 생각했을 때 은미라가 그렇게까지 비상식적인 선택을 한 것은 아니었다. 정대철은 나이가 많기는 하지만 관리를 잘하여 또래보다 열 살은 젊게 보였다. 대머리도 아니었고, 그 나이대치고는 키도 크며 스타일도 좋았다. 학벌 또한 빠지지 않았고, 재혼이라고 하지만 딸린 자식도 없었다. 투병 중인 시어머니를 포함해 가족 내 교류가 끊긴 지 오래라 시집살이를 할 일도 없다. 게다가 한국에서 손에 꼽힐 만한 부자가 아닌가? 어찌 보면 은미라에게 복이 굴러 들어온 것이라 할 수 있었다. 그런데 저 둘은 어떻게, 누구에 의해서 맺어지게 된 것일까?

그에 대해서도 소문만 무성할 뿐 확인된 사실은 없었다. 은미라는 무성한 소문의 진원지, 안개 자욱한 루머의 핵심으로 홀로 걸어 들어갔다. 정대철이 사이보그 같은 웃음을 지으면서 그녀의 손가락에 커다란 다이아몬드 반지를 끼워주었을 때 그녀가 무슨 생각을 하고 있었을지 누구도 알 수 없었다. 그녀가 아들을 낳고 친정으로 피신해간 몇 달간 무슨 생각을 했을까? 그녀는 정말로 남편을 둘러싼 소문들을 믿었을까? 무엇이 진실인지 알게 되었을까? 그녀는 가득한 세간의 궁금 중 속에서, 다시 안개의 한복판으로 걸어 들어갔다. 안개가 걷히고 호기심에 가득 찬 사람들의 눈에 들어온 것은 기이하도록 완벽한 사모님의 모습이었다. 그녀는 남편처럼 사람들이 두려워하는 존재가 되어 있었다.

개연성 없는 죽음

정대철과 은미라를 향한 사람들의 두려움과 궁금증은 매달 첫째 주 금요일 저녁, 그들의 집 안뜰에서 열리는 자선파티를 엄청난 성공으로 이끌었다. 은미라에 의해 사려 깊게 선택된 소수의 사람들이 그녀를 보기 위해, 은미라의 놀라운 응접실을 둘러보기 위해, 정씨 집안의 진짜 비밀을 발견하기 위해, 그들을 둘러싼 온갖 소문의 진원을 맨눈으로 확인하기 위해 그녀가 여는 기이한 파티에 참석했다. 파티가 인기 영화를 테마로 매달 바뀌는 것도 화젯거리였다. 어떤 달은 「타이타닉」이었고, 어떤 달은 「위대한 개츠비」였다. 「죠스」가 테마였던 달에는 미니어처 상어가 든 어항을 잔뜩 설치하고, 해양 전문가를 불러 상어의 생태에 관한 짧은 강연회를 열기도 했다. 루이스 부뉴엘의 「부르주아의 은밀한 매력」이 주제였던 달에 동원되었던 군인들은 진짜 군인들로 그들이 가져온 권총과 기관총은 5·18 때 시민들을 학살하는 데 동원되었던 바로 그 장비들이라는 소문이 돌았다.

물론 진정한 화젯거리는 정 회장과 은 여사 그리고 그들의 하나뿐인 아들 정지용이었다. 그들과 실제로 만난 사람들은 그들이 너무나도 멀쩡해 보여서 놀랐다. 그들은 멀쩡하게 생겼고, 멀쩡하게 옷을 입었고, 멀쩡하게 말하고 행동했다. 하지만 시간이 지날수록 그 지나친 '멀쩡함'에 의심이 가기 시작했다. 뭐랄까, 그들은 영화나 소설에서나 접할 수 있는 상상 속의 '부르주아'처럼 행동했다. 고도로 계산된 듯한 그들의 인공적인 태도를 접한 몇몇 명석한 사람들은 '부르주아'라는 개념이 환상에 불과하다는 것을 깨닫기도 했다. 물론 그 깨달음은 정씨 가족을 이해하는 데 도움이 되지는 않았다. 완벽하게 상상이며, 가짜이고, 인위적인 존재들이 버젓이 살아서 이리저리 움직이는 광경은 사람들의 정상적인 사고력을 천천히 무장해제시켰다. 가장 무서운 점은 초대된 사람들 또한 그 가짜 유령들의 일부라는 것이었다. 유령이 벌인 잔치에 초대된 사람들이 유령이 아닐 수 있는가? 밤이 깊어갈수록, 지나치게 자연스러운 동시에 기이한 꿈 같은 시간이 흘러가는 동안, 사람들은 천천히 패닉에 빠져들었다. 이것이 대체 무엇인가? 내가 와 있는 이 장소는 과연 실재하는 곳인가? 꿈을 꾸고 있는 것이 아닐까? 하지만 그 꿈은 지나치게 현실적이었다. 바람에 흔들리는 나뭇잎 소리, 사람들의 텅 빈 목소리, 자연스러움을 가장하고 있지만 히스테리로 가득한 대화, 아이들의 천진한 발걸음, 탐스럽게 흔들리는 커다란 흰 개들의 꼬리, 목을 타고 넘어가는 와인의 호사스러운 질감, 끊임없이 움직이며 모든 것을 쾌적하게 만드는 도우미들, 구석에서 바이올린을 켜는 여자의 표정, 그 모든 것이 꿈이라고 하기에도 아니라도 하기에도 지나치게 그럴듯했다.

밤이 더욱 깊어지고, 분명하게 가리킬 수는 없지만 사람들의 목을 조르는 기이한 위협감에서 제외된 것은 어린아이들과 두 마리의 개뿐이었다. 조숙한 소녀들은 그림 같은 미소를 만면에 올린 채 심해의 상어처럼 우아하게 움직이는 은 여사를 보며, 모두가 바라보기만 하고 절대 다가가지 않는 그녀를 보며, 모두가 예, 물론이죠, 하고 답하게 만드는 그 놀라운 여자를 바라보며 나도 커서 꼭 저런 사람이 되겠다고 결심했다. 그러면 다음 순간 그 소녀들은 바로 그런 존재가 되어 있었다. 그녀들은 공허하고 차가운 눈빛으로 기이한 파티가 펼쳐지고 있는 꿈의 정원을 바라보았다. 정원을 채운 사람들, 시시한 그들, 절망적인 심정을 형식적인 미소 속에 감추고 있는 한심한 어른들을 경멸의 눈으로 바라보았다. 그 너머에는 모든 것에 무심한 듯 혹은 모든 것을 꿰뚫고 있는 듯 평온한 표정의 정지용이 있었다. 순간, 목표를 발견한 소녀들의 눈빛이 생기를 띠었다. 저것을 갖겠다. 그녀들은 결심했다. 저 희귀품을 갖고 말겠다. 이 그림 같은 정원과, 유령 파티와, 조아릴 줄밖에 모르는 저 한심한 노예들까지 전부! 전부 나!

매달 벌어지는 성공적인 파티처럼 정씨 일가의 남은 1990년대 또한 순조롭게 흘러갔다. 심지어 IMF 위기조차 어렵지 않게 헤쳐나갔지만 새로운 세기는 가혹했다. 2002년 한일월드컵을 몇 달 앞두고 오손그룹이 부도 위기에 처했다는 소문이 퍼져나갔다. 그 소문은 얼마 뒤 한 일간지를 통해 공식화되었고, 주식이 곤두박질쳤다. 월드컵의 흥분이 대통령 선거로 전이되고 노무현이 기적적으로 당선되던 시기 정대철의 회사는 사람들의 시선 밖에서 아무 기적 없이 무너져 내리기 시작했다. 온갖 소문조차 잊혀갈 무렵인 2005년, 은미라가 자택에서 시체로 발견되었다. 사인은 심장마비였는데, 발견자는 엉뚱하게도 최근 5년간 아무 교류도 없었던 여동생이었다.

정지용이 어머니의 죽음을 전해 들은 것은 스위스의 로잔에 있는 국제 학교의 기숙사에서였다. 소식을 전해 들은 그는 기숙사를 탈출했고, 다음 날 기숙사에서 7킬로미터 떨어진 곳에 있던 독일인 사업가의 별장 부엌에 웅크린 채 잠들어 있는 것을 별장관리인의 아내가 발견했다. 그는 곧바로 한국으로 보내졌다. 그리고 강남의 한 공립 중학교를 1년 반가량 다니다가 자퇴하고 고입 검정고시를 치른 뒤 LA에 있는 사립 고등학교에 진학했다. 이후 뉴욕 대학교에 진학하여 10년가량을 뉴욕에서 지냈다. 그는 공부에 열정이 없었다. 대부분의 과제를 현지 유학생에게 돈을 주어 해결했으며, 시험을 거르기 일쑤였고 당연히 학점은 바닥이었다. 거의 홀로 지냈으며 이따금 수상한 분위기의 중국인들 사이에서 발견되기도 했다. 비슷한 시기 같은 학교의 로스쿨을 다니던 유학생은 이따금 마주치는 정지용이 매사에 믿을 수 없이 무기력해 보였다고 기억했다.

흥미로운 것은 그가 이렇게 미국에서 허송세월을 보내는 사이, 거의 망한 듯 보였던 오손그룹이 의문의 회복세를 보이기 시작했다는 것이다. 일각에는 정대철이 절치부심하며 금융 공부에 몰두했고 그 결과 2008년의 글로벌 금융 위기를 예측하여 엄청난 돈을 벌었다는 소문이 돌았다. 혹은 회사를 일부러 망하게 만들어 평상시 불가능한 강도의 구조 조정을 벌였고, 결과적으로 오손그룹을 완전히 변화시켰다는 설도 있었다. 그것은 설득력이 있는 이야기였는데, 수출 중심의 제조업 회사였던 오손은 어느새 교육/부동산/투자 중심의 서비스업 회사로 탈바꿈하여 있었던 것이다. 2015년 공개 신년사에서 정 회장은 소위 '제대로론'을 주장했다. "21세기 신기업은 완전히 달라야 합니다. 21세기 신기업의 의무는 사람들을 제대로 교육하고, 제대로 된 곳에 살게 하며, 제대로 된 곳에 투자를 하는 것입니다." 그것은 그럴듯하게 들렸지만 그래서 그의 회사가 정확히 무슨 일을 하는 곳인지에 대한 답은 갈수록 모호해져갔다. 오손그룹을 1년가량 탐구한 한 경제잡지 기자의 기사에 따르면 정 회장은 다년간 미국의 사설 감옥과 유럽의 축구 리그, 그리고 아이비리그 교육 산업을 연구하였고, 그 셋을 접목하여 공격적인 인적 투자를 기반으로 한 지역 활성화를 통해 부를 창출하는 청사진을 가지고 있다고 했다. 쉽게 말해 사람들을 특정 지역으로 몰리게 한 다음 땅값을 폭등시키겠다는 것이다. 요즘 돈 많은 사람들은 어디로 향하는가? 학교로 간다. 그렇다면 돈 없는 사람들은 또 어디로 가는가? 감옥으로 간다. 재능 있는 젊은이들은? 그들은 죄다 스포츠 산업으로 향한다. 학교, 감옥 그리고 스포츠 산업, 이 셋이 사람들이 향하는 핵심 공간이다. 그곳에서 무슨 일이 벌어지고 있는지는 중요하지 않다. 중요한 것은 그 장소들이 돈이 된다는 사실이다. 아니, 오직 그 장소들만이 돈이 된다. 그렇다면 학교 혹은 감옥을 차리면 되나? 아니면 새 축구팀을 만들까? 그것은 너무 단순한 생각이다. 진정한 리더라면 한발 더 나아가야 한다. 21세기의 핵심 공간들은 재창조되어야 한다. 즉, 지금 존재하는 학교, 감옥, 스포츠 시스템을 전면적으로 해체하여 재조직해야 한다. 목표는 물론 경쟁력 있는 시민을 양성하는 것이다. 경쟁력 있는 시민이란 무엇인가? 그것은 월스트리트 직장인의 수학 실력과 죄수의 야만성, 그리고 축구 선수의 체력을 동시에 갖춘 인간을 뜻한다. 혹은 할리우드 배우의 매력과, 파리 패션모델의 자연스러움, NBA 선수의 에너지를 동시에 갖춘 인간이라든지. 그런 인간들을 생산해내야 한다. 최고의 인간 상품들을 끊임없이 생산해내어 세심하게 몸값을 매기고, 부풀리고, 다시 깎고, 한편으로 부풀리고 한편으로 후려치며 끊임없이 사고파는 그런 무한 경쟁의 인간 시장……그렇다. 21세기는 진정한 인재 싸움의 장이 될 것이다.

정 회장의 신년사 직후, 오손그룹은 파산 직전의 L시와 손잡고 아시아신청년인재양성 사업을 시작한다고 밝혔다. 원래 IT산업 공단이 들어서기로 했던 L시 외곽에 아시아신청년인 재양성 센터를 짓고, 그 주위로 뉴타운을 개발하겠다는 것이 정대철의 구상이었다. 2018년 완공 예정인 아시아신청년인 재양성 센터는 아시아 각국의 인재들을 받아들여 21세기형 엘리트로 키울 것이다. 그 계획에는 탈북자와 중동 난민들의 적응 교육이 포함되어 있으며, 캘리포니아에 본사를 둔 한국 계 뉴에이지 종교 단체가 18.2퍼센트의 지분을 투자했다는 사실은 사안의 민감성을 염려하여 공개되지 않았다.

최영주

최영주의 아버지는 Y대학병원의 의사, 어머니는 같은 대학의 인문학부 교수였다. 역시 Y대 총장직을 지낸 그녀의 외할아버지는 교육부 장관 후보로 추천된 적이 있는데 청문회에서 부동산 투기, 논문 대필, 부정 청탁, 뇌물 수수 등의 혐의가 밝혀져 큰 망신을 당하고 낙마했다. 어린 최영주는 인터넷 뉴스를 통해서 그 소식을 접한 뒤, 처음으로 외할아버지에게 호기심을 느꼈다. 평소 에너지 넘치는 외할머니에 치여 주눅 든 듯 보였던, 항상 서재에 처박혀 독서에 전념하는 무기력한 선비양반처럼 보였던 외할아버지의 어디에 저런 범죄자의 면모가 숨어 있었단 말인가.

최영주는 초등학교 5학년 때 로체스터로 교환교수를 떠난 어머니를 따라 잠시 영국에서 지냈다. 중고등학교는 한국에서 나왔으며 Y대학교에 진학했다. 대학 시절 뉴욕 콜롬비아 대학교에 1년간 교환학생으로 지냈으며, 대학을 졸업하자마자 모 대기업에 취직하였으나 1년 차에 정지용과 맞선을 본 뒤 결혼, 곧바로 회사를 그만두게 된다.

학벌과 미모, 집안의 삼박자를 고루 갖춘 그녀는 어디에 가져다 놓아도 눈에 뜨일 만한 소위 인재였다. 그 뒤에는 어머니 홍 교수의 엄청난 노력이 숨어 있었다. 최영주는 아주 어렸을 때부터 어머니 홍 교수를 하늘처럼 따랐고, 단짝 친구처럼 친밀하게 지냈다. 그에 보답하듯 홍 교수는 대학에서 인재를 양성하거나 자신의 전문 분야를 연구할 노력을 죄다 딸에게 쏟아부었다. 딸의 대학 진학, 취업까지 완벽하게 성공시킨 그녀에게는 마지막 대망의 관문, 결혼이 남아 있었다. 그녀는 고등학교 동창 모임에서 오손그룹 정 회장의 하나뿐인 아들이 마침내 한국으로 돌아왔다는 정보를 입수했다. 물론 그에 대한 세간의 평은 가혹했다. 매사에 무기력하고 흐리멍텅해 보이는 것이 정씨 집안과 오손그룹을 말아먹으라고 지옥에서 보낸 사신처럼 보인다는 것이다. 게다가 집안 자체도 문제가 많아 보였다. 하지만 그렇게 가혹한 평을 내리는 사람들도 속으로는 '하지만 내 딸과 결혼한다면 혹시?' '살아보면 그렇게 나쁘지 않을 수도?' '좌우지간 만의 하나라도?' '그렇게나 돈이 많다 보면 하나쯤은?' 등등 치열한 계산에 몰두하여 있었다. 물론 홍 교수는 그런 식의 위선적인 계산에 허송세월하기보다는 정지용과의 맞선 성사를 향해 수단 방법을 가리지 않고 달려나갔고 결과는 예상대로 성공적이었다. 맞선 전날 밤에야 최영주는 인터넷에서 맞선 상대의 아버지와 그의 회사에 대해 찾아보았다. 그녀는 흥미로운 정보를 발견했다. 그것은 "2011년 여의도 엑스파일"이라는 제목의 텍스트 파일로서 정지용의 아버지 정대철이 동성애자이며 유명 남성 아이돌 그룹 멤버 T의 스폰서라는 내용이었다. 그녀는 거실에서 영국판 『이코노미스트』지를 뒤적거리고 있는 어머니를 향해 물었다.

"그 사람 아버지가 게이예요?"

"그 사람이 누구니."

"정지용 말이에요."

"상세하게 설명을 해보렴."

"에이, 알고 계셨구나?"

"영주야, 엄마랑 스무고개하는 거니?"

"죄송해요……"

홍 교수는 그제야 잡지에서 눈을 뗐다. 한 달 전 맞은 보톡스가 그녀의 우윳빛 턱선을 탄력 있게 지지해주고 있었다.

"엄마는 내 시아버지가 이상한 사람이어도 상관없어요?"

"어머, 우리 영주. 우리 영주가 이제 보니 완전히 촌스럽네? 배운 사람이 왜 그래? 성 정체성으로 사람을 차별하는 것은 옳지 못하다는 거, 이제 유치원생들 상식 아니니? 너희 학교에서도 1학년 교양 과정에서 필수로 가르치고 있단다. 게다가," 어느새 다가온 홍 교수가 최영주의 어깨에 손을 올려놓으며 말을 이었다. "시아버지가 호모섹슈얼이면 며느리한테 집적거릴 일도 없을 거 아니니?"

"어머, 그럼 그게 사실이에요? 신기하다⋯⋯"

*

다음 날 정오, 최영주는 맞선 장소인 H호텔 라운지 카페로 들어서고 있었다. 어머니의 조언대로 루이비통의 옅은 갈색 실크 원피스에 에르메스의 라임그린색 스카프와 샤넬의 투톤 슬링백을 매치한 그녀는 미니멀한 디자인의 셀린느 가죽 토트백을 한 팔에 걸친 채 아쿠아 디 파르마의 싱그러운 오렌지 향을 풍기고 있었다.

그녀에 대한 정지용의 첫인상은 잘나가는 회장님의 예쁜 비서 같다는 것이었다. 한편 그녀가 목에 두른 스카프의 질감과 착용 방식은 K항공사의 스튜어디스들을 떠오르게 했다. 나쁘지 않은 느낌이었다. 비서와 스튜어디스 들은 그에게 익숙한 종류의 여자들이었기 때문이다. 언제나 환한 미소를 짓고 그에게 잘해주는, 좋은 냄새가 나며 자세가 똑바른 여자들. 어딘가 약간 로봇 같기는 하지만, 그것은 또 그것대로 어머니 은 여사에 대한 희미한 기억을 자극하여 푸근한 느낌이었다. 미소를 지으며 가볍게 인사하는 최영주의 몸에서 발산되는 은은한 과일 향은 공항 면세점과 백화점 VIP 라운지를 떠오르게 했다. 그것 또한 전혀 낯설지가 않았다.

정지용은 최영주를 향해 환하게 미소 지으며 인사했다. "앉으세요."

홍 교수가 정지용의 이런 반응을 예상하고 최영주를 최고급 비서처럼 꾸몄는지는 알 수 없지만 결과적으로 그녀의 전략은 성공했다. 이후 최영주와 정지용은 6개월에 걸쳐 호텔에서 백화점으로, 백화점에서 다시 백화점으로, 한남동에서 압구정에서 청담동으로, 장충동에서 시작하여 남산을 찍고 다시 강남으로 향하는, 소위 데이트라 불리는 일련의 소비 행각을 벌였고 그러는 사이 최영주는 회사를 그만두었다. 그녀의 최대 고민은 결혼식장 신부 입장길에 놓일 꽃으로 붉은 장미가 좋은가 연보랏빛 수국이 좋은가 하는 것이었다. 홍 교수가 엉뚱하게 라일락을 주장했을 때 잠시 모녀 사이에 긴장감이 흘렀지만 결국 수국으로 합의를 보았다.

꽃샘추위가 기승을 부리던 4월의 첫 주말에 열린 최영주와 정지용의 결혼식은 대성공이었다. 최영주의 우월한 미모와 완벽한 웨딩드레스는 사모님들을 수군거리게 만들었고, 결혼 적령기의 여성들을 경쟁심에 들끓게 했다. 내내 살짝 자신이 없어 보이던 정지용에 대해서도 나쁘지 않은 평이 오갔다. 뉴욕에서 폐인이 되었다, 모터사이클 사고가 나서 다리 한쪽이

의족이다, 대머리다 등의 소문이 전부 거짓으로 판별되었기 때문이다. 그는 지나치게 멀쩡해 보였다. 조금 유약해 보이는 게 흠이지만. 예쁘고 똑부러진 신부가 알아서 하겠지…… 뭐 안 되면 이혼하면 되지! 그래, 요즘 세상에 이혼은 큰일도 아니지! 그래, 이혼해라! 당장! 이혼해버려!

한편, 은미라와 정대철의 결혼식에도 참석했던 몇몇은 미묘한 회한에 잠기기도 했다. 아이고 저 불쌍한 것이 오늘 지옥의 아가리로 기어들어가는구나……

결과적으로 최영주는 오늘의 주인공 역할을 훌륭하게 해내었다. '자, 됐어, 해냈어요, 엄마. 이제 남은 건 뭐예요?' 최영주는 자신의 손을 꼭 잡은, 기이하게도 평온해 보이는 어머니를 향해 마음속으로 물었다. 딸의 시선을 눈치챈 홍 교수가 담담한 목소리로 말했다. "신혼여행 잘 다녀와."

Don't ask

최영주와 정지용이 열흘간의 신혼여행을 마치고 돌아왔을 때 그들이 도착한 곳은 근사하게 꾸며진 신혼집이 아니라 삼성역 부근 한 호텔의 그랜드 스위트룸이었다. 트렁크에서 꺼낸 옷을 옷걸이에 하나씩 걸며 최영주는 생각했다. "왜 신혼집 생각을 안 했지? 엄마는 알고 있었을까?" 곧 전화벨이 울렸고, 예상대로 홍 교수였다.

"엄마……"

"그래, 호텔은 어때?"

"알고 계셨어요?"

"아직 신혼집 공사가 안 끝났다고 하시더구나. 열흘 정도만 지내면 된다고 하셔."

전화를 끊고 최영주는 정지용을 찾아 거실로 나왔다. 정지용은 소파에 누워 휴대전화를 보고 있었다.

"지용 씨는 알고 있었어요?"

그는 고개를 저었다. "아니요." 그리고 자리에서 일어나 휴대전화를 주머니에 넣은 뒤 최영주를 보며 말했다. "걱정하지 말아요, 영주 씨. 아버지가 알아서 하시겠죠."

그의 표정은 온화했고 목소리는 부드러웠다.

최영주가 잠깐 생각한 뒤 물었다. "아버지랑 친해요?"

정지용이 고개를 흔들었다. "아니요." 그리고 살짝 머쓱한 웃음을 지어 보였는데 그것은 꾸며낸 듯 영 어색했다. 최영주의 표정이 조금 어두워졌다.

정지용은 다시 주머니에서 휴대전화를 꺼내 들고 소파에 누웠다.

그날 저녁 둘은 호텔에 있는 일식집에서 저녁을 먹었다. 다음 날 정지용은 일이 있다며 일찍 나갔고, 최영주는 호텔 방으로 마사지사를 불러 전신마사지를 받은 뒤 근처 백화점으로 쇼핑을 하러 갔다. 저녁은 호텔에 있는 중식당에서 먹었다. 다음 날 또 일이 있다며 일찍 집을 나서려 하는 정지용을 최영주가 불러 세웠다.

"지용 씨 회사에서 일 시작한 거예요?"

"아니, 운동하러 가는데 왜요?" 정지용이 의아한 얼굴로 되물었다.

"운동하러 가는데 옷을 그렇게 차려입고 가요?"

"저는 항상 이렇게 입고 다녀요." 정지용이 말하며 손에 들린 열쇠를 만지작거렸다.

최영주가 대답이 없자 정지용은 조용히 호텔 방을 나섰다.

문이 닫힌 뒤, 홀로 남은 최영주는 생각에 잠겼다. '엄마한테 전화할까?' 그 물음은 곧 대단히 치열한 고민으로 발전했다. 어머니의 뜻에 따라 한 결혼이긴 하지만 최영주도 결혼에 대한 자신만의 비전이 있었다. 그것은 결혼이 가족으로부터의 진정한 홀로서기이며 따라서 모든 문제는 이제 스스로 (남편과 함께) 풀어나가야 한다는 것이다. 그렇다, 이제부터는 모든 것이 새롭게, 진정 새롭게 시작되어야 한다. 이것은 나 최영주가 완전히 다시 태어나는 것이나 마찬가지다,라고 그녀는 며칠 전 하와이에서 노을이 내려앉은 잔잔한 바다를 바라보며 샴페인에 취해 생각했던 것이다……

최영주는 주위를 둘러보았다. 휑하니 넓은 호텔 방, 창밖으로 보이는 미세먼지 가득한 하늘, 손에 들린 휴대전화의 화면은 어둠처럼 깜깜했다. 갑자기 모든 것이 막막하고 두려워진 최영주는 기분 전환을 위해 일단 나가서 쇼핑을 좀 하기로 했다.

*

정확히 9일 후 정 회장의 기사가 모는 승용차에 홀로 실린 최영주는 생애 최고의 충격에 빠져 있었다. 마침내 향하게 된 신혼집은 엉뚱하게도 서울에서 차로 30분 거리인 L시에 있다고 했다. 아니 왜? 왜 결혼하자마자 이상한 데 처박혀야 하는 거지? 어떻게 나에게 아무런 상의도 없이 이런 결정이 내려질 수 있는 거지? 결혼이란 게 원래 이런 것인가? 도대체 정지용은 어디에 있는 거지? 그녀는 깜깜한 화면의 휴대전화를 꼭 잡은 채로 창밖, 속절없이 멀어지는 서울을 바라보았다.

그녀는 어머니에게 연락하지 않을 것이다.

그렇다면 어떻게 해야 하나? 이렇게 큰 두려움이 마음을 사로잡을 때는? 그녀는 평소 존경하던 페이스북 COO 셰릴 샌드버그의 명언을 떠올렸다. 누가 우주선에 태워준다고 하면 군말 없이 타야 한다. 자리가 어디인지 묻지 말고, 일단 타라!

'그래서 타긴 탔는데요, 근데 나는 승객이 아니고 혹시 연료였던 게 아닐까요, 엄마……?'

그녀는 꼭 쥔 휴대전화를 바라보았다.

그녀는 절대 어머니에게 연락하지 않을 것이다. 그런데 혹시……

'연락하지 않는 것은 내가 아니라 엄마가 아닐까?'

그녀는 마침내 깨달았다. 홍 교수가 모든 걸 알고 있다는 것을 말이다. 그런데도, 아니 그렇기 때문에 그녀에게 연락하지 않는다는 것을 말이다.

최영주는 맞선 전날 역시 인터넷에서 발견했으나 홍 교수에게 말하지 않았던 정대철에 대한 상스러운 루머를 떠올렸다. 정대철이 자신의 집 지하에서 젊은 남자들과 사디스틱한 섹스 파티를 벌이는 것을 목격한 은미라가 충격받아 심장마비를 일으켜 죽음에 이르렀다는 것이다.

'도대체 나는 어떤 로켓에 올라타버린 걸까?'

어느새 최영주가 탄 차는 L시 외곽에 들어서 있었다. 먼지로 뿌연 신식 거리에는 최영주가 탄 차뿐이었다. 먼지에 뒤덮인 최신식 황무지…… 멀리 지어지고 있는 거대한 초고층 복합 빌딩들, 나란히 늘어선 투명한 반찬통 같은 아파트들, 그리고 그 한가운데에 멕시코의 엘 카스티요El Castillo 피라미드를 닮은 독특한 건물이 눈에 들어왔다. 최영주가 탄 차는 그 건물을 향해 똑바로 달려나갔다. 그녀는 알 수 없는 공포에 사로잡혔다. 당장 여기에서 빠져나가야 된다는, 무조건 탈출해야 한다는 신호가 그녀의 뇌를 가득 채웠으나 그녀는 이미 공포로 온몸이 굳은 채였다.

Don't ask what seat, just get on, JUST GET ON THE FUCKING SEAT……

건물의 꼭대기에 걸린 플래카드에는 아래와 같이 씌어져 있었다.

WELCOME TO YOUR DREAM HOUSE

MAISON DE REVE

최영주가 탄 차가 기이한 신전의 지하 주차장으로 빨려들 듯 사라졌다.

"자, 여러분이 우주선에 자리를 하나 제안받았어요. 어떻게 할 거예요?" 베이지색 마이크로폰을 왼쪽 뺨에 장착한 최영주가 강당을 꽉 채운 학생들을 향해 물었다. 최영주가 선 무대 뒤에는 "오손그룹과 Y대학교가 함께하는 꿈꾸는 신입생을 위한 드림 스토리 콘서트"라고 씌어진 플래카드가 걸려 있었다.

"어디로 가는 우주선인데요?" 한 여학생이 손을 들고 물었다.

"어디로 가면 좋겠어요?" 최영주가 그 여학생에게 물었다.

여학생이 머쓱한지 말없이 웃기만 했다.

"왜 대답을 못 해요? 가고 싶은 데가 없어요? 목성이요! 이렇게 힘차게 대답해야지!" 최영주가 외쳤다. "달이요! 명왕성이요! 이렇게 힘차게 외쳐야지요."

"여러분," 최영주가 노래를 부르듯이 양손을 마주 잡고 관객석을 좌에서 우로 천천히 훑었다. "우주선에 자리를 제안받은 거라고요. 인류 대표로 선택받은 거예요. 얼마나 영광이에요. 타야지요. 가야지요. 무슨 생각이 그렇게 많아요?"

"그러다가 잘못되면요?" 또 다른 남학생이 물었다. 살짝 짜증이 섞인 목소리였다.

"뭐가요? 뭐가 잘못돼요?"

"그냥…… 사고가 난다거나…… 죽는다거나…… 몬스터 같은 걸 마주칠 수도 있지 않나요? 영화에서처럼?"

최영주는 한동안 그 학생을 물끄러미 바라보다가 입을 열었다.

"죽기 싫어요?" 최영주가 물었다.

"예?"

"죽기 싫냐구요? 왜? 괴물이 무서워요? 왜? 아, 괴물한테 잡아먹힐까 봐? 그런데 왜 괴물이 너를 잡아먹을까요? 맛있어 보여서? 에이, 내가 보기엔 안 그런데? 그렇게 빼짝 말라가지고. 꿈도 야무지네."

최영주가 기가 차다는 듯이 웃었는데 그것은 연기처럼 어색했다. 강당이 순식간에 고요해졌다.

"아…… 알겠다. 너는 지금 천년만년 살고 싶은 거야. 바로 지금의 상태로, 맞지? 우주선도 안 타고, 괴물도 안 만나고. 인류에 아무런 보탬도 없이 그냥 너의 이기적인 생존 본능을 지키면서. 꾸역꾸역 살아남고 싶은 것이야. 맞지? 두부랑 생선만 먹고 120살까지, 그런 거 맞지? 굉장하네. 굉장한 꿈이네." 최영주가 과장되게 고개를 저었다. "하긴, 나도 너 나이 땐 그랬어. 꿈이 대단했지."

"그래서 이제는 안 대단하세요, 꿈이?"

최영주가 남학생을 노려보았다. 그러나 남학생은 전혀 주눅 들지 않고 오히려 실실 웃으며 말을 이었다. "아니…… 이제는 꿈 없이 소박하게 사시나 해서……"

최영주는 잠시 생각했다. 그리고 남학생을 향해 검지를 뻗은 다음 말했다. "야, 너 나가."

"네? 저요?"

"네, 맞아요, 님이요. 나가주실래요? 너는 여기 있을 자격이 없어요. 너 같은…… Ha! Such an outrageous personality! Simply amazing! 너 같은 돌대가리가 이 학교에는 어떻게 입학했나요? 됐어, 말을 말아야지. 이보세요, 여기요, 보안요원 없어요? 저 학생 좀 데리고 나가주세요. 여기 저를 도와주실 분이 없으세요? 인간이, 어떻게, 저렇게, 저런…… 저……"

그렇게 해서 최영주는 남학생보다 먼저 강연장에서 끌려 나가게 되었다.

행패를 부리는 최영주의 Y대 강연 동영상은 사건이 일어난 지 채 한 시간도 되지 않아 유튜브와 각종 SNS를 통해서 퍼져나갔고, 세 시간 뒤에는 기자들이 달려들었다. 그로부터 다시 한 시간 뒤 오손그룹은 홈페이지, 페이스북, 트위터, 인스타그램을 통해 사과문을 발표했고, 하지만 네티즌들은 사과문에서 아무런 진정성을 발견할 수 없다며 격렬히 항의했다.

결국 오손그룹은 그날 밤 늦게 새로 작성된 그룹 차원의 사과 문과 최영주 본인의 이름으로 된 장문의 친필 사과문을 발표해야 했다.

최영주는 홍보부 팀장으로 발령난 지 한 달도 되지 않아 무기한 정직 처분을 받게 되었다. 금수저 며느리의 추태 이야기는 인터넷을 화끈하게 달궜다. 흥분하여 최영주를 욕하는 사람들은 그러나 한편으로는 그녀의 세련된 옷차림과 완벽한 헤어스타일, 무용수처럼 곧은 자세, 아나운서를 연상케 하는 정확한 발성법에서 비롯된 우렁찬 목소리(심지어 핏대를 세워 소리를 지르는데도), 흠 없는 영어 발음 따위에 깊은 인상을 받았고 그녀가 착용한 것으로 추정되는 반클리프 아펠의 알함 브라 자개 목걸이가 전국의 백화점에서 품절되었다.

정대철 회장은 사건이 발생하고 30분 만에 비서를 통해 문제의 동영상을 확인했다. 그는 그녀의 깡패 같은 모습이 은근히 마음에 들었다. 문득 최영주의 어머니 홍 교수를 처음 만났을 때의 인상이 떠올랐다. 그녀에게는 뭐랄까, 시칠리아의 마피아 여두목을 떠올리게 하는 그런 박력과 살벌함이 있었다. 나쁘지 않은 느낌이었다. 그는 더욱더 시간을 거슬러 올라가 텔레비전을 통해서 목격했던, 최영주의 외할아버지가 청문회에서 개망신을 당하던 장면을 되새겨보았다. 과연, 흥미로운 가족이었다.

정지용도 곧 그 동영상을 접했다. 그는 그 자리에서 스무 번 정도 그 동영상을 돌려보았고, 아내 최영주에게 새로운 호기심을 갖게 되었다. 그녀가 자숙의 의미로 지리산에 있는 절에서 2주간의 템플스테이를 마치고 돌아왔을 때 그들은 처음으로 로맨틱한 허니문 시간을 가졌다. 정지용은 욕조에 직접 생장미 꽃잎을 채워 넣다가 가시에 너무 많이 찔려서 손이 퉁퉁 붓기도 했고, 뜬금없이 케이크에다가 커다란 진주 반지를 넣어서, 그것을 삼킨 최영주가 응급실에 실려 가기도 했다.

  최영주는 달라진 정지용의 태도가 나쁘지 않았지만 그렇다고 새삼스럽게 존재하지도 않던 사랑이 불타오르는 것은 아니었다. 오히려 그녀의 마음 깊숙이 원망이 천천히 쌓이고 있었는데 그것은 남편이 아니라 어머니 홍 교수를 향한 것이었다. 홍 교수는 결혼 후 세 달이 지났는데도 아무 소식이 없었다. 무슨 일이 생긴 것은 아닐까 걱정이 된 그녀는 어머니의 페이스북 페이지에 들어가보기도 했다. 자주는 아니지만 이따금 그녀의 어머니는 페이스북을 업데이트하고 짧은 글을 올렸다. 동료 교수들의 페이지에 들어가 '좋아요'를 누르고, 코멘트를 남기기도 했다. 최영주는 믿을 수가 없었다. 마치 가장 친했던 친구에게 알 수 없는 이유로 절교당한 것만 같았다. 이유가 무엇일까? 내가 결혼을 해서? 하지만 그것은 어머니의 결정이 아니었던가? 아무튼 최영주는 묻지 않았다. 그저 묵묵히 기다렸다. 이따금 땅이 꺼져라 한숨을 쉬며, 어머니의 새 사진과 글에 '좋아요'를 누르며 말이다. 기다리고, 또 기다렸다. 하지만 응답은 없었다.

도대체 나는 지금 뭘 하고 있는 걸까? 내 인생은 어디로 흘러가고 있는 것일까? 지금 나의 객관적인 상태는 과연 무엇일까? 순전히 스스로에 대한 호기심 때문에 그녀는 그동안 방치해두었던 인스타그램에 활발하게 사진을 올리기 시작했다. 무슨 사진을 올리든 사람들의 반응은 좋았다. 부럽다, 예쁘다, 좋아 보여 등…… 아하, 그것이 나의 객관적 상태인가? 내 삶은 예쁘고 좋아 보이는군. 그런데 자세히 보니 자신의 사진에 그런 코멘트를 다는 그녀의 친구들도 그녀와 비슷한 사진을 인스타그램에 올리고 또 비슷한 반응을 팔로워들에게서 받고 있었다. 그렇다면, 혹시, 그녀의 친구들도 그녀처럼 지금 뭐가 뭔지, 내 인생이 어디로 어떻게 흘러가는지 잘 모르겠다는 느낌인 것일까? 그들도 사실은 답답함과 허무함 속에서 속절없이 늙어가는 기분에 사로잡혀 있는 것일까? 그러나 어쨌든 예쁘고 좋아 보이는, 서로가 서로를 좋아하고 서로가 서로를 부러워하는 삶 속에 들어 있으니 괜찮은 걸까? 그러니까 이것으로 된 걸까?

아니, 그렇지가 않아. 뭔가 이상해. 엄마의 긴 침묵이 그 증거였다. 게다가 내가 고작 인스타그램 '좋아요'를 하루에 백

개, 2백 개씩 받으려고 이렇게 열심히 살아온 것이 아니지 않은가? 그렇다. 나에게는 꿈이 있었다. 그게 뭔지 잘 기억은 안 나지만. 그건 분명히 대단한 꿈이었는데, 왜냐하면…… 엄마가 항상 나에게 대단하다고 말씀하셨기 때문이다. "우리 영주 대단하네." "우리 영주 정말 멋지네." 엄마가 거짓말을 하셨을 리가…… 없다. 그래, 나는 멋지고 대단한 인간인걸. 하지만 그것은 결국 말들에 불과했던 걸까?

아니야, 아니야, 나는 정말로 대단해. 아니 어쩌면 처음으로 대단해졌다고 할 수도 있을 것 같아. 왜냐하면…… 그녀는 곰 곰이, 초콜릿무스 케이크를 삼키며 생각했다. 거참 달콤하네. 과연 놀랍도록 진하고 부드러운 케이크였다. 그녀는 고개를 들어 주위를 두리번거렸다. 이 레스토랑의 디저트 셰프는 누구일까? 최영주가 휴대전화를 꺼내 검색해보려는 찰나, 화장실에 갔던 정지용이 돌아왔다. 그녀가 기계적으로 정지용과 눈을 맞추고 살짝 미소 짓는 순간 멀리서 웨이트리스 둘이 이쪽을 바라보며 작게 속삭이는 것이 눈에 들어왔다. 순간 최영주는 작은 쾌감이 온몸을 훑고 지나가는 것을 느꼈다. 유치하다고 볼 수도 있지만 그 사소한 쾌감은 최영주의 일상을 유지하는 비밀스럽고 중요한 요소 가운데 하나였다. 그녀는 그것을 절대로 빼앗기지 않을 것이다. 그러기 위해서……

*

    그날 밤 최영주는 결단을 내렸다. 시아버지와 남편을 제치고 오손그룹을 자신의 손아귀에 넣겠다고. 그렇다. 우주선에 태워주겠다는 제안을 받으면 닥치고 타야 한다. 어디에 탔든 결국 조종석에 앉게 될 테니까. 누구든지 다 짓밟고 조종석을 차지하고 말 거니까.

The city is your father, your father is our city.

　최영주와 정지용의 신혼집이 있는 메종드레브Maison de Reve 빌딩은 L시 외곽에 들어선 뉴타운의 중심가에서 동남쪽으로 살짝 비껴간 곳, 대규모 아파트 단지 건설이 진행 중인 곳의 한가운데 들어서 있었다. 38층짜리 주거용 아파트 건물로서 오손그룹이 L시와 손잡고 벌이는 뉴타운 사업의 첫번째 결과물이었다. 메종드레브는 현재 전 세계 주거용 빌딩 가운데 가장 앞서나간 디지털 관리 시스템을 갖추고 있다고, 홈페이지에는 소개되어 있었다. 전체 299세대로서 5평짜리 원룸에서 백 평짜리 복층 아파트까지 다양하게 설계된 메종드레브의 가장 높은 층에는 2백 평짜리 펜트하우스가 있었다. 정지용과 최영주의 신혼집이 바로 그 곳이다.
　999대의 CCTV와 수천 개의 디지털 센서, 97.4퍼센트에 이르는 자동화 시스템을 통해 관리 인원을 최소한으로 줄인——건물 전체를 두 명이서 관리했다——메종드레브는 가스레인지의 작동이라든지 복도의 습도를 비롯해서 모든 창문의 개폐 여부까지 조절 가능한 강력한 중앙통제시스템을 갖춘 하나의 거대한 유기체로서 정대철의 개인적 욕망이 깊숙이 스며들어 있었다.

완벽하게 통제되는 주거 시설은 정 회장의 야망인 아시아 신청년인재양성 사업의 핵심이었다. 교육의 시작은 내가 사는 집, 내 방, 나아가 매일 아침 변기 위에서 시작되는 것이라고 그는 주장했다. 내가 사는 곳, 내가 먹는 것, 내가 입는 것, 내가 매일 보는 것, 내가 매일 마주치는 곳에서 교육은 시작되어 끝난다. 생활이 교육이고, 교육이 바로 생활이다. 그런 것들에 비하면 좋은 대학에 가는 것은 아무것도 아니다. 진정한 교육은 눈을 뜬 순간에서 눈을 감는 순간까지, 아니 잠을 자는 도중에도 끊임없이 이루어져야 한다. 그의 전지전능한 스마트 아파트는 그가 가진 신념의 실험장이자 증거물이 될 것이다.

정 회장이 바라는, 생활과 교육이 혼연일체된 결과물로서의 이상적인 인간이란 과연 어떤 것일까? 정 회장의 최근 인터뷰 기사에 따르면 그것은 완벽한 통제 속에서 고도의 균형을 달성한 인간을 뜻한다. 완벽한 통제와 완벽한 균형을 이루고 있는 한 인간을 떠올려보자. 스스로가 감옥인 듯한 죄수, 학교 그 자체인 듯한 학생, 축구공과 구분이 되지 않는 축구 선수…… 트렌드 그 자체인 패션 모델, 메소드 연기에 완벽하게 젖어든 영화배우, 스스로 그림이 되어버린 천재 화가…… 그것은 서양식으로 말하자면 문명에의 완벽한 순응이며, 종교적으로 말하면 신에게의 완전한 순종, 동양식으로 하자면 음과 양의 기가 막힌 조화이다. 그는 진행 중인 (동북)아시아의 정치경제적 위기의 근본 원인을 이와 같은 통제와 균형의 실패에서 찾았다. 들쭉날쭉한 통제와 망가진 균형이 문제의 근원인 것이다. 남녀 성비의 극단적인 불균형은 그것의 한 예일 뿐이다. 남성들의 초과 생산과 여성들의 과소 생산은 여성에 대한 과도한 통제와 남성에 대한 지나친 방임에서 초래된 것이다. 이것은 당장 그의 아들 정지용과 며느리 최영주를 통해서도 드러나고 있지 않은가? 한쪽은 무기력증으로 인해 달걀을 낳는 법을 까먹은 닭 같고 한쪽은 강박에 사로잡혀 시도 때도 없이 달걀을 낳는 시늉을 하는 닭 같다. 어느 쪽이든 한심하기는 마찬가지. 통제와 균형의 아시아적 신비를 되찾아야 한다.

그의 비전의 첫번째 결과물인 메종드레브는 그의 이상에 반의 반도 도달하지 못했다는 것을 그 또한 인정했다. 여러 가지로 어떤 시늉을 하고 있기는 하지만 솔직히 그저 살기 좋은 새 아파트일 뿐이라는 것을 말이다. 물론 기이할 정도로 깨끗하고 조용하기는 했다. 또한 거주인 전용 웹사이트에서 각종 생활용품을 구매할 수 있는 이점이 있었다. 구매한 물품은 24시간 이내에 배달되었다. 한편, CCTV와 센서를 통해서 파악된 거주인들의 생활 습관은 모두 기록, 실시간으로 분석되었다. (메종드레브 지하에는 거주자들과 관련된 모든 정보를 저장, 분석하는 자체적인 데이터 센터가 있었다.) 지나친 소음, 과도한 냄새, 공공장소(로비와 복도, 엘리베이터 등)에서의 소란 등이 허용치를 넘어섰을 때는 곧바로 거주인들에게 전달되었고, 전달된 경고가 누적되면 일시적으로 혹은 영구적으로 거주인 전용 웹사이트의 사용이 제한되었다. 거주인들 간의 대화, 게스트 초대 등 사교 활동도 면밀히 통제되었다. 가벼운 대화는 허용되었지만 와자지껄한 파티는 금지되었다. 물론 75평 이상의 주거 구역에서는 이런 성가신 규율들이 적용되지 않았다. 그들은 전용 주차 구역에서 전용 엘리베이터로 이동했고, 탁월한 방음 시공으로 인해 거기서 연쇄 살인마가 대학살을 벌이고 있다고 해도 나머지 구역에서는 알아채는 것이 불가능했다.

그런데 정 회장이 굳이 복잡하게 5평짜리 서민용 원룸과 2백 평짜리 최고급 펜트하우스까지 한 건물 안에 섞어놓은 이유는 무엇일까. 물론 거기에도 그만의 독특한 신념이 숨어 있다. 가난한 자들은 부유한 자들과 완전히 섞여서도 안 되지만 완전히 격리되어서도 안 된다. 그들은 멀리서, 보이지 않는 벽 너머에서 끊임없이 서로의 존재를 느껴야 한다. 그래야 쌍방 간의 두려움이 유지되며, 살얼음 같은 평화가 지속될 수 있다. 너무 높지도, 낮지도 않은 수준의 두려움을 꾸준히 유지하는 것, 그것은 통제의 가장 기본적인 기술이자 가장 까다로운 예술이다. 두려워할 것이 하나도 없다 느껴질 때, 두려움의 대상이 사실 존재하지 않는다는 것을 깨달았을 때 사람들은 용감해진다. 무엇이든 하기 시작하고, 그것은 야만의 시작이다. 인간들이 통제에서 벗어나 균형을 파괴하는 것, 그것이 바로 악惡이다. 그에 비하면 다른 것은 애들 장난에 지나지 않는다. 악이 세계를 지배하도록 해서는 안 된다. 그것은 세상에 대한 정 회장의 독특한 사명감이기도 했다. 그는 아버지로서 그의 자녀들이 악에 물들게 두고 보지 않을 것이다. 모두가 강력한 아버지의 품 안에서 평안하기를 그는 바랐다. 아버지가 바로 세계이고, 세계가 바로 그대의 아버지이므로. 그대가 살고 있는 곳이 바로 아버지의 품 안이며, 즉, 그대는 위대한 아버지의 살과 피를 먹고 마시며 살아가는 것이므로.

하여,

위대한 아버지의 도시 안에서 모두가 영원하기를.
그대의 아버지, 그 위대한 도시가 영원하기를.
우리의 세계, 아버지의 삶이 영원하기를.

정대철은 바랐다. 모두가 그것을 바라기를 그는 바라고 또 바랐다.

317호

이하나가 아침에 눈을 떴을 때 가장 먼저 하는 일은 휴대전화에 꽉 찬 메시지를 확인하는 것이었다. 몇몇 메시지에는 답을 했고, 어떤 것은 읽기만 했고, 또 어떤 것은 읽지도 않고 무시했으며, 반대로 꼼꼼히 캡처하여 저장해놓는 메시지도 있었다. 일련의 메시지 분류 작업을 끝마친 뒤에야 이하나는 화장실로 향했다. 소변을 보고 물을 한 컵 마신 뒤 냉장고에서 사과맛 드링킹요거트를 꺼내 단숨에 들이켠 다음 마침내 그녀는 노트북을 열고 자신의 유튜브 채널 '러블리 잠보 하나의 아무거나'에 접속하여 동영상들의 조회 수를 확인했다.

주말 방송은 조회 수가 시원치 않았다. 아주 낮지도 않지만 아주 높지도 않다. 아주 나쁜 것은 아니지만 아주 좋은 것도 아니다. 그녀는 잠시 스크린을 노려보며, 조회 수를 높일 방안에 대해서 생각해보았다. 벗어야 하나?

"인생 좆같네, 참나!" 그녀는 큰 소리로 외친 다음 노트북을 닫고 인상을 쓴 채 욕실로 들어갔다. 하지만 김이 모락모락 나는 뜨끈한 물을 맞으며 전동 칫솔로 이를 닦는 사이 기분이 좋아진 그녀는 콧노래를 부르며 머리를 감기 시작했다.

사실 그녀는 작년에 시작한 유튜브 일에 대만족하고 있었다. 약간의 편차가 있었지만 매달 2~3백만 원 남짓의 돈을 벌어들이고 있었다. 고졸에 아무 스펙도 없는 그녀로서는 놀라운 수익이었다. 지금 그녀의 위치에서 그 이상의 돈을 벌어들일 수 있는 방법은 화류계에 진출하거나 연예인이 되는 것인데 둘 다 무모한 선택이라고 그녀는 생각했다.

고등학교 졸업과 함께 가출, 혹은 독립을 단행한 이하나는 처음에는 남자 친구의 집에 얹혀살았고, 그와 헤어진 뒤에는 아는 언니와 아는 동생의 집들을 전전하다가 더 이상 갈 데가 없어지자 충청북도에 있는, 기숙사가 딸린 휴대전화 공장에 취직했다. 그곳에서 열 달을 버텼다. 그녀는 모은 돈을 들고 서울로 상경하여 구로 디지털 단지 근처의 여성 전용 고시원에 방을 얻었다. 그리고 닥치는 대로 일하기 시작했다. 백화점 푸드코트, 빵집, 카페, 찜질방, 호프집, 피시방까지. 그 어느 곳에서도 2주를 버티지 못했다. 그러다가 우연히 인터넷으로 방송을 하면 돈을 벌 수 있다는 얘기를 들었다. 그리고 보니 고등학교 때 같은 반 여자애가 인터넷 방송을 해서 돈을 꽤 많이 번다는 얘기를 들은 적 있었다. 그 여자애는 언젠가부터 신상 나이키 운동화에 정품 샤넬 지갑을 들고 다녔다. 신기한 향수 냄새를 풍기고, 휴대전화 케이스가 자주 바뀌기 시작했다. 공부도 못하고, 뚱뚱한 데다가, 구린 애들이랑 어울려 다니던 그녀는 어느새 친구들의 부러움을 사는 꽤 잘나가는 애가 되어 있었다. 그런 애도 했던 걸 내가 못 할 리가 없지! 이하나는 술김에 방송을 시작했다. 술에 취해 꼬인 혀로 그녀는 노트북 카메라를 향해 신세한탄을 하면서 식어빠진 통닭을 뜯어먹고, 노래를 부르며 이상한 춤을 추기도 했다. 타고나기를 귀여운 인상에다가 몸매도 좋으며 술버릇도 나쁘지 않은 그녀가 돈이 없다며, 오징어회가 먹고 싶다며, 울먹이는 모습은 권태로운 네티즌들의 마음을 움직였다. 밤이 깊어 그녀는 졸기 시작했고, 방송을 중단하지 않은 채로 침대에 누워 잠들었다. 그녀는 놀랍도록 바른 자세로, 마치 잠의 마법에 빠진 불운한 공주처럼, 쌔근쌔근 평화롭게 잠들었으므로 그 장면 자체가 또 한 번 불면에 시달리는 네티즌들에게 감동적인 구경거리가 되었다.

그날 새벽 모 사이트의 해외 축구 게시판에 혜성같이 등장한 유튜브 자동수면녀는 대히트를 쳤다. 다음 날 잠에서 깨어난 이하나가 간밤의 사태를 파악하기까지 한 시간이 걸렸다. 그녀는 본능적으로 성공 가능성을 예감했다.

그녀는 방에 처박혀 유튜브 방송에 돌입했다. 하지만 첫날 우연히 얻었던 반응은 돌아오지 않았다. 마법처럼 몰려왔던 사람들은 역시 마법처럼 사라져버렸다. 하지만 그녀는 포기하지 않았다. 딱히 다른 할 것도 없었다. 어떻게든 한 달을 버티고 나자 사라졌던 사람들이 천천히, 아주 천천히 되돌아오기 시작했다. 그 사이 그녀의 진행 솜씨도 발전이 있었으며 운도 따랐다. 그녀는 잠이 많은 유형이었는데 그래서 방송 도중자주 잠들어버렸다. 먹방을 하다가 젓가락을 든 채로 꾸벅꾸벅 존다거나, 방송을 시작하자마자 오늘은 너무 졸리다며 그대로 침대에 누워 잠들어버리는 일이 종종 있었는데 그것이전혀 꾸며낸 것이 아닌 듯 자연스러웠으므로 사람들의 마음을 사는 데 성공했던 것이다. 넉 달 뒤 마침내 그녀의 방송은안정된 궤도에 올라섰다. 주기적으로 일정 금액이 그녀의 통장을 채우기 시작했다. 그렇게 1년이 지났을 때 그녀는 고시원 탈출을 계획했다.

메종드레브는 보증금이 없는 대신 월세가 높았다. (이하나가 거주하는 5평 기준 한 달 123만 원가량, 입주 시 5개월 치 월세일시지불) 하지만 L시 정부가 참여한 일종의 공공 아파트인만큼 특별히 30세 이하의 독신 거주자들에게 최대 36.8퍼센트의 임대료를 보조해주었다. 대신 입주 절차가 까다롭고 경쟁이 치열했다. 입주를 원하는 사람들은 본인의 재정 상태, 살아온 과정, 교육 수준, 직업, 앞으로 5년 치 삶의 계획, 장기적인 인생 비전 등을 꼼꼼히 기록한 자기 소개서를 제출하고 두차례에 걸친 심층 인터뷰를 통과해야 했다. 관련 심사는 오손의 인사팀에서 담당했다. 거의 대학에 입학하거나 직장을 얻는 것과 비슷한 수준, 아니 그 이상의 노력이 필요했다. 이하나는 일련의 과정을 그녀의 유튜브 방송 팬들의 도움으로 돌파했다. 그녀는 자기 소개서를 작성하고 인터뷰를 준비하는 과정 모두를 방송에 담았다. 그녀는 한 팬의 조언으로 그렇게 준비 과정 전체를 방송에 담았다는 점까지 자기 소개서에 썼다. 그렇게 성실한 서민, 진취적인 여성, 독창적인 인터넷 신산업 종사자로서 이하나는 13 대 1의 경쟁률을 뚫고 메종드레브 3층에 있는 손바닥만 한 방을 차지하게 되었다.

그녀가 입주하던 날의 방송은 평소에 비해 약 다섯 배의 조회 수를 기록했다. 그녀는 특별히 이날을 위해서 인터넷에서 구입한 고양이 잠옷을 입고 화면에 나타났다. 그녀의 어깨 너머는 널찍한 창을 가득 채운 깜깜한 밤하늘이었다. 침대에 누워서 건물에 조금도 가려지지 않은 밤하늘을 바라볼 수 있다니! 와, 내 인생 이렇게 활짝 펴는 것인가? 이하나는 지난 1년 새 엄청나게 변화한 자신의 삶을 돌아보며 회한에 젖었고, 결국 방송 도중 울고 말았다.

그 뒤로 한동안 조회 수는 꾸준히 증가했다. 그녀가 새로운 도시, 새로운 집에 적응하는 과정을 지켜보는 것은 흥미진진했다. 하지만 시간이 지나며 소재가 바닥나고 있었다. 매너리즘의 또 다른 원인은 요새 이하나가 엉뚱한 곳에 정신이 팔려 있는 것이었다. 그녀는 두어 달 전 주변을 산책하다가 꽤 이상한 곳에 이르게 되었다. 좁고 오래된 골목길이 켜켜이 쌓여 있는 일종의 판자촌 같은 곳이었는데 한 막다른 골목의 끝에 유난히도 새것인 식당이 있었다. 간판에 왕만두칼국수 전문점이라고 씌어져 있었다. 한참을 헤매 다닌 이하나는 몹시 배가 고팠으므로, 마침 식당에서 솔솔 흘러나오는 먹음직스러운 찐만두 냄새에 저항하지 못하고 식당으로 들어섰다. 다섯 개의 테이블은 모두 비어 있었는데, 주인으로 보이는 중년 남자가 주방에서 스티로폼 용기에 왕만두를 담고 있었다. 이하나는 남자가 정면으로 보이는 의자에 앉아 그를 관찰했다. 그는 스티로폼 그릇을 다시 비닐봉지에 두 겹으로 싸서 주방에서 나와 이하나를 지나쳐 입구를 향했다.

"저기요…… 아저씨……"

"잠깐만, 배달 갔다 올게요!" 남자가 이하나를 향해 말했다. "잠깐만 가게 봐줘요! 3분이면 돼요!"

그렇게 이하나는 홀로 식당에 남겨졌다. 남자는 10분이 지나도 돌아오지 않았다. 지겨워진 이하나가 자리를 뜨려는 찰나 남자가 급하게 가게로 들어섰다.

"벌써 가려구? 성격 급한 아가씨네!"

이하나는 반사적으로 다시 자리에 앉았다.

"뭐 드실 건데?"

"만둣국이요." 이하나가 음울한 목소리로 말했다. "맥주도 한 병 주세요."

세 시간 뒤, 낙지볶음에 소주를 곁들여 재잘거리는 두 사람은 언뜻 10년지기 친구 같아 보였다. 남자의 이름은 특이하게도 성공자. 본명이라고 했다. 서울 강남에서 10년 넘게 철학관을 운영하였으나 얼마 전 때려치우고 L시로 와서 왕만두칼국수 전문점을 차렸다고 했다. "더 이상 거짓말이 하기 싫더라고."

"거짓말?" 이하나가 물었다.

"곧이곧대로 말해주면 아무도 안 좋아해. 너 평생 결혼 못 해. 니 아들은 백수나 되면 다행이지. 내년에 대박날 텐데, 그 대가로 사람이 하나 죽어나가게 된다…… 그런 식으로 말해주면 솔직히 누가 좋아하겠어? 하지만 사실인 것을……"

"그렇구나……" 잠시 생각하다가 이하나가 말했다. "그럼 나는 어때? 거짓말 말고, 솔직히 말해서."

여전히 거짓말하는 버릇이 남아 있는지는 모르겠지만 성공자에 따르면 이하나는 "앞으로 크게 될 운명이다. 너는 톱의 세계로 간다."

"에? 토-옵?"

"T,O,P. 톱. 꼭대기로 간다고."

"내가? 무슨 꼭대기?"

"그러려면 무지한 노력이 필요하겠지만 여하튼……"성공자는 말끝을 흐리며 목을 긁었다. "물론 지금처럼 그저 그렇게 살아도 되지만. 5평짜리 꿈의 집에서 말야."

순간 이하나는 기분이 확 상했다. 그녀는 자신의 5평짜리 꿈의 집이 너무나도 예쁘고 소중하고 자랑스러웠다. 다시 말해 그에 대해 누군가 나쁘게 생각할 것이라 상상조차 해본 적이 없었다. '왜, 내 집이 어때서.' 분한 듯 성공자를 노려보는 그녀의 눈이 말하고 있었다.

"아니, 네 집이 별로라는 게 아니라…… 아니, 좋지. 짱 좋지! 훌륭해! 원더풀!"

성공자는 처음 만난 귀여운 아가씨의 기분을 망쳐놓고 싶지 않았으므로 재빨리 자세를 낮추었다.

그날 집으로 돌아오는 길, 멀리 둥실 뜬 이상하게도 커다란 보름달, 그 아래 기괴하게 버티고 선 메종드레브의 꼭대기층에 밝혀진 흐릿한 불빛, 하지만 결코 들여다보이지 않는, 그저 새까만 밤을 반사해낼 뿐인 커다란 창들을 바라보며 이하나는 태어나 처음으로 생각했다. 꼭대기로 올라간다는 것에 대해서 말이다. 그리고 깨달았다. 자신이 한 번도 메종드레브의 꼭대기를 올려다본 적이 없다는 것을. 왜였을까, 고개를 쳐드는 일이 모욕적이라서? 순간 한 기이한 생각이 그녀의 안에서, 그녀를 힐난하듯 떠올랐다. '얼마나 바보 같은가? 빳빳이 쳐들 고개가 있음에도 오직 땅만 굽어보며 살아간다는 것이.' 그녀는 깜짝 놀랐다. 내 속에서 이런 생각이 생겨나다니. 수상한 성공자 놈이 내 머릿속에다가 이상한 생각을 집어넣은 것이 분명하다. 이하나는 고개를 저으며 그 기이한 생각을 떨쳐내기 위해 애썼다. 그러자 엉뚱하게도 이번에는 또 다른 기이한 아이디어가 그녀를 사로잡았다.

'아아, 하지만 어떡하지…… 나는 그 생각이 마음에 들어버렸어!'

이어 어두워졌던 이하나의 얼굴이 밝아졌다. 그녀는 혼란스러운 기분 속에서 메종드레브에 도착했다. 입구의 지문인식기에 손을 대자 조용히 문이 열렸다. 그녀의 귀가 시간은 곧바로 데이터 센터의 컴퓨터에 기록되었다. 입구의 센서가 그녀의 움직임을 감지했고 천장에 달린 동그란 조명이 밤을 위한 낮은 조도의 불빛으로 복도를 부드럽게 밝혔다. 엘리베이터가 작동을 시작했다. 잠시 뒤, 엘리베이터에서 내린 이하나가 317호로 들어선 뒤 순식간에 사라진 따스한 불빛의 자리에 남은 어둠은 유난히도 스산했다.

톱의 세계

　샤워를 마치고 나온 이하나는 타월을 바닥에 내동댕이친 뒤, 샤넬 넘버 파이브 보디 오일을 온몸에 정성스럽게 바르기 시작했다. 화장실에서 새어 나온 미지근한 습기로 눅눅해진 좁은 방에 짙은 화장품 냄새가 빠르게 퍼져나갔다. 마치 향수를 들이부은 사우나 같지 않은가? 한껏 기분이 좋아진 이하나는 조심스럽게 꽃무늬 원피스에 몸을 집어넣은 다음 화장을 시작했다.

　"톱으로 가기 위해서는 무엇보다 톱의 세계를 알아야 한다." 그것은 성공자의 핵심 이론으로, 이하나가 귀에 못이 박히도록 반복해서 들어온 이야기였다. 톱의 세계를 알기 위해서는 어떻게 해야 하는가? 그들의 평소 생활 공간을 공략해야 한다. 그들이 평소 무엇을 먹고, 어디에 가고, 무엇을 입고, 어떤 대화를 나누는가를 면밀하게 연구해야 한다. 무엇에 웃고, 무엇에 울고 또 무엇에 놀라는가? 그것들을 하나하나 알아가기 위해서 성공자는 이하나에게 작은 것부터 변화하기를 제안했다. 그것은 생각보다 단순한 것이었다. 삼다수 대신에 에 비앙을 마시는 것. 동네 슈퍼마켓에서 다섯 개 묶음 1천5백 원에 파는 오이 향 비누 대신에 이솝의 라벤더 향 핸드워시를 사용하는 것. 지마켓에서 다섯 장 사면 두 장 서비스, 일주일이 편안해지는 최고급 국산 면으로 만든 팬티 대신에 백화점에서 파는 한 장에 3만8천 원짜리 메이드 인 오스트리아의 백 퍼센트 나일론 팬티를 구입하는 것. 이하나는 성공자의 조언을 순순히 따랐다. 아침이면 삼립식빵에 마가린을 발라 구워 먹는 대신에 복잡한 이름의 오가닉 드링킹요거트를 마셨다. 헤드앤숄더 샴푸 대신에 케라스타스 샴푸를, 반도 넘게 남은 대용량 존슨앤드존슨 바디로션을 버리고 샤넬 넘버 파이브 보디 오일을 사용하기 시작했다. 그렇게 하여 뭐가 달라졌는가? 분명한 것은 그녀의 소비 규모가 놀라운 속도로 늘어나기 시작했다는 것이다. 적당히 쓰며 지내도 약간은 남는 돈이 있었던 것이 불과 얼마 전인데 이제 매달 카드값을 갚느라 허덕이게 되었다. 이하나는 성공자의 이론에 엄청난 의혹을 느끼면서도 주춤주춤 그가 가리키는 방향으로 계속해서 나아갔다.

성공자가 제시한 '톱'으로 향하기 위해서는 궁극적으로 강남 진출에 성공해야 했다. 하지만 지금 상태로는 매우 부족하다는 것이 이하나에 대한 그의 판단이었다. "강남에 쟁쟁한 여자들이 얼마나 많은지 아느냐? 그들을 다 쳐부수어도 될까 말까 한 싸움이다." 그의 진지하고 비장한 훈계를 접할 때마다 이하나는 솔직히 궁금했다. 왜 그렇게까지 다 쳐부수어야 하는가? 그녀는 톱으로 올라가는 것에 대해서 막연히, 초고속 엘리베이터를 타고 빌딩 꼭대기로 올라가는 것과 비슷하다고 생각하고 있었다. 뭐가 그렇게 어려워? 하여 처음으로 돌아가서, 도대체 무엇 때문에 그렇게까지 해서 톱으로 올라가야 하는가? 그럴 이유가 나에게 있는가? 아무리 생각해도 이하나는 답을 찾을 수가 없었다.

"에이, 나 안 할래."

여느 때처럼 성공자의 온갖 훈계에 묵묵히 귀 기울이며 왕만두를 씹어 먹고 있던 이하나가 말했다. 하지만 성공자는 놀라지 않았다. 그는 이미 이하나의 고질적인 단점인 산만함과 극도로 쉽게 포기하는 성향을 꿰뚫고 있었던 것이다.

"하나야……"

"왜?"

"맛있는 것 먹고 싶지 않아?"

"나? 지금 배부른데?"

"아니 지금 말고. 맨날맨날 맛있는 것 먹고 살면 좋잖아."

"그런가……? 맛있는 거 뭐?"

"진짜 끝내주는 소고기, 입에서 살살 녹는 스시, 명품 와인, 이런 거 먹고 싶지 않아?"

"음음…… 뭐…… 먹음 좋겠지?"

"그래그래, 맛있는 것 먹고, 외제 차 끌고, 하와이 가서 선탠하고, 파리 가서 쇼핑하고, 그렇게 살면 좋잖아?"

"오빠, 솔직히 말해봐. 내가 그럴 주제가 된다고 생각해?"

성공자가 아주 집중력 있는 표정으로 이하나를 바라보았다. 그것은 그가 딱히 할 말이 없을 때 짓는 표정이었다. 그는 마음속으로 대답했다. '물론 나야 모르지.' 그런데 그는 왜 이하나에게 미심쩍은 이론을 들이대며 유혹을 거듭하는가?

이하나 또한 성공자의 진짜 진심이 알고 싶었다. 그러나 그는 이하나가 솔직함을 요구할 때마다 미꾸라지처럼 이리저리 피해 다니기만 했다. 이하나는 그런 그가 못 미더웠지만 타고난 다정함으로 인해, 혹은 그저 성공자가 늘어놓는 달콤한 말들이 좋아서, 그의 조언을 가끔은 진지하게 또 가끔은 그저 재미로 따르고 있는 것이 현재 상황이었다.

이런저런 생각 속에서 외출 준비를 마친 이하나는 집에서 나와 미로 같은 복도를 지나 엘리베이터 앞에 섰다. 바로 그 순간 엘리베이터가 그녀의 층에 멈춰 섰다.

엘리베이터의 문이 소리 없이 열렸고 그녀는 엘리베이터에 올라타며 생각했다. '그래, 어쨌든 맛있는 거 먹으면 좋잖아!'

그녀는 손에 들린 클러치 백의 모서리로 로비 버튼을 눌렀다. 오늘 그녀는 성공자의 조언대로 톱의 세계의 식문화를 배우기 위해서 아파트에서 도보로 15분 떨어져 있는 곳에 새로 개장한 P호텔의 레스토랑으로 향하는 참이었다. 마침 오픈 기념으로 평일 스리 코스 런치를 25퍼센트 할인하고 있다고 했다.

'이 정도면 괜찮은데? 강남 가도 전혀 안 꿀릴 것 같은데?'

엘리베이터 벽에 달린 거울을 바라보며 이하나는 생각했다. 그녀는 마크제이콥스의 잔잔한 꽃무늬 원피스에, 인터넷 수제화 사이트에서 맞춘 샤넬st 발레슈즈를 신고 있었다. 한 손에는 생로랑의 빈티지 클러치 백을, 또 다른 손에는 띠어리의 고동색 카디건을 든 그녀가 어깨를 쫙 펴고 당당한 자세로 엘리베이터에서 내렸을 때, 양혜규의 설치 작품이 걸린 휑한 로비 한가운데 한 남자가 수상한 표정으로 두리번거리고 있는 것이 보였다. 그녀는 반사적으로 남자를 아래위로 훑은 다음 종종걸음 쳐 입구로 향했다.

가상의 주차장에서

느지막이 잠에서 깬 정지용이 거실로 나왔을 때 최영주는 이미 옷을 차려입은 채 핸드백에 차 키를 쑤셔 넣고 있었다.

"어디에 가요?" 정지용이 물었다.

"병원에 가요." 최영주가 덧붙였다. "종합검진 받으러요."

"그렇구나. 조심히 다녀와요."

"네, 고마워요."

다정하게 대답한 최영주는 그러나 서둘러 집을 나섰고, 혼자 남은 정지용은 소파에 주저앉아 작게 중얼거렸다. "그럼 나는 뭘 하지."

강연회 사태로 최영주가 백수가 된 뒤 둘은 함께 지내는 시간이 많았다. 특히 낮 시간은 거의 함께 보냈다. 하여 오랜만에 혼자서 하루를 시작하게 된 정지용은 당황했고, 약간의 쓸쓸함을 느꼈다. 그는 소파에 누워 목적 없이 휴대전화를 들여다보다가 얼마 전 미국에서 돌아온 초등학교 동창 C를 떠올리고 그에게 전화를 걸었다. 예상과 달리 벨이 두 번 울리기도 전에 C는 전화를 받았다. 하지만 안타깝게도 오늘은 바쁘다고 했다. 둘은 조만간 만나 근사하게 한잔하기로 하고 전화를 끊었다.

모든 희망이 사라진 표정을 하고 소파에 늘어져 있던 정지
용은 간절하게 서울이 가고 싶어졌다. '서래마을 가서 파스타
먹고 싶다.'

반 시간가량이 흘러 외출 준비를 마치고 엘리베이터에 올
라탄 정지용은 실수로 주차장이 아닌 로비 층의 버튼을 누르
고 말았다. 엘리베이터의 문이 열렸을 때, 자신의 실수를 깨닫
지 못한 그는 생각했다. '주차장이 왜 이렇게 밝고, 환하지?'
그는 꿈을 꾸는 듯한 기분으로 천천히 로비 한가운데로 향했
다. '우와, 굉장하다. 이 알 수 없는 분위기는 뭘까? 그런데 내
차는 어디에 있지?'

이렇게 정지용이 자신이 만들어낸 상상 속 주차장의 모습
에 감탄하고 있을 때, 구석에 있는 일반 주거자용 엘리베이터
에서 내린 이하나가 로비로 들어섰다. 그녀는 몹시 험상궂은
표정으로 정지용을 훑어본 뒤 재빨리 입구 쪽으로 걷기 시작
했고, 정지용은 여전히 뭐가 뭔지 모르겠는 표정으로, 그러나
한편 뭔가의 실마리를 잡은 듯한 기색으로, 순식간에 멀어져
가는 이하나를 바라보았다. '젊은 아주머니 장 보러 가시나?'

그것은 정지용의 이하나에 대한 첫인상으로, 순전히 그녀
의 어색한 스타일 때문이었다. 대낮의 반짝이 클러치 백은 쿨
한 파티 걸보다는 흥이 난 가정부의 느낌이 더 컸고, 신발은

한눈에도 정품이 아니라는 것이 확실했으며, 결정적으로 한 손에 든 고동색 카디건은 식재료가 가득 든 종이 가방을 연상시키지 않는가? 정지용은 지금 상상 속의 주차장에서 상상 속의 가정부와 함께 있었다.

마침내 그의 환상이 깨어진 것은 이하나가 열린 자동문 너머 펼쳐진 삭막한 풍경 속으로 거침없이 걸어 들어가는 순간이었다. 물론 환상이 깨어지는 대신 그가 몇 달째 이용하고 있는 지하 주차장이 사실은 지상 주차장이었다는 충격적인 깨달음에 도달할 뻔한 위기가 있었지만, 아슬아슬하게 그는 모든 것이 정상이며 오직 자신이 약간 바보인 현실로 돌아왔다.

'아, 내가 실수로 로비에서 내린 거구나. 깜짝 놀랐네. 휴……'

현실감각을 되찾은 그는 우아한 걸음걸이로, 지하 주차장으로 향하는 대신 이하나가 방금 나선 입구로 향했다. 이하나는 입구에서 10미터쯤 떨어진 곳에 선 채 담배에 불을 붙이고 있었다. 정지용은 그녀의 위치를 확인한 뒤 정반대 방향, 즉 중앙공원 쪽으로 향했다. 그의 우아한 걸음걸이는 마치 스텝을 밟는 듯 경쾌했다. 이하나는 경계심과 호기심이 뒤섞인 눈길로 사라져가는 정지용을 바라보았다. 그가 사뿐사뿐 춤을 추듯 꽃이 만발한 공원 속으로 사라져 보이지 않게 된 뒤 이하나 또한 담배를 비벼 끄고 목표인 P호텔을 향해 출발했다.

관자, 아스파라거스, 성게알에 말린 송로버섯을 곁들인 메인 메뉴

웨이트리스가 안내해준 대로 창가 자리에 앉은 정지용은 멀리 대각선 방향에 놓인 테이블에서 심각한 표정으로 포크에 파스타 면을 말고 있는 여자가 아까 로비에서 마주쳤던 젊은 가정부임을 알아채고는 깜짝 놀랐다. 멈추지 않고 빙글빙글빙글 포크에 면을 감는 그녀는 언뜻 물레로 실을 잣는 가난하지만 성실한 아낙네 같아 보였다. 그런데 그가 보는 것을 눈치챈 건지, 아니면 무슨 다른 이유 때문인지 그녀는 작게 중얼거리더니, 힘들게 감았던 파스타 가닥을 억지로 빼낸 다음 포크를 바닥에 내던지는 것이 아닌가!

놀란 정지용이 급하게 고개를 숙이고 반사적으로 휴대전화를 꺼냈다. 최영주로부터 메시지가 하나 와 있었다.

─지용 씨, 나 오늘 조금 늦을 수도 있어요. 친구 만나러 서울 가요. 아까 말 안 하고 나와서 미안해요.

정지용은 재빨리 답장을 보냈다.

─아니에요, 괜찮아요. 맛있는 것 먹고, 잘 놀고 돌아와요!

메시지를 보내는 사이 다가온 웨이트리스가 빈 잔에 물을 따라주었다. 그는 재빨리 메뉴판을 훑어본 뒤 5월 가정의 달

기념 특선 코스 요리와 화이트 와인을 한 잔 시켰다. 그리고 가능한 한 티가 나지 않게 다시 이하나를 훔쳐보기 시작했다. 어느새 파스타 접시는 사라져 있었고, 그녀는 약간 시무룩한 표정으로 탁자를 내려다보고 있었다.

정지용의 애피타이저가 도착한 것과 거의 동시에 이하나의 디저트도 도착했다. 그녀는 접시의 위치를 약간 수정하고, 휴대전화로 여러 장의 사진을 찍은 뒤, 엄격한 표정으로 사진의 완성도를 확인한 다음에야 한껏 기대에 찬 표정으로 디저트를 커다랗게 한 조각 잘라 입에 넣었다.

'아니, 이게 뭐야.' 그녀는 오물거리며, 그러나 아직은 실망하기에 이르다는 듯, 그래도 희망이 남아 있지 않겠냐는 듯, 두서없이 허공을 바라보다가 멀리 앉아 휴대전화를 들여다보며 와인을 홀짝거리고 있는 정지용을 발견했다.

'어머, 저건 또 뭐야.' 몹시 놀란 이하나는 다시금 포크를 바닥에 떨어뜨리고 말았다.

'혹시, 여기까지 따라온 거야? 진짜? 분명히 공원으로 들어갔는데?'

이하나는 공원 속으로 사라져가던 정지용의 기이한 발걸음을 떠올렸다. '귀신인가?'

하지만 귀신이라면, 어떻게 식당에 들어와서 음식을 주문하고 또 먹는단 말인가. 혹시 모든 것이 내 환상인 것일까?

혼란 속에서 이하나는 무슨 맛인지 전혀 알 수 없는 디저트를 반쯤 먹어치운 뒤, 휴대전화를 꺼내 성공자에게 메시지를 보냈다.

―오빠.

―응, 하나야.

―지금 나에게 이상한 일이 일어나고 있어.

―무슨 일인데?

―접때 말한 호텔에서 밥 먹고 있거든.

―그런데?

―귀신 같은 놈이 나를 따라왔어.

―귀신 같은 놈?

―아니, 아까 집에서 나오는데 입구에서 마주쳤거든? 그때부터 나를 따라오고 있는 것 같아. 무서워! 어떡하지!

―하나야, 일단 침착해. 침착하게 설명을 해봐. 어떤 놈이야? 어떻게 생긴 놈이야? 젊어? 늙었어? 지금도 같이 있어?

―내 앞에 있다니까, 아니 저쪽 멀리 앉아 있긴 한데 아무튼 있어. 젊어. 생긴 건 멀쩡해. 그런데 하는 짓이 이상해.

―어떻게 이상해?

―그냥, 음, 걷는 것도 이상하고…… 아니 모르겠어, 설명하기 힘들어. 내가 엘리베이터에서 내렸는데 우리 아파트 로비에서 막 두리번거리고 있는 거야.

—하나야, 일단 거기서 나와.

—아직 먹고 있는데?

—얼른 먹고 나와. 오빠 가게로 와.

—오빠 지금 가게에 있어? 벌써 일어났어?

—지금 일어나려구.

—응! 얼른 갈게! 고마워!

*

"진짜로 무서웠다구!" 이하나가 소리치고는 맥주를 가득 따라서 원샷했다.

"하지만 증거가 없잖아, 하나야." 성공자가 차분하게 대답했다.

"무슨 증거?"

"너를 따라왔다는 증거. 너랑 같은 아파트 사는 주민일 수도 있지. 우연히 같은 시간에 나와서 같은 식당에 갔을 수도 있잖아."

"그럴까?"

"너 여기 올 때는 안 따라 나왔다며?"

"응."

성공자가 그것 봐라, 하는 표정을 지으며 어깨를 으쓱했다.

"우리 하나가 새로운 도전을 하려다 보니 긴장했구나."

이하나가 빈 맥주잔을 만지작거리며 깊은 생각에 잠겼다.
"아닌데……"

"뭐가 아니야?"

"잘 모르겠지만 그건 아닌 것 같아. 그렇게 단순한 것
은……"

성공자는 말없이 이하나를 바라보며 생각했다. '저런 신기
한 무늬의 원피스는 대체 어디서 구하는 걸까?' 그는 이하나
를 천천히 훑어보았다. '촌티를 어떻게 할 수가 없네. 애가 참
고운데.'

"뭘 그렇게 봐? 내가 또라이 같애?"

"하나야," 성공자가 진지한 표정으로 말했다. "오빠는 언제
나 너의 편이란다."

"그런데 왜 나는 못 믿겠지?" 이하나가 중얼거리며 휴대전
화를 들었다. "우진이한테 말해봐야지."

우진이라는 말에 성공자의 표정이 확 구겨졌다. "여기서 우
진이가 왜 나오지?"

이하나는 대답 없이 휴대전화를 두드렸다.

"우진이야말로 너가 조심해야 하는 존재라고 우리가 일전
에 완벽하게 결론을 낸 걸로 아는데?"

이하나는 여전히 답이 없었다.

"하나야!" 성공자가 이하나의 손에서 휴대전화를 뺏는 시늉을 하며 소리쳤다. "오빠가 말하고 있잖아!"

그제야 이하나가 고개를 들어 성공자를 보았다. "아, 미안. 그런데 이미 보냈어. 미안."

"야, 이 쌍년아!"

이우진은 이하나와 동갑으로 실업계 고등학교를 졸업한 뒤 대기업 하청 업체에서 생산직으로 일하고 있었다. 그는 이하나와 마찬가지로 메종드레브의 5평 원룸에 살았다. 근처 편의점에서 몇 번 마주친 인연으로 저녁을 한 번 먹었는데, 그 뒤로 이따금 메시지를 주고받는 사이였다. 이하나는 그가 자신을 짝사랑한다고 추측했다. 성공자도 그것에 동의했다. 그리고 그것이 성공자가 이우진을 싫어하는 이유였다.

"여자는 아무나 만나고 다니면 안 된다."

"그럼 남자는 아무나 만나도 되나?"

"안 되지, 안 되지."

"그럼 뭐야?"

성공자는 대답이 없었다.

"그럼 뭐냐니까?"

"오빠는 우리 하나가 다 좋아. 정말로 다 좋은데, 이따금 말을 알아듣는 데 오랜 시간이 걸리는 부분이 약간 신경 쓰여.

무슨 말인지 알겠니? 그럴 때 오빠는 정말로 답답하거든." 말을 마친 성공자가 슬쩍 이하나의 눈치를 봤다.

"아아 그래, 나 대가리 빠가다. 미안해, 존나 멍청해서. 근데 그래도 오빠까지 나 무시하면 안 돼. 진짜 나 무시하면 안 돼…… 내가 사는 게 얼마나 힘든지 알아? 내가 여기까지…… 진짜…… 진짜루 힘들게 온 거라구…… 그걸 오빠가 알아줘야 돼……"

어느새 잔뜩 취한 이하나가 빈 맥주잔을 부여잡고 탁자 위로 웅크렸다. 웅크린 이하나는 평소보다 훨씬 작아 보였다. 성공자는 그런 그녀가 몹시 안쓰럽게 느껴졌고, 그녀가 무시당하지 않는 정의로운 세상이 오기를, 아니 그녀가 무시당하지 않는 존재가 되기를 마음속으로 기도했다. 이하나의 희망찬 미래를 위해 자신이 가능한 한 모든 도움을 주겠노라 다짐했던 그날을 그는 다시금 떠올렸다. 이하나를 처음 만났던 그날, 그는 온 힘을 다해서 이하나를 행복하게 만들어주겠노라 결심했었다. 그녀를 세상 가장 높은 곳에 올려놓고 말겠노라고 말이다. 물론 그런 일이 벌어지는 것은 기적일 테고, 기적은 원래 일어나지 않는 법이고, 우리의 삶은 그냥 저기 어딘가 바닥 언저리에서 대충 끝나고 말겠지만, 그래도 인간으로서, 그런 허황된 꿈을 꾸어볼 자유는 있지 않은가? 단 하루만이라도 달콤한 꿈에 젖어 있을 정도의 자유는 나 같은 한심한 놈에게도 허용된 것이 아닌가? 성공자는 오랜만에 격렬한 감정에 휩싸였다. 그러자 완전히 사그라졌다고 믿었던 젊음의 에너지가 전신을 채우는 것을 느꼈다. 순간 그의 얼굴에는 광채가 흘렀고 10년은 더 젊어 보였다. '젊음이란 역시 대단한 것이군!' 그는 다시 이하나의 웅크린 좁은 등짝을 바라보았다. 싸구려 꽃무늬 옷감으로 가려진 잔뜩 구부러진 젊은 등짝. 아아, 그것은 진정 젊은 등짝이었다. 순수하게 젊음으로 충만한 가엾기 짝이 없는 등짝…… 이렇게 순간적인 젊음의 기운에도 돌아버릴 듯한데, 오직 젊음뿐인 저 등짝은 얼마나 인생의 폭풍우의 한가운데에 놓여 있을 것인가! 오그라진 저 등짝을 활짝 펴주고 싶다! 저 가엾은 등짝이 활짝 펴지도록 할 수 있다면, 나 성공자, 무엇이든 해내리라!

성공자의 실패한 인생

성공자는 어린 시절을 서울 홍제동의 판자촌에서 보냈다. 그의 아버지와 어머니는 일자무식이었으나 아이들을 사랑했고 성실히 일했다. 하지만 성공자가 중학교에 들어가던 해, 아버지가 교통사고로 죽고 어머니가 집을 나간 뒤 성공자의 인생 또한 내리막길로 들어섰다. 다섯 살 터울의 누나는 수상한 남자와 서둘러 결혼했고, 혼자 남은 성공자는 동네의 늙은 점쟁이에게 맡겨졌다. 그에게는 성공자 또래의 딸이 하나 있었는데 중학교를 졸업한 뒤로 더는 학교에 보내지 않고 집안일을 시켰다. 점쟁이는 술에 취하면 성공자를 때렸다. 술을 마시는 횟수는 점차 늘어나, 술독에 빠져 살기 시작한 점쟁이는 마침내 딸에게도 손찌검을 하기 시작했다. 결국 딸과 성공자는 각자의 희망을 찾아 밖으로 나돌기 시작했다. 임신한 것이 발각된 딸이 먼저 집에서 쫓겨났고, 얼마 뒤 성공자도 가출을 했다. 잡일을 전전하던 그는 어느 날부터인가 점쟁이 행세를 하기 시작했는데 지금까지 했던 일 가운데 가장 성공적이었다. 그렇게 성공자는 역술인이 되었다.

2002년쯤인가, 성공자는 싸이월드를 통해서 점쟁이의 딸을 찾아내었다. 그녀는 예상 외로 멀끔한 서울 중산층의 삶을 살고 있었다. 아아, 인생이란! 그는 반가운 마음에 그녀에게 메시지를 보내보았으나 답이 없었다. 나를 잊은 것일까? 아니면 내가 싫은 걸까? 혹은 기억조차 하지 못할 정도로 하찮은 인간이었나, 내가 그녀에게? 그는 조금 슬퍼졌다. 사실 많이 슬펐다.

그러나 그즈음 그의 삶은 쓸쓸하긴 해도 꽤 만족스러운 것이었다. 청량리역 근처에서 철학관을 운영하며 쏠쏠하게 돈을 벌었다. 입소문이 좋았다. 남들에게 자랑할 만한 직업은 아니지만 삶의 질은 꽤 높았다. 기분이 나면 훌쩍 차를 몰고 떠날 수도 있었고, 바쁠 때도 틈을 내어 서울 시내의 맛집을 탐방할 수도 있었다. 이따금 단지 커피 한 잔을 마시기 위해서 고급 호텔을 방문했다. 그런 곳에서 부유한 사람들을 관찰하는 것이 그의 취미였다. 타고난 눈썰미에다가, 점을 보느라 수많은 사람들을 상대하며 얻은 경험, 하지만 절대 자만하지 않는 겸손함이 결합되어 그의 사람 보는 눈은 매우 날카로웠다. 이따금 그는 처음 보는 사람을 꿰뚫어보는 것을 넘어서 그 사람의 과거와 미래까지 눈앞에 파노라마처럼 펼쳐지는 듯한 느낌을 받았는데, 그것은 지나치게 쾌락적이어서 마치 마약을 하는 기분이었다. 그러나 그는 그 쾌락의 어두운 면을 잘 알고 있었다. 그것에 사로잡혀 망가진 사람들이 얼마나 많은

지! 그의 청소년 시절을 지배한 늙은 점쟁이가 전형적으로 그런 놈이었다. 절대로 쾌락에 사로잡혀 파멸하지 않으리라, 그는 결심했다.

이렇게 여러모로 성공적인 삶을 살아가던 그는 어떻게 L시로 쫓겨와 메종드레브 근처의 무허가 건물에서 왕만두칼국수 집을 시작하게 된 것일까? 그것은 호기심으로 시작한 도박 때문이었다. 그는 도박을 시작하고 정확히 반년 만에 모든 것을 잃었다. 겨우 목숨만 부지하고 맨몸으로 L시까지 쫓겨온 뒤에도(평소 그를 아끼던 한 중소기업 사모님이 그의 딱한 사정을 전해 듣고 식당을 차려주었다), 자신에게 무슨 일이 벌어진 것인가 실감이 나지 않았다. 그는 기적적으로 도박을 끊었지만, 매일 밤 꿈에서 도박을 했다. 낮에는 만두를 찌고, 칼국수를 끓이며 밤에는 꿈속에서 도박을 하느라 그의 정신은 쉴 틈이 없었다. 너무나 피곤했다. 날이 갈수록 식당에서 보내는 낮은 몽롱하여 꿈속 같고 도박판을 벌이는 꿈은 더욱 강렬해져 현실보다 더 현실같이 느껴졌다. 조금씩 그는 만두를 찌고 칼국수를 끓이는 낮의 삶이 현실인지 도박을 하는 꿈속 삶이 진짜인지 헷갈렸고, 문득 괴상한 생각이 떠올랐다. 혹시 내가 낮에 깨어 있을 때 도박장에 가면, 꿈속의 나는 도박을 멈추고 만두를 찌고 칼국수를 끓이게 되는 건 아닐까? 그가 외로움과 절망 속에서 자신의 이 미친 이론을 입증하기 위해서 도박에 다시 손을 대려던 찰나, 이하나가 인생의 구원자처럼 그의 식당을 찾아왔다. 그는 어린 시절 점쟁이의 딸을 닮은 이하나에게 첫눈에 호감을 느꼈다. 그는 이하나와 늦게까지 술을 마시며 아주 오랜만에 인간을 상대로 대화다운 대화를 나누었다. 그는 다시 도박에 손을 대기 전의 자신으로, 성공적인 시절의 성공자로 돌아간 듯한 느낌을 받았다. 물론 그것은 환상일 뿐이었지만. 이하나는 그의 소울메이트가 아니었으며, 그는 매 순간 미치도록 도박장으로 돌아가고 싶은 중독자일 뿐이지만 말이다. 하지만 그는 지푸라기라도 잡듯이 이하나를 붙잡았다. 놀랍게도 그 효과는 곧바로 나타났는데, 이하나를 만났던 바로 그날 밤 꿈에서 그는 도박을 하는 대신 이하나와 남산타워에 놀러 갔다. 이하나와 남산타워에서 노는 것은 물론 도박보다 재미 없었다. 이하나도 지루해하는 것 같았다. 하지만 도박을 하지 않았다. 그해 들어 처음으로 그는 꿈 밖에서도, 꿈속에서도 도박을 하지 않은 하루를 보낸 것이다!

꿈에서 깨어난 그는 너무나도 행복했다. 어쩌면 인생에서 맛본 최고의 기쁨이었다. 그런 행복을 준 이하나가 너무나도 소중하게 느껴졌다. 어떻게든 그녀에게 도움이 되는 인생을 살리라. 그는 결심했다. 물론 그것이 쉽지 않은 미션이라는 것을 그는 누구보다 잘 알았다. 이 대책 없는 늑대 소녀를 어떻게 인간으로 만든단 말인가? 멍청한 데다 충동적이며, 황소처럼 고집만 센 이 특이한 생명체를 어떻게?

"오빠, 나 왔어."

성공자가 지난밤 이하나의 불쌍한 등짝을 바라보며 되새긴 인류애적 결심의 실현 가능성을 저울질하며 복잡한 고민 속으로 빠져드는 찰나, 이하나가 커다란 목소리로 외치며, 마치 부술 듯 문을 박차고 식당으로 들어섰다. 도대체 어디서 구했는지 궁금할 정도로 괴상한 프릴 장식이 달린 블라우스를 입고 있는 그녀의 모습에 성공자의 가슴은 다시금 의혹으로 무성해졌으며, 약간의 열정 또한 차갑게 식어버렸다. 그러나 성공자는 가까스로 마음을 다잡고 이하나를 향해 반갑게 손을 흔들었다.

상황의 발단

한편 정지용은 오늘도 홀로 집에 남겨졌다. 전날 아침 일찍 나가서는 늦은 밤에 돌아온 최영주는 오늘도 새벽부터 집을 나섰다. 어딜 가는 걸까? 혹시 나 몰래 아버지와 만나는 것은 아닐까? 둘이 무슨 음모를 꾸미는 것은 아닐까?

'쳇, 꾸미라지―' 정지용은 잠시 생각한 다음 소리내 말했다. "미꾸라지―"

그러고는 스스로의 센스에 웃음을 터뜨렸다. "하하하, 재밌는데! 꾸미라지 미꾸라지 미라꾸지 지미라꾸 꾸미지라……"

"꾸미지라― yeaah, 꾸미지 마시라― 예, 아버니임― yeaah."

그는 리듬에 맞춰 흥얼거리면서 동그랗게 등을 접어 소파에서 카펫 위로 미끄러져 내려왔다.

"나는 미끄러지는 미꾸라지― 잠시 외로운 미꾸라지―"

마침내 카펫 위에 대자로 누운 채 정지용은 눈을 감고 생각했다.

'운동이나 갈까. 응, 운동 간 지 좀 오래됐어.'

정지용은 몸을 일으키다 문득 어제 호텔 식당에서 마주쳤던 이상한 여자를 떠올렸다. 하, 어찌나 무자비하게 포크를 내던지던지! Elle est sauvage! Voilà!

그러고 보면 그 여자를 아파트 로비에서도 마주치지 않았던가? 혹시 여기 사는 걸까? 그렇다면 가정부가 아닌 걸까? 하긴 가정부가 일을 하다 말고 갑자기 호텔에 가서 점심을 먹진 않겠지. 그러나…… 가정부라기엔 좀 어려 보이는 것 같기도…… 갑작스레 호기심을 느낀 정지용은 주섬주섬 재킷을 걸치고는 집을 나섰다. 그는 엘리베이터를 타고 로비 층에서 내려, 구석에 숨겨져 있는 직원 전용 출입구로 향했다. 출입구로 들어서자 정면에 엘리베이터가 나타났다. 엘리베이터 옆에는 〈외부인 탑승금지〉라고 씌어져 있었다. 그는 엘리베이터를 타고 지하 3층으로 향했다. 엘리베이터가 열리자마자 보이는 커다란 표지판에는 빨간 글씨로 〈외부인 출입금지〉라고 씌어져 있었다. 그는 표지판에 눈길도 주지 않은 채 복도 반대편에 난 문을 향해 걸었다. 아이보리색 플라스틱 문의 상단에는 역시 〈외부인 출입금지〉라고 씌어져 있었다. 그는 문 옆에 달린 빨간 초인종을 살짝 눌렀다.

한참 뒤에 문이 살짝 열리고 사십대 중반의 자그마한 남자의 얼굴이 드러났다. 메종드레브 관리소장 박 씨였다.

"안녕하세요?"

그는 즉시 정지용을 알아보고는 문을 활짝 열었다. 그리고 허리를 90도로 꺾어 인사했다.

"아이고, 정 사장님, 이 먼 데까지는 웬일로오…… 인터폰 주셨으면 제가 곧바로 올라갔을 텐데요! 무슨 급한 일이시라도……?"

"안녕하세요? 잘 지내셨어요? 그저 가벼운 부탁이 하나 있어 외출하는 김에 들렀습니다."

"아이고, 그러시군요, 무슨 부탁이실까요?"

"혹시…… 입주자 명단을 좀 볼 수 있을까요?"

"당연하죠! 물론입죠! 잠시만 기다리세요! 잠시만 앉아서 기다리세요!"

박 소장이 정지용을 사무실로 안내한 뒤 정면에 놓인 군청색 패브릭 소파를 가리켰다. 그는 정지용이 자리에 앉는 것을 확인하고 재빨리 책상 앞에 앉아 컴퓨터 자판을 두드리기 시작했다. 정지용은 정자세로 소파에 앉아 바닥을 바라보았다. 관리소장은 계속해서 급하게 자판을 두드리며 곁눈질로 정지용을 살폈다.

"그런데…… 그 명단이 무슨 일로 필요하실까요…… 혹시…… 저에게 살짝 말씀해주신다면?"

정지용이 답 대신 의문의 표정으로 바라보자 그는 즉시 비굴한 웃음을 보이며 말했다. "죄송합니다. 불필요한 질문을 드리고 말았군요. 저의 불찰을 겸허히 용서해주십시오. 제가 그것을 앎으로 인해서, 혹여나 도움이 되는 부분이 있을 수도 있지는 않았을까 하는 노파심에 그만……"

"아니에요, 소장님. 이해해요." 정지용이 미소를 지으며 말했다. "사실은요, 제가 조금 좋지 않은 일을 목격해서요."

"네? 무슨 일요? 어떤 사고가 있었습니까?"

"별일은 아닌데요, 어떤 사람이 조금…… 살짝 행실이 수상한…… 아아, 별일은 아니고요…… 그 사람이 좀 궁금해져서요."

박 소장이 자판을 두드리던 손을 멈추고 심각한 표정으로 정지용을 보았다. "혹시 언제 일어난 일인지 알 수 있을까요? 장소와 시간을 말씀해주시면 제가 먼저 CCTV를 확인해보고, 아니, 확인해드릴까요?"

"아닙니다. 정말로 괜찮습니다. 게다가 사적인 일이라서요. 제발 제가 왔었다는 사실을…… 아무에게도 알리지 말아주세요."

박 소장은 잠시 고민했다. 그는 살짝 찝찝한 기분에 빠져들었다. 하지만 천하의 정지용이 부탁인데 별수 있겠는가? 그는 애써 가벼운 목소리로 정지용의 이메일 주소를 물었다. 그는 명단을 바로 메일로 보내겠다고 말했고, 확인 뒤에는 즉시 삭제해달라고 거듭 부탁했다. 정지용은 고맙다며, 빛의 속도로 삭제하겠다고 약속했다. 물론 박 소장은 정지용의 말을 믿지 않았다. 그는 정지용의 부탁과 달리 그의 부탁을 반드시 윗선에 전달할 것이다. 물론 정지용도 그 사실을 예상하고 있었다. 그 사실을 정지용이 예상하고 있다는 사실 또한 박 소장은 예측하고 있었다. 둘은 적당히 사무적인 분위기 속에서 몇몇 관습적인 덕담을 주고받은 뒤 헤어졌다. 박 소장은 CCTV 화면을 통해 멀어져가는 정지용을 관찰했다. 그는 가벼운 발걸음으로 엘리베이터에 탔고, VIP 전용 체력 센터가 있는 31층에서 내렸다. 관리소장은 체력 센터의 CCTV 화면을 모니터 전체에 띄웠다. 잠시 뒤 운동복 차림의 정지용이 화면에 나타났다. 그는 창가 러닝머신에 올라 뛰기 시작했다.

다음 날 정지용은 관리소의 또 다른 직원에게 엉뚱한 부탁을 해왔다. 아파트 저층에 있는 초소형 원룸들의 내부를 구경하고 싶다는 것이다. 직원은 그에게 2층의 비어 있는 5평 원룸을 보여주었다. 정사각형의 좁은 방의 한 면은 전면 통창으로 두꺼운 우드 블라인드가 드리워져 있었고, 그 앞에 싱글 침대가 놓여 있었다. 침대 옆 벽에는 작은 책상과 의자가 마주보고 있었고, 책상 위에는 20인치짜리 텔레비전 겸 컴퓨터 모니터가 놓여 있었다. 반대편에는 욕실이, 그 옆으로 간단하게 싱크대와 소형 냉장고가 놓여 있었다. 그 바로 옆이 정지용이 들어선 현관문이었다. 방 전체를 둘러보는 데는 5초도 걸리지 않았다.

"와 여기는 참……" 정지용은 약간 혼란스러운 표정으로 말했다.

"좀 좁죠? 그런데 살아보면 그렇지도 않아요. 햇볕도 쨍쨍하고……"

"여기서 사는 건가요?"

"네?"

"아, 제 말은, 지금 이 방에 사는 사람이 있나요?"

"지금 이 방은 비어 있어요!" 직원이 억지로 명랑한 표정을 지으며 대답했다. 그러고는 아차 싶었는지 덧붙였다. "하지만 네, 비슷한 구조와 크기의 원룸이 여러 개 있습니다. 지금 이 룸하고요, 또 다른 한 룸을 제외하면 초소형 원룸의 입실은 모두 완료된 것으로 알고 있습니다."

정지용은 또 다른 비어 있는 방을 보여달라고 요청하려 했으나, 직원의 표정이 알 수 없는 불만으로 가득 차 있는 것을 눈치채고는 입을 다물었다.

"그렇군요. 감사합니다. 잘 보았습니다." 정지용이 직원에게 허리를 굽혀 인사했다. 직원 또한 허리를 굽히며 답했다. "아닙니다, 아닙니다."

정지용은 말없이 허리를 펴고 서둘러 방을 빠져나왔다.

집으로 돌아왔을 때, 최영주는 보이지 않았다. 정지용은 메시지를 보냈다.

— 영주 씨, 아직 밖이에요? 오늘도 늦을 거예요?

곧바로 답이 왔다.

— 지용 씨, 나 오늘 요가 등록했어요. 레슨 끝나고 바로 돌아갈게요.

— 그렇구나, 축하해요! 일찍 안 와도 좋아요. 쇼핑도 하고 맛있는 것도 사 먹고 와요.

— 고마워요! 그래도 오늘은 같이 저녁 먹어요. 괜찮아요? 요가 끝나고 연락할게요.

정지용은 시간을 확인했다. 이제 겨우 정오였다. 요가는 얼마나 오래 하는 거지? 한 세 시간 걸리나? 그는 노트북을 들고 거실 소파에 앉았다. 그리고 어제 다운받아 대충 훑어보았던 입주자 명단을 클릭했다. 곧바로 이하나의 인적 사항이 떴다. 과도한 포토숍으로 마치 돌고래처럼 피부가 매끌매끌한 사진 속 이하나는 일본 애니메이션의 주인공처럼 비현실적으로 밝은 미소를 짓고 있었다. 짙은 갈색 생머리를 포니테일로 묶은 채, 목 주위에 프릴 장식이 달린 신기한 블라우스를 입고서 말이다. 며칠 전 본 이하나와 분위기가 약간 달랐지만 동일인물임이 확실했다. 그녀는 317호 원룸에 살고 있었다. '인터넷 BJ'. 직업란에는 그렇게 씌어져 있었다. BJ가 뭐지? VJ의 오타인가? 정지용은 아주 어렸을 때 텔레비전에서 보았던, 선탠

한 얼굴에 노랗게 탈색한 짧은 머리카락, 눈동자만 겨우 가려지는 조그마한 선글라스에 벽돌색 립스틱을 칠한 채로 여러가지 음악들을 선곡했던 사이버틱한 차림새의 여자들을 떠올렸다. 그런 옛날 직업이 아직까지 존재한단 말인가? 정지용은 며칠 전 보았던 아라비안 나이트풍의 꽃무늬 원피스 차림으로 네티즌들을 향해 음악을 선곡하는 이하나를 상상해보았다. 도대체 무슨 음악을 틀까? 엔싱크? 가장 놀라운 점은 이하나의 나이가 정지용보다 여섯 살이나 어리다는 것이었다. 정말이지 불가사의한 여자였다. 그는 이하나의 프로필 사진을 확대하여 화면 가득 채웠다. 지나치게 확대되어 뭉개진 채로 그녀는 여전히 활짝 웃고 있었다. 그런 그녀를 바라보는 정지용의 얼굴 또한 어느새 미소로 가득 찼다.

*

그날 오후 2시가 조금 넘어 최영주는 돌아왔다. 그녀는 곧바로 길게 목욕을 한 다음, 올리브 오일과 유칼립투스, 그리고 약간의 일랑일랑이 섞인 배스 오일 냄새를 전신에서 풍기며 잠시 집 안을 어슬렁거리다가, 피곤하다며 안방에 들어가 낮잠을 잤다. 정지용과 최영주는 6시가 조금 넘어 P호텔로 출발했다. 호텔의 꼭대기 층에는 와인바 겸 스테이크 하우스가 있었다. 날씨가 따뜻해진 지난 주말부터는 루프톱의 야외 좌석이 개방되어 있었다. 둘은 텅 빈 루프톱 한켠에 자리를 잡았다. 커다란 잎사귀의 야자수와 색색의 튤립이 플라스틱과 반짝이는 스테인리스스틸, 그리고 유리로 마감된 조잡하고 삭막한 느낌의 루프톱을 가득 채우고 있었다.

최영주는 보라색과 노란색이 섞인 화려한 실크 스카프를 온몸에 감은 채 의자에 늘어져 있었다. 건너편에 앉은 정지용은 탁자에 한 손을 올려둔 채 허공을 바라보고 있었다. 그의 표정에는 아무것도 떠올라 있지 않았다. 완벽하게 텅 빈, 그리하여 세상에 존재하는 것이 불가능할 정도로 가볍게 느껴지는 그의 존재는 이 삭막한 풍경에 완벽하게 맞아떨어졌다.

최영주가 커다란 스카프 속에서 살짝 움직였다.

멀리서, 음식을 들고 다가오던 웨이터가 둘을 발견하고는 멈춰 섰다. 이른 저녁의 푸른 어둠이 세 사람 위로 천천히 내려앉았다.

식사를 마친 뒤, 최영주가 정지용에게 임신 사실을 알렸다.

괴상한 프릴 장식의 난제

"제대로 된 남자라면 프릴이 5백 개 달린 블라우스를 입은 여자와는 만나지 않는다." 성공자가 진지한 표정으로 말했다.

"내 프릴이 어때서! 내 유튜브 팬들은 좋아한단 말이야. 귀엽다고 했다구."

"걔들이 제대로 된 애들이냐?"

"내 팬들이 어때서! 내 팬들이 어때서!"

"걔들이 제대로 된 애들이면 방구석에 처박혀서 유튜브나 처보고 있겠냐!"

이하나가 성공자를 노려보았다.

"하나야, 내 말은……"

이하나는 말없이 고개를 홱 돌려 반대편 벽으로 향한 채 미동도 하지 않았다. 정말로 화가 났군, 성공자는 아차 싶었지만 다음 순간 본인도 화가 치미는 것을 느꼈다. 왜 쟤랑 이따위 쓰잘데기없는 문제로 싸워야 하지? 이 또라이년은 왜 그렇게 프릴에 집착하는 것일까? 전생에 재봉틀이었나? 성공자는 이하나의 옷차림을 훑어보았다. 오늘도 기대를 저버리지 않고 상당히 부조리한 옷차림을 하고 있었다. 저런 차림으로 어떻게 제대로 된 남자를 만나겠는가? 차라리 홀딱 벗는 게 낫겠다…… 하지만 정말로 홀딱 벗게 할 수는 없으므로 성공자는 괴로운 마음으로 타협안을 구상하기 시작했다.

이하나에 대한 성공자의 원대한 계획에서 간과된 점은 그녀가 근본적으로 몹시 반항적이라는 점이었다. 그녀는 시간이 갈수록 성공자의 제안과 충고, 센스 있는 지혜들에 사사건건 의문을 제기하고, 무시하고, 화를 냈다. 예를 들어서 블라우스는 프릴 장식이 없는 게 훨씬 더 감각적이고 섹시하다는 성공자의 주장을 이하나는 전혀 받아들이지 않았다. '블라우스–프릴 장식=0' 이것이 이하나의 지론이었다. 프릴 장식이 없는 블라우스를 입느니 잠옷을 입고 다니겠다. 이것이 이하나의 단호한 입장이었다.

서서히 성공자가 깨닫게 된 것은, 그녀가 무늬나 장식이 없는 옷이나 가방, 구두를 혐오한다는 것이다. 아니 그것은 혐오를 넘어서 증오에 가까웠다. 그 강렬한 분노는 어디에서 연유한 것인가? 혹시 부모가 어려서 흰 저고리에 검정 치마를 입혀서 키운 것은 아닌지? 어쨌든 이 예상치 못한 난관은 반드시 돌파되어야 했다. 그것은 물론 이하나의 성공을 위한 것이다. 이하나의 성공이란 물론 제대로 된 남자를 만나는 것이다. 여자의 성공이란 전적으로 남자에 달렸지 않은가? 그것은 십수 년에 걸친 철학관 운영을 통해서 증명된 팩트다. 예외란 없다.

시행착오 끝에 마침내 성공자는 하나의 가능성을 발견했다. 이하나는 원피스에 있어서는, 오직 원피스에 있어서만 별고집이 없었다. 성공자는 조상신들에게 감사하며 이하나에게 원피스에 대한 자신의 노하우를 전수했다. 그리하여 어느 주말 저녁 이하나가 성공자의 조언에 따라 인터넷에서 주문한 아무 장식 없이 딱 붙는 검정 미니 드레스를 입고 나타났을 때, 그녀의 보디 실루엣이 어찌나 예술이던지, 4만 원짜리 폴리에스터 쪼가리가 얼마나 고급스럽게 느껴지던지, 성공자는 할 말을 잃었다.

"그 원피스, 얼마 주고 샀니?"

"3만8천 원? 원래 4만2천 원인데 쿠폰 세일해가지구……"

"이야, 그럼 40만 원짜리 원피스를 입으면 거의 뭐 여신급이겠네!"

"뭔 말이야?"

"엄청 잘 어울린다는 얘기야!"

"그래?"

기분이 좋아진 이하나가 술을 사겠다고 성공자를 꼬셨다. 역시 기분이 좋아진 성공자가 자신이 가장 아끼는, 성공자 철학관 시절의 유일한 흔적, 절대로 입지 않고 옷장 속에 모셔두기만 해서 퀴퀴한 방향제 냄새가 깊숙이 배어버린 검정색 돌체앤가바나 재킷을 걸치고 이하나를 따라나섰다. 황량한 신시가지를 걷는 이하나와 성공자의 까맣고 날씬한 실루엣은 세기말 홍콩 영화 속의 멋이 넘치는 중2병 커플을 연상케 했다. 둘은 각자 담배를 입에 문 채 하얀 연기를 뿜으며 P호텔을 향해 나아갔다. 그들이 P호텔 로비의 엘리베이터에 올라탄 뒤 조심스레 같은 곳으로 들어선 이는 정지용이었다.

상황의 전개

정지용은 그날 이하나가 메종드레브를 나설 때부터 뒤를 밟았다. 그 과정에서 여러모로 놀랐는데, 첫번째는 원피스 때문이고(저 여자도 멀쩡한 옷을 입을 때가 있구나!), 두번째는 그런 멀쩡한 차림으로 향한 곳이 엉뚱하게도 뒷골목에 있는 다 쓰러져가는 손바닥만 한 칼국숫집이었다는 것이고, 셋째로 막상 들어간 지 얼마 되지 않아서 수상한 남자와 함께 가게를 나섰다는 점(정지용으로서는 상상조차 할 수 없는 획기적인 타입의 남자였다), 마지막으로 그런 그들이 향한 곳이 P호텔의 와인바였다는 것이다.

이런 식의 괴상한 상황 전개를 어떻게 받아들여야 하는가? 정지용은 반쯤 얼이 빠진 채, 유령에게 홀린 심정으로 두 사람을 쫓았다. 안개 자욱한 밤, 텅 빈 신도시의 대로를 걷는 두 사람의 풍경은 정지용이 한 번도 본 적 없는, 그러나 왠지 익숙한 옛날 영화 속의 한 장면 같았다. 완전히 딴 세상 속의, 이를테면 1930~40년대 흑백 영화 속 전설적인 할리우드 배우들 같기도 했다. '멋있는데!' 흥분한 정지용은 자신이 만들어낸 상상 속 이야기에 깊이 몰입하기 시작했다. 그런 정지용에게는 두 사람이 술집 전체가 울릴 정도의 큰 소리로 상스럽게 웃고 떠드는 것조차 그럴듯하게 느껴졌다. 그는 어색하고 뻣뻣한 자세로 어두컴컴한 구석 자리에 몸을 숨긴 채 위스키를 홀짝거리며 둘의 대화를 경청했다. 대화의 주제는 강원도의 맛집이었다. 둘은 언제 한번 함께 근사하게 강원도 쪽으로 드라이브를 가기로 합의하며 대화를 마쳤다. 성공자는 아주 기분이 좋아 보였는데 그것은 물론 강원랜드 카지노를 떠올렸기 때문일 것이다.

둘은 생각보다 일찍 쿨하게 헤어졌다. 헤어질 때 성공자가 이하나의 허리와 엉덩이 사이를 두 번 톡톡 두드린 것을 빼면 말이다. 성공자가 떠나고, 이하나가 종종걸음으로 메종드레브의 로비로 들어서고 나서도 한참 동안 정지용은 바깥을 서성였다. 마침내 집으로 들어온 그는 잠든 최영주를 확인한 다음 기진맥진하여 곯아떨어졌다.

그 뒤로 이틀간 정지용은 이하나를 볼 수가 없었다. 처음에는 집에서 나오지 않는 것이라고 생각했는데 그러기에는 너무 오랜 기간이 지난 것이 아닌가. 그는 좁은 방에서 알 수 없는 이유로 쓰러져 있는 이하나를 상상했다. 걱정이 지나쳐 지하 박 소장의 사무실 앞까지 갔다가 되돌아오기도 했다.

한편 이하나가 집에서 나오지 않고 있는 것은 사실이었다. 그녀는 그간 소홀해져 있던 유튜브 방송을 이틀 연속 진행했다. 그녀와 팬들이 사랑하는 프릴 장식이 가득한 블라우스를 입고, 햇반에 스팸구이, 컵라면에 캔맥주를 먹으며 유행가를 부르기도 하고, 춤을 추다가, 갑자기 얼굴이 부었다며 세수를 한 다음 팩을 얹고 침대에 누워서 졸다가 다시 일어나 욕실에 가서 로션을 바르고 화면 앞에 나타나자 그녀의 애청자들은 쌩얼을 보았다며 열광했다. (물론 그녀는 로션을 비비크림과 섞어 발랐으며 재빨리 눈썹도 그렸고 MLBB 립스틱도 발랐다.)

다음 날에는 풀 메이크업을 하고 성공자가 칭찬했던 검은색 원피스를 입고 다리를 꼬고 앉아 남자들의 연애 상담을 받아주는 야한 누나 콘셉트의 방송을 진행했는데 생각보다 반응이 좋지 않았다. 그녀가 화면에 등장하자마자 '누나 뭐예요, 무서워요'라는 코멘트를 남기고 떠난 사람들이 서른 명이 넘었다. '누나 요새 술집 나가요?'라는 질문도 여러 명에게 받았다. 수위를 넘는 음담패설들이 쏟아졌다. 이하나는 당황했다. 딱딱한 긴장감 속에서 평소보다 빠르게 방송을 끝마쳤다. 이하나는 노트북을 닫고 그대로 침대 위로 쓰러졌다. 피로가 몰려왔으나 이대로 잠들고 싶지는 않았다. 화장도 지우지 않은 데다가 뭔가 몹시 허무했다. 그녀는 습관적으로 성공자에게 메시지를 보내려다가 휴대전화를 내려놓고 생각했다. '이게 다 성공자 때문이 아닌가? 그 인간이 검정 테이프 쪼가리 같은 원피스를 사라고 나를 꼬셔먹은 바람에……'

그렇다. 이 모든 것은 너무나도 성공자 때문이었다. '그 인간이 내 밥줄을 끊어놓고, 내 인생을 망쳐놓으려고 한다!'

이하나는 성공자가 원망스럽고 미워졌다. 이어 유튜브가, 촌스러운 팬들이, 인터넷이, 삼성 노트북과, 갤럭시 스마트폰이, 더 나아가 온 세상이 싫고 미웠다. 그녀는 위로가 필요했다.

이하나는 휴대전화로 이우진에게 메시지를 보냈다. 1분도 되지 않아 그에게서 전화가 걸려왔다. 둘은 다음 날 저녁 중앙공원 반대편 입구 근처에 새로 개장한 이자카야에서 만나기로 했다.

*

다음 날 6시경, 최영주와 이른 저녁 식사를 마친 정지용은 중앙공원을 산책한 다음, 공원 입구에 새로 생긴 작은 카페의 테라스에서 쉬었다가 가기로 했다. 몇 주 만에 구름 한 점 없이 깨끗한 날씨였다. 최영주가 휴대전화 날씨 앱에서 기상 상태를 확인하고는 상쾌한 표정으로 오렌지주스를 한 모금 마셨다. 정지용은 플라스틱 커피 잔에 꽂힌 빨대를 우물우물했다.

"나도 커피 먹고 싶다." 최영주가 말했다.

정지용이 커피를 내밀었다. "한 입 마실래요?"

"안 돼, 안 돼." 최영주가 입을 비쭉 내밀고 고개를 내저었다.

"에이, 한 입 정도는 괜찮아요."

"싫어, 싫어."

정지용이 커피를 내려놓고 생각에 잠겼다.

"무슨 생각 해요, 지용 씨?"

"그냥……" 정지용이 양손을 재킷 주머니에 넣고 고개를 갸웃거렸다.

"세상엔 참 다양한 사람들이 있는 것 같아요."

"맞아요……" 최영주는 대답하며 정지용의 아버지를 떠올렸다.

"영주 씨는 무슨 생각 해요?"

"아니에요, 별거. 이제 일어날까요?"

둘이 카페에서 나와 메종드레브로 향하는 길, 이하나는 이우진과의 저녁 약속을 위해 집을 나선 참이었다. 먼저 이하나를 발견한 정지용이 놀라 멈칫했다. 하지만 금세 아무렇지 않은 척 걸음을 다잡으며, 슬쩍 최영주를 바라보았는데 그녀는 아무것도 눈치채지 못한 듯했다. 다행이라 생각하며 다시 앞을 보는데 어느새 가까이 다가온 이하나가 정지용을 뚫어져라 바라보고 있었다. 정지용은 얼른 고개를 반대쪽으로 돌려 공원 풍경을 감상하는 척했다. 그러나 이하나는 정지용이 자신 때문에 당황했다는 것을 알아챘고, 묘한 미소를 얼굴에 띠운 뒤 급하게 방향을 바꾸어 정지용이 바라보던 바로 그 방향으로 사라졌다.

"아는 사람이에요?"

최영주가 엘리베이터에서 내리며 말했다.

"누구요?"

"방금 들어오는 길에 마주친 여자요."

"아니…… 아닌데? 누구? 여자? 어떤 여자?"

"아니에요? 그런데 왜 그렇게 뚫어져라 쳐다보지?"

"내가 그 여자를요?"

"아니, 그 여자가 지용 씨를요."

"그랬어요?"

"네."

"영주 씨가 너무 예뻐서 쳐다봤나 보죠."

"아니야, 지용 씨를 봤다니까."

"나를요? 너무 잘생겨서 쳐다봤나……" 말을 맺으려다 말고 정지용이 최영주의 얼굴을 살폈다. 물끄러미 정지용을 바라보는 최영주의 표정은 여느 때와 다를 바가 없었다.

"이상한 여자네. 영주 씨 놀랐겠어요."

"옷차림도 아주 이상했어요."

"그랬나? 맞아, 그랬던 것 같아."

최영주가 고개를 끄덕끄덕하며 귀엽고 측은한 표정으로 정지용을 바라보았다. 앗, 마치 길을 잃은 새끼고양이 같잖아. 동요한 정지용은 최영주를 꼭 껴안고 말했다. "걱정하지 말아요. 아무 일 없을 거예요."

"왜요, 무슨 일이 있을 것 같아요?" 최영주가 가만히 정지용의 품에 안긴 채 물었다.

"왜요, 무슨 일이 있었으면 좋겠어요, 영주 씨?"

*

그날 밤 정지용은 정대철에게 전화를 걸었다. 그는 먼저 최영주의 임신 소식을 전했다. 정 회장이 무감동한 목소리로 축하를 전했다. 정지용이 덧붙이기를, 그런데 최영주에게 우울증의 기미가 엿보인다며, 임신의 영향인 듯하고 그녀의 건강한 출산을 위해 익숙한 환경으로 돌아가 지내는 것이 좋지 않겠느냐, 즉 서울로 돌아가고 싶다는 자신의 강렬한 소망을 빙둘러 전했다.

다음 날 정 회장의 비서에게 연락이 왔다. 새로운 집이 준비되었으며, 2주 뒤로 이사 스케줄을 잡았다고 전했다. 그날 저녁 식사 도중 정지용은 비서가 전달한 내용을 최영주에게 전

했다. 소식을 들은 그녀는 약간 기쁜 듯도, 약간은 실망한 듯
도 했다.

상황의 절정

다음 날 이하나가 식당으로 찾아갔을 때, 성공자는 잔뜩 화가 나 있었다. 간밤에 이하나가 이우진을 만난 사실을 알게 되었기 때문이다.

"우진이는 안 된다고 천 번, 만 번을 말했다."

"오빠가 뭔데 내 삶에 관여해? 오빠가 내 엄마야?"

성공자는 이하나가 자신을 아빠가 아닌 엄마에 비유한 것이 마음에 걸리기는 했지만 무시하고 말했다.

"어쨌든 이우진은 안 돼."

"됐어! 오빠 말 들어서 도움 되는 게 하나도 없어! 더럽게 없어!"

성공자는 두 팔을 휘두르며 소리치는 이하나를 말없이 바라보았다. 그녀는 성공자의 조언으로 구입한 또 하나의 대박 원피스(베이지색 실크 원피스, 현대홈쇼핑 60퍼센트 세일가 138,000원)를 입고 있었는데 그것이 아주 잘 어울렸다. 컬러는 미스터리하고, 소재는 섹시했으며, 라인은 럭셔리했다. 흡족한 마음이 된 성공자는 이하나의 험한 말들을 귀엽게 용서해주기로 했다.

"그래, 오빠가 도움 되는 게 없구나, 미안미안." 성공자가 이하나의 어깨를 두드리며 말했다. "칼국수 먹을래?"

"싫어."

"김치찌개?"

이하나는 망설였다.

"오, 우리 하나가 김치찌개가 먹고 싶구나? 오늘 김치찌개가 좀 땡기는구나? 오케이, 좀만 기다려ㅡ"

성공자가 주방으로 사라지고 홀로 남은 이하나는 주위를 두리번거리다가 테이블 위에 펼쳐진 성공자의 노트북을 발견하고는 그 앞에 앉았다. '게임이나 한 판 할까?'

자판을 톡, 치자 꺼진 화면에 불이 들어왔다. 환해진 화면에는 한 늙은 남자의 사진이 잔뜩 떠워져 있었다. 그것은 오손그룹 정대철 회장의 사진들이었다. 성공자는 유명인들의 관상을 살피는 취미가 있었다. 특히 이름난 부자와 정치인 들의 얼굴에 관심이 많았다. 오늘도 그는 이하나를 기다리면서 습관처럼 유명인들의 얼굴을 살피고 있었다. 그가 가장 좋아하며 자주 들여다보는 얼굴은 이병철, 정주영, 박정희, 존 D. 록펠러, 레이건, 김일성이었는데 최근에는 이건희와 손정의의 얼굴에도 관심을 갖기 시작했다. 일련의 얼굴들을 다시금 상세히 관찰하고 나서도 이하나가 나타나지 않자 그는 새로운 얼굴이 필요했다. 그는 『J일보』 홈페이지에 접속하여 경제면을 클릭했다. "오손그룹 정대철 회장이 진두지휘하는 4차 도시 혁명"이라는 제목의 기사가 상단에 커다랗게 걸려 있었다. 그는 기사를 읽는 대신 새 창을 띄워 구글 이미지에 정대철 세 글자를 쳤고, 바로 그때 여느 때처럼 부술 듯 문을 열고 이하나가 가게로 들어섰던 것이다.

'으, 늙은 아저씨 싫어. 으으, 드럽게 생겼어.' 이하나는 건성으로 화면의 스크롤을 내렸다. 그리고 창을 끈 다음 온라인 게임 사이트에 접속했다.

'어? 잠깐만, 잠깐만.'

그녀는 다시 창을 켜고 정대철의 사진을 띄웠다. 급하게 스크롤을 내리던 그녀의 시선이 한 장의 사진에 멈췄다. 사진을 클릭하자 기사가 떴다. "오손그룹 정대철 회장의 독자 정지용씨, 오늘 전 Y대 총장 외손녀와 화촉 올려……"

사진 속 한가운데, 웨딩드레스 차림으로 웃고 있는 미녀는 어제 집 앞에서 봤던 정지용 옆의 바로 그 여자였다. 그 여자 옆에 어딘가 주눅 든 표정으로 서 있는 남자 또한 바로 그……

"악!" 이하나가 외마디 비명을 질렀다.

이하나의 괴성에 한 손에 칼을 든 채로 주방에서 뛰쳐나온 성공자는 그녀가 넋이 나간 표정으로 빨려들어갈 듯이 노트북 화면을 바라보고 있는 것을 발견했다. '뭐지? 인터넷 귀신인가? 요새 잡귀들이 인터넷으로……' 성공자는 엉뚱한 생각을 하며 조심스럽게 이하나를 향해 다가갔다.

"하나야 괜찮아……?"

"오빠……"

"응, 하나야. 진정해. 오빠 바로 옆에 있어."

"오빠, 그때 나 따라왔던 남자 있잖아……"

"무슨 남자? 아, 그 남자…… 그치, 오빠가 분명하게 기억하지 물론……" 성공자가 전혀 떠오르지 않는 기억을 더듬으며 대답했다.

"그 남자가 이 남자야!"

이하나가 오른손 검지로 화면 속 정지용의 얼굴을 꾹 누르며 외쳤다.

그는 재빨리 사진을, 그리고 사진이 속한 기사의 타이틀을 확인했다. 그리고는 이하나를 골똘히 바라보며 생각했다. '인터넷 귀신 들린 게 맞는 것 같은데……?'

그는 이하나가 횡설수설 늘어놓는 이야기를 무시하고 김치찌개를 마무리하기 위해 주방으로 들어갔다.

완성된 김치찌개는 성공자 인생에서 3위 안에 랭크될 정도로 엄청난 맛이었다. 하지만 이하나가 여전히 넋이 나간 표정으로 힘없이 국물을 떠먹는 시늉만을 했으므로 성공자는 졌다는 심정으로 주머니에서 휴대전화를 꺼내어 『J일보』의 오손그룹 정대철 회장 기사를 검색하여 읽기 시작했다.

오손그룹 정대철 회장이 진두지휘하는 4차 도시혁명

정 회장을 만난 것은 지난 주말 토요일 이른 아침, 최근 오손그룹이 완공한 콘도형 스마트아파트 메종드레브의 지하 3층에 있는 컨트롤타워의 데이터 저장소였다.

"거주민들의 모든 생활 상태가 빠짐없이 기록됩니다. 모두가 더욱 인간적이고 쾌적한 주거 환경을 위해서 사용되지요."

카키색 나일론 점퍼에 남색 면바지의 캐주얼한 차림의 정 회장이 데이터 센터 내부를 기자에게 안내하며 말했다.

"사생활 침해의 가능성은 없는지요?"

"하하, 요즘은 모두가 그것을 묻더군요. 확실히 한국이 정신문화에 있어서도 선진국의 대열에 든 것이 확실해요. 아주 뿌듯합니다. 그런데 기자님도 아시겠지만, 저 정대철이야말로 대한민국 프라이버시 투사 1호 아닙니까? 사생활 보호에 대한 저의 강한 믿음 덕분에 얼마나 많은 손해를 봤는지 아십니까? 하지만 저는 포기하지 않았지요."

원래 재벌가를 둘러싼 호사가들의 입담은 끊이지 않는 법이다. 하지만 정 회장을 둘러싼 루머는 타의 추종을 불허해왔다. 그는 그것이 사생활을 최우선으로 여기는 유러피언 라이프스타일에서 비롯되었다고 생각하고 있었다. 실제로 그와 그의 가족은 외부에 거의 모습을 드러내지 않는 것으로 유명하다.

"최근에 외아드님께서 결혼을 하셨지요?"

"네, 아주 빼어난 며느리를 맞게 되어서 기쁩니다."

몇 달 전 인터넷을 뜨겁게 달군 며느리 최 씨의 사건을 의식한 듯, 그는 한동안 며느리 칭찬을 늘어놓다가는 마침내 최 씨의 임신 사실을 수줍게 알렸다. 외부에 밝히는 것이 처음이라며 멋쩍은 듯 웃는 그는 영락없이 우리 주변의 자애로운 할아버지의 모습이었다. 하지만 데이터 센터에 대한 설명을 요구하자 그의 눈빛은 다시금 날카롭게 빛났다.

최근 완공된 스마트아파트와 며느리의 임신으로 겹경사 맞은 정 회장

"아주 섬세한 시스템으로 이루어져 있지요. 어떤 면에서는 인간의 두뇌보다 더 센서티브해요. MIT의 젊은 브레인들이 모여서 작은 실험실을 꾸미고 수 년째 빅데이터를 연구하고 있습니다. 그들 가운데 한국 출신 젊은이가 있어요. 그 젊은이가 MIT에서 박사과정을 밟을 때 오손그룹이 그의 탤런트를 바로 알아보고 신인재 장학금을 지원했습니다. 그것을 인연으로 해서 그가 참여한 연구개발팀과 손잡고 우리 오손이 메종드레브의 메인 컨트롤 시스템을 설계했습니다. 자랑 같지만 세계에서 가장 앞서나가는 시스템이에요. 인간의 복잡한 사고 능력을 최대치로 재현하는 데 목표를 뒀습니다. 아주 인간적인 시스템이에요. 사생활 침해 같은 것은 불가능합니다."

그는 시종일관 부드러운 목소리로, 그러나 열의를 가지고 메종드레브의 복잡한 관리 시스템에 대한 설명을 이어나갔다. 어느새 그의 표정은 기자가 예상치 못했던 인간에 대한 애정으로 가득 차 있었다.

"저도 이제 손자의 탄생을 바라보는 나이가 되었습니다. 노인의 지혜를 새로운 세대에게 전수하는 심정으로서 간절하게 이 새로운 프로젝트를 시작했습니다."

사생활과 편리함, 두 가지 토끼 모두를 잡겠다는 야심 찬 전략

새로운 시대를 향한 정 회장의 계획은 원대하다. 그는 L시를 진정한 의미에서의 21세기 도시, 젊은 인재 육성의 허브, 아시아 4차산업의 발상지로 탈바꿈시키려고 한다.

"단지 의식주를 해결하는 공간이 아니라, 꿈을 가진 젊은이들의 치열한 자기계발, 자기창조의 장이 되게 하는 것이 저의 꿈입니다. 거주자들을 진정으로 살피고, 그들의 비전을 이해하고, 젊고 창조적인 우리 젊은 세대의 조력자가 되기 위해서 지속적인 소통의 장 또한 마련하고 있죠. 완전히 새로운 개념의 커뮤니티-스페이스입니다."

그는 그 예로 매달 메종드레브 옥상에서 열리는 거주자를 위한 파티를 소개했다. 그의 외아들 내외는 아예 직접 입주하여 오손의 새로운 비전을 솔선수범 경험하고 있다고 했다.

"하나뿐인 아드님과 소중한 며느님을 외딴 곳에 보내놓고 걱정이 되지는 않으신지요?"

"하하, 그런 걱정의 말도 많이 전해 들었어요. 하지만 전혀 걱정이 되지 않아요. 요즘 아이들답지 않게 속이 깊고 듬직합니다. 그들과 함께 대화를 나누며 저는 그들이 우리 세대와는 전혀 다른 종류의 용기와 믿음, 희망으로 가득 차 있다는 것을 배웠습니다. 아주 새로운 세대가 탄생했구나, 과분하고 고마울 뿐입니다."

젊은 창조성의 인큐베이터가 될 신공간 실험

주위의 또 다른 공간들도 공사가 착착 진행 중이다. 하이라이트는 도시 중심부에 들어설 평화와 화합 증진을 위한 아시아 센터이다. 우리는 자리를 옮겨 건설 현장이 한눈에 내려다보이는 메종드레브의 옥상에 있는 전망대로 향했다. 역동적으로 공사가 진행 중인 거대한 황무지를 내려다보며 그에게 아시아 센터의 쓰임새에 대해 구체적으로 질문했다.

"북한, 중국, 일본, 그리고 베트남, 태국, 인도네시아…… 우리 주위에는 다양한 이웃들이 있죠. 하지만 우리는 우리의 이웃을 너무 모릅니다. 그 무지가 서로에 대한 공포심을 자극하고, 우물 안 개구리로 주저앉히는 것을 저는 자주 목격하고 좌절했습니다. 하지만 더 이상은 안 됩니다. 우리의 소중한 자식 세대들이 겁쟁이 개구리로 살아가게 해서야 되겠습니까? 우리는 이제, 서구 선진국들로부터 배울 만큼 배웠지요. 이제 우리에게 필요한 것은 일방통행의 배움을 뛰어넘어, 집단지성으로 충만한 공동체입니다. 그것은 모두가 평등하게 참여하는 공정한 경쟁을 통해서 가능하다고 저는 믿습니다. 가장 이상적인 경쟁과 교육의 장을 젊은 세대에게 마련해주는 것이 저의 마지막 소망입니다."

정 회장의 겸손한 말은 그러나 막힘이 없었다. 그의 소탈하고 정직해 보이는 인상에는 수상한 루머들이 숨을 그늘이 없어 보였다. 그가 손수 기자의 찻잔에 차를 따라주었다. 지리산에 있는 오래된 산사에서 15년째 구해온다는 유기농 녹차였다. 정 회장 본인처럼, 화려하지는 않지만 깊고 담백한 맛이었다.

최XX 기자

"그게, 걔네 집이 맞긴 맞네." 기사를 다 읽은 성공자가 말했다.

"뭐가? 걔네 집이 누군데?"

"그 정대철 아들내미 정지용이 말이야. 너 따라왔다고 너가 주장하는 개의 아빠가 너네 집 지은 거네. 그런데……"

"맞다니까!"

이하나가 의기양양한 표정으로 숟가락을 들어 김치찌개가 든 뚝배기의 옆구리를 때리며 외쳤다.

성공자는 대답 대신 휴대전화에 새 창을 띄워 정지용의 결혼 사진을 검색했다.

"근데 얘가 진짜로……"

성공자가 휴대전화 화면 속 정지용을 바라보며 뭔가 말을 하려는 순간 식당의 문이 열렸다. 열린 문으로 걸어 들어온 것은 정지용이었다. 그는 주저 없이 곧장 이하나를 향해 걸어왔다. 이하나의 얼굴이 하얗게 질렸다. 상황을 제대로 파악하지 못한 성공자는 이하나와 정지용의 얼굴을 번갈아 쳐다보다가 마침내 방금 가게로 들어온 낯선 남자가 자신이 들고 있는 휴대전화 속 사진의 주인공이라는 것을 깨닫고 깜짝 놀라 자리에서 일어섰다. "아앗, 저……"

정지용은 성공자의 반응을 무시하고 이하나를 향해 말했다. "저녁 먹고 있었어요?"

이하나가 입을 열지도 다물지도 못한 채로 정지용의 얼굴을 뚫어져라 바라보았다.

"놀랐구나? 놀란 얼굴이 토끼같이 귀엽네." 정지용의 목소리는 상황에 맞지 않게 차분했다. "할 말이 있어서 왔어요."

이하나가 여전히 하얗게 질린 얼굴로 정지용을 바라보았다.

"그게 뭐냐면, 음…… 하나 씨, 제가 많이 좋아해요."

그는 미소 띤 얼굴로 김치찌개가 든 뚝배기를 잠시 내려다본 뒤 덧붙였다. "같이 맛있는 거 먹으러 갈래요?"

Devil in a New Dress

이하나는 술기운에 살짝 달아오른 얼굴로 부드러운 가죽
시트에 뺨을 댄 채 정지용이 잡고 있는 자동차 핸들에 새겨진
벤츠 로고를 바라보았다. 늦은 밤 한남대교는 텅 비어 있었다.
정지용은 뭔가를 실험하듯이 아주 조금씩 차의 속도를 높였
다. 카오디오에서는 약간 견디기 힘들 정도의 큰 소리로 칸예
웨스트의 「Devil in a New Dress」가 흘러나오고 있었다. 이
하나가 조금 위험하다고 느꼈을 때, 정지용이 작은 소리로 흥
얼거리기 시작했다.

Put your hands to the constellations
They way you look should be a sin, you my sensation

그의 목소리는 부드럽고 기분 좋게 들렸다.

I know I'm preaching to the congregation
We love Jesus but you done learned a lot from Satan

한남대교를 벗어난 후 차의 속도가 조금 더 높아졌다. 주위의 차들이 물러서듯 빠르게 뒤쪽으로 사라졌다. 늦은 밤 안개인지 먼지인지에 겹겹이 싸인 서울은 질 낮은 홀로그램 이미지 같았다. 하지만 그 가짜 같은 풍경보다 더 가짜 같은 것은 이 달리는 자동차 안, 견딜 수 없이 시끄럽고 또 조용한 바로 그곳이었다.

*

장난같이 정지용이 나타났던 지난밤, 이하나 또한 장난처럼 그를 따라나섰다. 둘은 아무 말 없이 밤길을 걸어 P호텔의 지하에 있는 위스키 바로 들어섰다. 맛있는 저녁 식사 대신에 독한 위스키를 반병 가까이 나누는 동안 역시 별말이 이어지지 않았다. 이따금 이하나의 얼굴을 들여다보며 미소 지을 때를 제외하면 정지용의 마음은 완전히 다른 곳에 가 있는 것만 같았다. 이하나는 탁자 위에 놓인 묵직한 위스키 병을 만지면서 도대체 이게 한 병에 얼마일까 생각했다. 그녀는 성공자에게 메시지를 보내고 싶었지만 전화기를 꺼낼 분위기가 아니었다. 정지용은 이따금 바에 흘러나오는 음악을 따라 불렀는데, 죄다 이하나는 들어본 적 없는 노래들이었다. 그렇게 한 시간쯤 지났을 때, 이하나는 살짝 화가 치밀었다. '이 남자가

지금 나를 놀리는 것인가?'

"이제 그만 갈까요?"

마침내 이하나가 단호한 목소리로 물었을 때, 그녀를 바라보는 정지용은 방금 꿈에서 깨어난 듯 멍한 표정이었다.

"그러죠. 밤이 꽤 늦었군요." 그가 고개를 끄덕이며 자리에서 일어났다. 놀랍게도 만족스러운 듯한 표정이 그의 얼굴에 떠올라 있었다.

"저는 화장실 갈 거예요." 이하나가 사나운 표정을 짓고는 홱 일어섰다.

화장실로 들어선 이하나는 거울에 비친 자신의 얼굴이 유난히 못생겨 보이는 것을 발견했다. 억지로 마음을 달래며 화장을 고치는 동안 수치심, 절망, 분노 등의 감정이 그녀의 마음속으로 파도처럼 밀려왔다 또 밀려갔다. 꽤 오랜 시간이 지나고 나서야 그녀는 화장실에서 나왔다. 그런데 화장실 입구에 정지용이 서 있는 것이 아닌가.

"안 가셨어요?" 이하나가 떨떠름한 표정으로 물었다.

"같이 가려고 기다렸어요." 정지용이 말했다. "아시죠? 우리 같은 건물에 사는 거."

호텔에서 나온 둘은 천천히 집을 향해 걸었다. 늦은 새벽의 공기는 싸늘했다. 정지용이 재킷을 벗어서 이하나의 어깨에 덮어주었다. 재킷은 놀랍도록 가볍고 부드러웠으며 흐릿하게 향수 냄새가 배어 있었다.

걷는 내내 정지용은 말이 없었고, 이하나는 자신의 어깨에 덮인 재킷의 가격이 궁금했다. 아파트 로비에 도착하여 정지용이 이하나를 엘리베이터에 태운 뒤 문이 닫히려는 찰나 손을 흔들며 말했다. "내일 또 만나요!"

엘리베이터의 문이 닫히고 이하나는 의문에 사로잡혔다. '내일? 내일 왜? 내일 언제? 내일 어떻게? 혹시 내 전화번호를 아나? 아니 근데 우리 집은 어떻게 아는 거지? 미친놈! 미친놈! 어떡하지! 미친놈에게 딱 걸렸나 봐!'

이하나가 뛰듯이 집으로 들어서자마자 휴대전화를 꺼내 드는데 초인종이 울렸다. 이하나는 재빨리 문에 달린 작은 유리 구멍으로 밖을 내다보았다. 정지용이었다. "아니 왜 여기까지 따라온 거야! 미친놈!" 이하나는 작게 속삭이며 한 손에는 전화기를, 다른 한 손에는 마침 책상 위에 놓여 있던 볼펜을 쥐고 조심스레 문을 열었다.

"왜요……?"

"아, 하나 씨, 우리가 내일 만나기로 했잖아요?"

"그런데요?"

"그런데 연락처를 몰라서……"

침묵.

"전화번호 줄래요?"

이하나는 망설였다.

"주기 싫어요? 그렇다면 저녁 7시에…… 아까 갔던 호텔 로비에서 볼까요?"

아니 이 남자는 그 호텔밖에 모르나? 이하나는 생각했다.

"싫으세요? 딴 데 갈까요?"

이하나는 답이 없었다. 정지용은 기다렸다.

그냥 문 닫고 꺼지면 안 되나. 이하나는 생각했다.

"저, 하나 씨, 그리고……"

"아, 그래요. 내일 거기서 봐요. 됐죠?" 그렇게 말하고는 이하나가 문을 닫으려는데 문틈으로 정지용의 손이 쑥 들어왔다. 꺄악, 이하나는 소리를 지르며 허우적대다가 손에 들고 있던 볼펜을 떨어뜨렸다.

"하나 씨, 괜찮아요? 뭔가 떨어진 것 같은데?"

"괜찮아요! 그만 가세요!" 이하나가 말하며 다시 문을 닫으려고 하는데 정지용이 문을 잡고 놓지 않았다.

"도대체 왜 이러세요! 안 가시면 경비원을 부르겠어요!"

"아니 제 재킷……" 정지용이 빠르게 속삭였다. "제가 빌려 드린 재킷을 못 받았는데……"

그제야 이하나는 정지용의 재킷이 아직 자신의 어깨에 걸쳐져 있다는 사실을 깨달았다. 그녀는 재킷을 벗어 문틈으로 내던지듯이 건넸다.

"됐죠? 손 치워요, 다쳐요!"

정지용이 신속하게 손을 뺐다. 문이 쾅 하고 닫혔다. 너무 세게 닫았나, 하는 생각이 잠깐 들었지만 이내 고개를 흔들며 이하나는 침대에 누웠다. 피곤함이 몰려왔다. 그녀는 눈을 감고 생각했다. 내일 일어나서 성공자한테 전화해야지…… 다음 순간 그녀는 잠에 빠져들었다.

다음 날 깨어나 이하나가 전화를 켰을 때 부재중 전화가 두 통이 와 있었고 물론 둘 다 성공자였다. 이하나는 성공자에게 전화하여 간밤의 일을 자세하게 들려주었다. 성공자의 반응은 이하나의 예상과 정반대였다. 잘되었다. 아무 문제가 없었으며, 반대로 놀랍도록 성공적이다. 다시 만나라는 것이다.

"이상하지 않아?"

"뭐가 이상한데?"

"그냥 전체적으로…… 이상하잖아. 오빠는 그런 느낌 안 들어?"

"모르겠는데?"

"아니야, 분명히 이상해. 오빠가 남자라서 그런 반응이 나오는 거야. 아아, 왜 나는 여자 친구가 없지!"

"그야 니가……" 성공자가 말을 흐렸다.

"내가 뭐?"

"그러지 말고 좀더 자세히 설명해봐. 뭐가 이상한데, 그 남자가?"

"내가 봤을 때……" 이하나가 잠시 적합한 말을 고민했다. "약간 저승사자 같아……"

성공자가 답이 없자 이하나가 덧붙였다. "이 세상 사람 같지가 않다구. 뭐랄까……"

"영 딴 데 사는 사람 같애?"

"응!"

"너랑 완전히 딴 데, 그치?"

"이제 내 말을 좀 알아듣네!"

"그게, 걔가 너랑 정말로 완전히 딴 세상에 살아서 그래."

"응?"

"걔가 너랑 완전히 다른 종족이라 그런 거라고. 완전히 딴 데서 온 애라고. 솔직히 말해서, 너는 그런 애를 만날 기회가 마이너스로 백 프로야. 그런데 기적이 일어난 것이지. 왜냐? 네가 나의 말을 잘 듣고 따라와주었기 때문에……"

이하나는 잠시 생각한 뒤 물었다. "그럼 지금 이게 다 오빠 때문이라는 거야? 그놈이 나에게로 온 것이?"

"그렇지!" 성공자가 경쾌하게 외쳤다. "하나가 이제야 오빠의 말을 알아듣는구나!"

이하나는 좀더 생각한 뒤 다시 물었다. "아니야, 오빠. 나는 이해가 안 돼. 전혀……"

"어떤 부분이 이해가 안 되는데?"

"걔가 왜 나를 만나려고 하는지. 왜 나를 보고 좋아한다는 건지."

"하나야, 세상 모든 것을 이해할 필요는 없어. 이해하려고 노력하지 마. 그저 이렇게 된 이상."

"된 이상?"

"꽉 물어. 절대 놓지 마."

이하나는 대답이 없었다.

"하나야? 잠들었니?"

"아니야, 오빠. 근데…… 걔 유부남인 거 알지?"

"그래서?"

"유부남을 꽉 물어서 뭐 해?"

하하하, 성공자가 과장되게 웃었다.

"왜 웃어?"

"총각이면 어떡하려구? 결혼하려구? 오손그룹 후계자랑? 니가?"

성공자는 단칼에 이하나를 비참하게 만드는 데 성공했다. 이하나는 전화를 끊고 침대에 누워 이불을 뒤집어썼다. 뒤척이다가 잠이 들었는데 기이한 악몽을 꾸었고 땀에 절어 깨어났다. 겨우 일어나 앉아 물을 한 모금 마시고, 창에 친 블라인드를 활짝 젖히고 밖을 보았다. 벌써 오후 3시, 여느 때처럼 공사에 한창인 정체불명의 건물들, 그 반대편의 속절없이 푸른 공원, 그리고 멀리 먼지 속에 어렴풋이 보이는 괴상한 모양의 거대한 뭔가…… 이하나는 생각했다. 언제까지 나는 이렇게 살 수 있을까. 언제까지 이런 식으로 삶이 지속될 수 있을까. 문득 자신의 삶이 하나의 이상한 꿈처럼 느껴졌다. 내가 죽으면 이 꿈도 끝나겠지. 하나의 변변찮은 꿈. 하나의 좆같은 꿈. 도대체 누가 이 악몽을 시작한 걸까? 이하나는 그 사람에게 복수하고 싶어졌다.

꼭대기에서

다음 날, 정지용은 약속한 7시 정각 P호텔 로비에 나타났다. 그는 어색하게 손을 흔드는 이하나를 향해 스시가 먹고 싶다며 주차장으로 데려가 차에 태웠다. 한동안 조용히 차를 몰던 정지용은 이하나를 슬쩍 살피고는 음악을 틀었다. 클래식과 재즈, 힙합과 일렉트로닉 장르의 곡을 한 곡씩 번갈아 틀며 이하나의 반응을 살피던 정지용은 그녀가 텅 빈 택배 상자처럼 아무런 반응이 없자 체념한 듯 아델의 최신 앨범을 틀었다.

이하나의 음악에 대한 기본적인 입장은 귓구멍에 들어오는 소리는 대체로 성가시다는 것이다. 뭐 사 준다는 얘기만 빼고.

'사 줄게, 사 줄게, 다 사 줄게, 말만 해, 다 사 줄게— 뭐 이런 내용의 노래는 없나?' 이하나는 생각했다. '하긴, 지금 나오는 노래가 그런 가사일지도 몰라. 하지만 알아듣지를 못하니……'

이하나는 에라 모르겠다 생각하며 눈을 감았다. 등을 댄 가죽 시트는 부드러웠고, 은은하게 코코넛 냄새가 났다. 정지용이 목이 마르면 마시라고 쥐여준 탄산수는 예쁜 유리병에 들어 있었다. 아델의 목소리는 자장가 같았다. 이하나가 잠들려는 순간, 음악이 바뀌었다. 아주 시끄럽고 듣기 싫은 음악이었다. 잠이 확 달아났다.

"이 노래 뭐예요?"

"어, 칸예 웨스트요."

정지용은 이하나가 처음으로 자신이 튼 음악에 반응을 보인 것에 고무되어 칸예 웨스트 특집을 시작했다. 둘은 칸예 웨스트가 맛이 간 목소리로 자기가 신이라고 주장하는 것을 들으며 서울로 진입했다.

*

'아주 잘 먹는 여자군.' 정지용이 이하나 앞에 놓인 텅 빈 디저트 접시를 보며 생각했다. 그것은 정확한 관찰이었다. 이하나처럼 아무거나 잘 먹고 잘 마시는 타입은 꽤 드물 것이다.

'잠도 잘 자고.' 그는 아까 차에서 이하나가 졸던 것을 떠올렸다. '아주 잘 먹고, 잘 자는 여자군.' 매일 밤 수면제를 먹고 안대까지 착용한 채 겨우 잠들고, 뭐든지 죽겠다는 표정으로 한입 베어 무는 최영주와는 완전히 다른 인간이었다. 물론 정지용은 둘 다 좋았다. 잘 못 자고, 잘 안 먹는 최영주는 어딘가 모르게 우아한 왕비 같은 느낌이 들어 좋았고, 반대로 잘 먹고 잘 자는 이하나는 성격 좋은 커다란 개 같은 느낌이라 좋았다.

정지용은 우아한 왕비 최영주와 함께 성격 좋은 개 이하나를 키우는 상상을 했다.

'잘 키울 수 있을 것 같은데?'

순간 정지용은 이하나와 눈이 마주쳤다. 그는 황급히 얼굴 가득한 인자한 미소를 지우고 식당 주인에게 계산을 요청했다. 식당 주인이 멀리서부터 허리를 굽히며 다가왔다. 그는 정지용의 반경 3미터 안에서는 절대로 허리를 펴지 않기로 작정한 것 같았다. 혹은 정지용 주변에 저절로 허리가 굽어지는 레이저라도 뿜는 것인가? 이하나는 신기했다. 사실 이 식당의 모든 것이 신기했다. 창백한 얼굴에 머리숱이 빽빽한 건장한 남자 둘이 코앞에서 부지런히 생선을 다듬고 있었다. 생판 모르는 사람들이 칼을 들고 설치는 것을 코앞에 두고 아무렇지도 않은 듯 식사를 하는 상황이 이하나에게는 몹시 위험하게 느껴졌다. 그렇다고 그 두 사람이 완벽한 투명 인간처럼 굴어서 안심하도록 만들어주는 것도 아니었다. 그들은 정지용이 이따금 실없는 말을 하면 피식 웃기도 했고, 이하나가 정지용에게 이 초밥 위에 올라간 생선이 뭐냐고 물었을 때 곧바로 대답을 하기도 했다. 이 어색한 삼자 대화는 무엇이란 말인가!

약간 복잡해진 기분으로 이하나는 다시 정지용의 차에 올라탔다. 정지용이 청담동에 있는 바에 가서 술을 마시자고 제안했기 때문이다. 출발과 동시에 정지용이 음악을 틀었고, 다시 지겨운 칸예 웨스트가 돌아왔다.

그다음은 전날 밤과 비슷했다. 가격을 알 길 없는 무거운 위스키 병과, 천장에 매달린 스피커에서 흘러나오는 잔잔한 음악들, 눈을 뜬 채로 잠이 든 듯 넋 나간 느낌의 정지용, 이따금 다른 자리들에서 들려오는 자극적인 대화 소리들.

"그 오빠가 이번에 중국에 투자한 돈이 150억이 넘는대!"

신기하게도, 제일 큰 소리로 들려오는 것은 돈의 액수였다. 투자금, 계약금, 빚과 수익…… 왜 하필 돈의 정확한 액수를 그렇게 큰 소리로 공표하듯 외쳐야 하는지가 이하나에게는 또 하나의 궁금증이었다. 그녀는 의문이 가득한 표정으로 정지용을 보았다. 그는 지겹지도 않은 듯이 계속해서 멍한 표정이었다. 그녀는 정지용이 다른 사람들이 다 듣도록 큰 소리로 이렇게 소리치는 것을 상상했다.

"하나야, 오빠가 너한테 150억 줄게!"

그렇다면 나도 큰 소리로 대답해야지. 지용 오빠 최고야! 그리고 뺨에 뽀뽀를 해줄 수도 있겠다. 근데 150억 받아서 뭐하지……?

"하나 씨 무슨 생각 해요?" 정지용이 물었다.

이하나가 고개를 저었다. "그냥……"

"그냥?"

네가 나한테 150억 준 다음에 조용히 꺼졌으면 좋겠다, 고

대답하면 안 되겠지.

"아니에요, 별생각 아니에요. 밤이 늦었군요." 이하나가 휴대전화를 꺼내 시간을 확인했다. 성공자와 이우진에게서 메시지가 하나씩 와 있었다.

"하나 씨 피곤한가 봐요."

정지용이 이하나의 어깨에 팔을 감으며 말했다.

"아니 그런 것은 아니지만……"

"그런 것은 아니지만?"

"일찍 안 들어가서도 괜찮아요?" 이하나가 물었다. 그리고 마음속으로 덧붙였다. '아내분이 기다리시잖아요.'

대답 대신 정지용이 미소 지었다.

"왜요?"

"같이 있을래요? 오늘 밤……"

나른한 목소리로 말하는 정지용의 눈빛은 어느새 놀랍도록 강렬해져 있었다. 이하나는 반사적으로 몸을 뺐다. 그렇게나 흐리멍텅한 눈빛 속에 저런 날카로움이 숨어 있었다니, 이하나는 놀랐다. 과연 이상한 남자다. 그런데, 그 눈빛이 싫지가 않았다. 마치 자신을 해하려는 듯, 날카롭게 내리꽂히는 기운이 이하나의 마음속, 은밀히 숨겨져 있던 정체불명의 뭔가를 건드리는 것을 그녀는 느꼈다. 굳게 잠긴 상자가 알 수 없는 힘에 의해 흔들려 넘어져, 툭, 너무 쉽게 뚜껑이 열리고 안에

든 것들이 와락 쏟아져 흩어지는 광경. 깜짝 놀란 얼굴로 그것을 바라보던 이하나의 얼굴에는 신기하게도 미소가 지어지는 결말.

15분 뒤 둘을 태운 차가 들어선 곳은 서초동의 주상복합 아파트 지하 주차장이었다. 정지용은 이하나를 꼭 끌어안은 채, 마치 아무에게도 **빼앗기지** 않겠다는 듯이, 엘리베이터에 올라탔다. 엘리베이터가 멈춘 꼭대기 층, 어둠이 깔린 상앗빛 복도를 가로질러 정지용이 짙은 회색 철문을 열었다. 문 너머 눈에 들어온 널따란 거실에는 아무것도 없었다. 정지용이 거실을 가로질러 한쪽 벽을 채운 통창에 쳐진 블라인드를 차례로 열었다. 잠들지 않은 도시의 불빛들이 무방비 상태의 거실로 쏟아져 들어왔다. 문 앞에 선 이하나가 눈을 가늘게 떴다.

"들어와요!"

창을 등진 채 이하나를 향해 손짓하는 정지용은 형체가 보이지 않는 검은 실루엣이었다. 이하나는 선뜻 움직이지 못한 채 입구의 그늘 속에 서 있었다. 정지용이 한 번 더 이하나를 향해 손짓했다. 그녀는 망설였다. 그녀는 자신이 잘못된 선택을 하고 있다고 느꼈다. 자신이 실수를 저지르고 있다고 확신했다. 하지만 그녀는 막을 수가 없었다. 아니, 막고 싶지 않았다. 그녀는 잘못된 선택을 하기를 원했다. 그녀는 엄청난 실수를 저지르기를 원했다. 정지용이 다시 손짓했다. 그녀는 정지용을 향해 한 발을 떼었다. 또 다른 발을 떼었고, 마침내 그를 향해 나아가기 시작했을 때, 걸음이 빨라지고, 급해져, 뛰다시피, 그녀는 자신의 결정이 돌이킬 수 없게 되었음을 알았다. '그가 나를 부르고 있다. 다른 것은 아무것도 필요 없다.' 마침내 둘은 서로를 끌어안았다.

2부

Les Cent Jours(백일천하)

이하나는 자크 루이 다비드의 「나폴레옹 황제의 대관식」 앞에 서 있었다. 크림색의 발렌티노 실크 원피스에 마놀로 블라닉의 핑크색 스웨이드 하이힐, 연하늘색의 에르메스 숄더백을 어깨에 멘 그녀는 방금 데이비드 호크니의 그림에서 걸어 나온 듯했다. 7월의 더위에 찐득해진 피부와 흐트러진 머리, 후줄근한 옷차림의 단체 관광객들이 비현실적으로 완벽한 그녀를 흘끔대며 지나쳤다. 그들의 손에 들린 싸구려 쇼핑백들, 소매치기 방지용 버클이 달린 폴리에스테르 가방을 바라보며 이하나는 생각했다.

'인생이란……'

어느새 다가온 정지용이 그녀의 손을 잡으며 말했다. "이 그림이 좋아요?"

"유명한 그림이라고 하길래……" 그녀가 손에 들린 루브르 박물관 한국어 가이드북을 정지용에게 내밀었다. 그가 가이드북을 받아 반으로 접어 재킷 주머니에 쑤셔 넣은 다음 이하나의 손을 잡아끌었다. "가요."

도착한 곳에는 상앗빛의 조각상들이 있었다. 정지용이 한 조각상을 가리키며 말했다.

"저 조각을 초등학교 때 루브르에 와서 처음 봤는데 인상적이었어요."

이하나가 조각상으로 가까이 다가갔다. 근육질의 남자가 팔을 등 뒤로 불편하게 돌린 채 약간 체념한 표정으로 멀찍이 바라보고 있었다. 미켈란젤로의 「반항하는 노예」였다. 별로 반항하는 것 같지 않은데? 이하나는 생각했다. 그 조각상 옆에는 또 다른 남자가 옷을 가슴 위로 끌어 올린 채로 뭔가 음미하는 듯한 표정을 짓고 있었다. 그것은 역시 미켈란젤로의 「죽어가는 노예」였다. 이하나가 정지용을 보았다. 정지용은 이하나의 생각이 궁금하다는 표정이었다. 잠시 생각한 다음 이하나가 조심스레 말했다.

"어렵네요. 고급문화란……"

그렇게 말한 이하나는 고개를 돌려 두리번거리다가 방금 갤러리로 들어선 훤칠한 금발 머리 미남과 눈이 마주쳤다. 그는 처음에는 놀란 표정을 지었지만 이내 싱긋 미소 지었고, 이하나는 당황하여 뒤돌아섰다. 그사이 정지용은 이하나를 떠나 다른 조각상들을 구경하고 있었다. 이하나는 지겨운 마음을 억누르고 그를 향해 가다가 방금 전 미남과 한 번 더 눈이 마주쳤고, 그가 또 한 번 싱그러운 미소를 지어 보였다. 이하나는 지겨운 마음이 살짝 풀어지는 것을 느꼈다.

"잘생겨서 좋겠다……"

정지용이 조각상을 물끄러미 바라보며 중얼거렸다. 그가 바라보고 있는 것은 가슴 섶을 풀어헤친 아르테미스 여신이었다.

"누가요?"

"나갈까요?" 정지용은 대답 대신 물었다.

"그래도 돼요?" 이하나가 정지용의 눈치를 살폈다.

"당연하죠. 제가 하나 씨를 박물관에 감금한 것도 아니고……"

"죄송해요. 아트는 나중에 혼자서 감상하세요. 제 취향은 아니네요……"

둘은 말없이 출구로 향했다. 이하나는 새삼 루브르의 압도적인 넓이에 감탄했다. 마치 온 세상의 궁전을 합쳐놓은 듯하지 않은가? 그 넓은 궁전은 그림과 조각, 그리고 관광객 들로 발 디딜 틈이 없었다. 유명한 작품들 앞이면 어김없이 몰려들어 카메라를 들이대는 관광객들을 바라보며 그녀는 작은 의문이 생겼다. 이렇게 무식하고 힘 빠지는 경험을 교양이라 부르는 것인가? 그렇다. 이하나가 처음으로 겪어본 교양 체험이라는 것은 막연한 기대와 달리 지적인 행위보다는 체력 싸움에 가까워 보였다. 물론 거기에 단점만 있는 것은 아니었다. 이따금 근사한 여자나 남자 들을 마주칠 수 있었는데 그것은 벽에 걸린 작품들보다 훨씬 더 눈요기가 되어주었다. 극기훈련의 압력에서 해방된 듯이 보이는 비싸고, 가벼운 사람들 말이다.

그렇다면 정지용은? 물론 그는 언제나처럼 호텔 로비에서 방금 걸어 나온 사람 같았다.

마침내 박물관을 빠져나온 둘은 우버택시를 기다리기 시작했다. 정지용이 담배에 불을 붙였고, 그런 그를 물끄러미 바라보던 이하나가 망설임 끝에 물었다.

"왜 반항하는 노예는 하나도 반항하는 것 같지 않고, 죽어가는 노예는 기분이 좋아 보이죠?"

"글쎄요……"

정지용이 한참을 뜸을 들이다가 건성으로 대답하며 하얀 담배 연기를 뿜었다. "죽음은 감미롭고…… 반항은 허무한 거니까?"

이하나는 기분이 언짢아졌다. 무슨 말인지 전혀 이해할 수 없었기 때문이다. 그러자 신기하게도 어제 산 9백 유로짜리 새 신발이 굉장히 불편하게 느껴지기 시작했고 그녀는 빌어먹게도 늦장을 부리는 우버택시를 향해 마음속으로 욕을 퍼부었다.

"왜," 이하나가 다시 물었다. "반항이 허무하죠?" 그녀는 한 손으로 신발 뒷굽을 만지작거리며 차창 너머 펼쳐진 초여름의 파리를 멍하니 응시하고 있었다.

"반항이 허무한가요?"

"아까 그랬잖아요. 허무하다고."

"아……" 정지용이 생각했다. "그것은, 음…… 간절하기 때문에? 혹은 반대라서? 사람들은 어떤 일을 하기 싫다고 반항하는데, 사실 그 일이 너무나도 하고 싶다는 소망의 비뚤어진 발현이 아닐까요?"

"무슨 말이에요?"

"네?" 정지용은 이하나를 바라보았다. 몹시 짜증 난 기색이었다. 그는 재빨리 상황을 수습해보려고 아무 말이나 던졌다.

"글쎄요? 하나 씨 얘기 아니었어요?"

"어째서요? 제가 뭘 반항했나요?"

정지용은 이번에는 대답 대신 자신이 혹시 무슨 잘못 혹은 실수를 저지른 것인지 자문해보았다. 아무리 생각해도 자신은 결백했다. 그렇다면.

배가 고픈 것이다.

정지용은 시간을 확인했다. 오후 3시 반, 여자들이 단것을 무지하게 당겨 한다는 바로! 그는 자신의 탁월한 유추 능력에 감탄하며 휴대전화를 꺼내 파리의 유명한 디저트 카페를 검색한 뒤 곧바로 목적지를 바꾸었고, 택시는 10분 뒤 생마르탱 운하 근처에 있는 동화같이 예쁜 카페 앞에 멈춰 섰다.

다시 반 시간 후, 정지용의 예상대로 이하나는 카페인과 설탕 공격 앞에 무장해제되었다. 그녀의 뺨은 만족의 분홍색으로 물들었고, 정지용은 약간 신이 된 듯한 기분이었다. 이렇게 분명하고 즉각적이고 투명한 반응이 바로 이하나의 매력이었다. 신이 난 개, 이하나는 정지용을 기분 좋은 주인으로 만들어준다.

기분이 좋아진 이하나는 새 신발에 대한 견해를 재빨리 수정했으며 그래서 정지용의 제안대로 생마르탱 운하 산책에 나섰다. 강렬한 햇살 아래 벗을 수 있을 만큼 벗은 채로 강둑에 늘어져 있는 세련된 파리의 시민들을 바라보는 것은 루브르의 차가운 석상들의 주위를 맴도는 것과 비교할 수 없이 만족스러웠다. 이런 짓이라면 매일매일 할 수 있다고 이하나는 생각했다. 더 불편한 신발을 신고도 말이다.

햇살이 가장 붉은빛으로 맥없이 늘어져 내리는 시간, 둘은 호텔로 돌아왔다. 색색의 히아신스로 가득 채워진 호텔의 로비는 세상에서 가장 화려한 온실 같았다. 그 속을 오가는 사람들은 방금 오렌지색 에르메스 상자에서 꺼낸 가방처럼 비싸 보였다. 온 세상의 부자들이 그곳에 모여 있는 듯했다.

'하지만 이게 전부가 아니겠지.' 이하나는 생각했다. '더 많이 있을 거야. 그렇지. 얼마든지 더 많이 있겠지.'

세상이 그렇게나 많은 부자들로 채워져 있다는 것이 무엇을 의미하는 것인지 이하나는 이해하기 어려웠다. 세상이 좀 더 살 만하다는 것인지, 혹은 반대인지, 혹은 그 반대의 반대의……

정지용과 이하나는 잠시 각자 휴식을 취한 다음, 옷을 갈아입고 저녁을 먹기 위해 호텔을 나섰다. 아홉 코스로 된 저녁 식사를 마치고 나니 밤이 깊어 있었다. 둘은 식당에서 나와 아무렇게나 걷다가 눈에 띈 술집에 들어갔다. 와인을 한 병 비우고 나오자 새벽이었다. 파리의 좁고 오래된 골목길은 근사한 황금빛으로 물들어 있었다. 돌아온 호텔의 로비는 만개한 꽃들로 밤을 잊기에 충분했다. 마침내 호텔 방으로 들어선 이하나는 신발을 한 짝씩 벗어 던지며 테라스로 향했다. 커튼을 걷고 문을 활짝 열자 늦은 밤의 신선한 공기가 밀려들었다. 한껏 기분이 좋아진 이하나는 테라스 난간 위로 몸을 기울였다. 이름 모를 꽃향기가 낮게 잠든 파리의 풍경을 은은하게 감싸고 있었다. 그녀는 신이 난 개처럼 킁킁거리기 시작했다.

꽃밭의 삶

　삶이 펼쳐진 꽃밭 같다는 것은 무엇을 의미할까? 오직 꽃밭을 뒹구는 삶이란 어떤 것일까? 그런 삶이 정말로 존재하는 걸까? 그렇다면, 그런 삶을 사는 사람들은 어떤 족속들인가? 얼마나 큰 운을 안고 태어났기에 그런 삶을 사는 것일까? 이하나는 태어나서 한 번도 던져본 적 없는 일련의 질문을 파리에서의 일주일간 차례로 던져보았고, 또 약간의 답을 얻기도 한 기분이었다.

　파리에서의 일주일은 이하나 스스로가 그 비현실적인 꽃밭을 뒹구는 시간이기도 했다. 펼쳐진 꽃밭은 끝이 보이지 않게 광활하였고, 흐드러지게 피어난 꽃들은 낮이나 밤이나 절대 지지 않았으며, 모든 것에는 약간의 황금빛이 녹아들어 있었다. 시작은 공항이었다. 공항을 채운 들뜬 여행객들이, 길게 늘어선 줄 속 피곤한 표정의 사람들과 그 줄을 가볍게 가로지르는 담담한 표정의 사람들, 이렇게 두 종류로 나뉘는 것을 발견한 순간, 자신의 등 뒤로 피난민처럼 짐을 짊어진 사람들이 뒤처지는 것을 목격하는 사이, 누군가 남고, 뒤처지고, 또 멈춰 서는 동안 자신은 그저 앞으로, 아무 어려움 없이 너무나도 쉽게, 나아가는 것을 발견한 순간 이하나는 자신이 동화 속 신기한 꽃밭에 놓인 것을 깨달았다.

그것은 놀라운 경험이었다. 물론 이하나는 나쁘지 않은 삶을 살아왔다. 한없이 평범한 가족 출신으로, 파괴적인 폭력이나 치명적인 가난을 경험해본 적도 없다. 큰 위험에 부닥친 적도 없고 호감을 불러일으키는 외모 덕에 많은 혜택을 누려왔다. 하지만 어디까지나 상대적인 것이었다. 그녀가 태어나 자라온 세계는 어설픈 안전장치로 얼기설기 이루어진, 바닥과 가까운 곳이라 할 수 있었다. 안전장치들은 보기에는 그럴듯했지만 중요한 순간에는 절대 작동하지 않았다. 이하나처럼 운이 좋은 경우가 아니면 사람들은 순식간에 바닥으로 떨어졌고 흔적 없이 부서졌다. 이하나는 어려서부터 종종 그런 사람들을 보았다. 이하나에게, 혹은 그녀와 같은 세계 속 사람들에게, 그런 사건들은 자연현상 같은 것이었다. 그런 일들에 대해서 부당하다거나 고쳐야 한다고 외치는 사람들은 이상하다. 아니, 그런 사람들은 이하나 주위에 한 명도 없었다. 그들이 원하는 것은 그런 삶이나 운명을 변화시키거나 탈출하는 것이 아닌 그저 약간의 돈, 혹은 좀더 많은, 비정한 운명이 자신을 부숴버리는 것을 막는 데 필요한 아주 조금의 여유였다.

고등학교 졸업 여행을 베이징으로 다녀온 것을 제외하면 이하나가 해외에 나가보는 것은 이번이 처음이었다. 따라서 그녀는 공항을 가득 메운 긴긴 줄의 일부가 되어 오랜 기다림 끝에 무릎도 펼 수 없는 좌석에 짐짝처럼 실려 다시 공항의 긴 줄 속에 속수무책으로 버려진 다음 시차의 혼란 속에서 커다란 버스에 기어 올라가 마침내 파리 변두리의 구질구질한 버스 정류장에 놓이게 된다 해도 행복했을 것이다. 실제로 그런 구질구질한 체험이 여행의 진정한 묘미라고 주장하는 정신 나간 사람들이 세상에는 존재하며, 이하나가 느낄 순진한 행복은 그들의 주장을 백 퍼센트 증명하고도 남았을 것이다. 하지만 이하나는 그런 소박한 행복들을 고려해볼 여지도 없이 꽃밭 속에 내동댕이쳐졌다. 단숨에 세상 꼭대기에 놓이게 된 이하나는, 시차와 아찔한 현기증에 대해서 숙고해볼 틈도 없이 이 꽃밭에서 저 꽃밭으로, 계속해서 옮겨졌다.

그래서일까, 이하나는 이따금 바닥이 보이지 않는 불안에 사로잡혔다. 성공자는 이하나가 파리로 떠난 뒤로 연락이 없었다. 물론 이하나도 성공자에게 연락하지 않았다. 여행 전날 저녁에 이하나는 성공자의 식당으로 찾아갔다. 끝내주게 잘 놀다 오라고 말하는 성공자의 표정은 어딘가 불편해 보였다. 화가 난 것 같기도 하고 슬퍼 보이기도 했다. 작별 인사를 하는 사람 같기도 했다. 내가 이민을 떠나는 것도 아닌데, 이하나는 이상했다.

'성공자가 나를 좋아했나?'

파리에서의 셋째 날, 이른 새벽 잠에서 깨어난 이하나는 생각했다.

'하긴, 내가 좀 인기가 있지. 그리고 나도 성공자를 싫어한 건 아니지. 하지만…… 하지만…… 너무 다르잖아, 우리는?'

이하나는 조심스럽게 고개를 돌려 자신의 옆에 잠든 정지용을 보았다. 그는 깨어 있을 때와 마찬가지로 보송보송한 느낌으로, 방금 포장을 뜯은 새것처럼 깨끗해 보였다.

'그렇다면 정지용과 나는 비슷하다는 말인가?'

이하나는 최영주를 떠올려보았다. '예쁘고, 어른스럽고, 옷도 잘 입는…… 무서운 언니……'

그런 무서운 언니에게 어떤 거짓말을 하고 이 남자는 나와 함께 여기에 있는 것일까, 이하나는 궁금해졌다.

우리의 만남은 이 남자에게 무슨 의미일까?

나에게는 어떤 의미인가?

나는 이 남자를 좋아하나?

그 여자는 이 남자를 좋아할까?

사랑할까?

그 여자는 나를 알까?

이 남자는 나를 정말로 사랑하는 걸까?

그것은 자연스러운 질문들이기는 했지만 동시에 가소롭게 느껴지기도 했다. 이하나가 사랑이라는 말을 가장 많이 들은 것은 1년 반 전, 헤어진 남자 친구가 술에 잔뜩 취한 채 한밤에 찾아와 세 시간 동안 문을 두드리며 진상을 부렸던 때였다. 그는 문을 쾅쾅 두드리면서 저주의 시를 읊조리듯이 사랑한다는 말을 끝없이 중얼거려서 이하나를 공포에 빠뜨렸고, 결국 경찰에 연락했으나…… 쳇! 남자들은 항상 그런 식이지! 자신의 감정에 완전히 취해서 온 세상 사람들이 그것을 알아주기를 바라지! 다음 날 오후에 미안하다고 문자를 남긴 뒤로 그에게서는 연락이 오지 않았다. 그런 것이 사랑이라면 다시는 겪지 않고 싶다는 것이 이하나의 결론이었다.

게다가, 내 옆의 이 남자는 사랑을 하기에는 지나치게…… 비싸다.

그것은 약간…… 백만 원이 한도인 카드를 들고 명품 매장에 가는 것과 비슷한 느낌.

하지만, 50만 원짜리 동전 지갑 정도는 살 수 있을지도 모르잖아?

한편 정지용 또한 자신과 이하나의 관계를 사랑이라는 이름으로 부를 생각이 없었다. 약간의 호기심과 기분 좋은 느낌.

그것을 정지용은 이하나에게 느꼈고, 또 최영주에게도 느낄 때가 있었다. 그는 자신의 양옆에 매력적인 두 여자가 있는 그림이 마음에 들었다. 왜 저 둘인지 이유는 잘 모르겠지만. 굳이 이유를 파헤치고 싶지도 않았다. 깊이 오래 생각하는 것은 정지용과 가장 거리가 먼 습관이었다. 그가 원하는 것은 그저 꾸준히, 가능한 한 길게 기분이 좋은 상태가 이어지는 것이다. 그것을 위해서라면 뭐든지 하겠다. 아주 좋은 일도, 아주 나쁜 일도, 혹은 아주 괴상한 일도 벌일 수 있다. 내 기분이 좋아진다면, 그것을 위해서라면.

이렇게, 언뜻 완전히 다른 곳에서 온 듯 보이는 정지용과 이하나는 사랑이라는 가치에 대해서만은 암묵적인 합의를 내린 상태였다. 즉, 그들은 사랑에 큰 가치를 두지 않는 세계에 속했다. 사랑 없이 좋은 시간을 보내는 것은 얼마든지 가능하다. 사랑 없이 인생을 즐기는 것도 가능하다. 사랑 없이 사람을 만나고, 가족을 만들고, 아이를 키우고, 심지어 사랑하지 않는 사람을 향해 사랑한다는 말을 하는 것도 얼마든지 가능하다.

이런 두 사람을 황폐한 영혼의 소유자라 비난하거나, 이들이 속한 세상을 차가운 악몽이라 부르는 사람들도 있을 것이다. 악몽 속에서 편안함을 느끼는 두 사람에 대해 영혼이 파괴된 비참한 사람들이라 비아냥낼 수도 있을 것이다. 하지만 애초에 영혼이라는 것이 존재한단 말인가? 그것을 어떻게 증명하는가?

영혼이나 사랑 같은 추상적인 개념은 결국 패자들이 만들어낸, 스스로를 위안하기 위해, 혹은 세상을 저주하기 위해 만들어낸 기만적 개념에 불과하지 않은가. 하여 이하나가 정지용이 제공한 꽃밭의 삶을 즐기는 사이 상상도 못한 방식으로 패자가 되어버린 최영주는 영혼을 갖게 되었고, 사랑을 믿기 시작했다.

모던러브

　이토록 많은 것들이 이해가 되지 않기 시작한 것이 언제부터일까, 최영주는 되짚어보았다. 한 손을 아직 날씬한 배에 얹은 채, 다른 한 손으로는 텅 빈 찻잔을 쥐고서 생각에 잠겨 있던 그녀는 문득 치솟는 화로 온몸이 달아오르는 것을 느꼈다. 그녀의 주위를 어슬렁거리던 젊은 웨이터는 그녀의 얼굴이 한 시간 반에 걸친 느린 식사 도중 천천히 어두워지다가 이제는 거의 흙빛이 다 된 것을 보고는 주방장에게 뭔가 메시지를 보내야 하나 고민하기 시작했다. 그는 일단 최영주에게 다가가 물었다. "오늘 식사 어떠셨어요?" 정중하게 묻는 그의 목소리는 앳되고 부드러웠다. 최영주는 반사적으로 고개를 들어 웨이터의 얼굴을 보았다. 그의 눈빛에는 약간의 호기심과 또 약간의 걱정이 비쳤다. 그것이 정지용에게서는 절대 목격한 적 없는 눈빛이라는 생각이 들자 순식간에 눈물이 차올랐다. 최영주는 급하게 고개를 떨군 채 코 먹은 하이톤의 목소리로 대답했다. "아주 좋았어요, 계산서 주세요." 웨이터는 고개를 꾸벅한 다음 테이블 반대편으로 몸을 기울여 은빛 찻주전자를 들어 빈 찻잔에 차를 가득 부어준 뒤 떠났다. 혼자 남은 최영주는 무릎에 놓인 리넨을 들어 눈물을 닦다가 갑자기 구역질이 치밀어 오르는 것을 느끼고 화장실로 달려갔다.

먹은 것을 죄다 토해낸 뒤, 대충 입을 닦고 거울을 확인한 최영주는 형편없이 퉁퉁 부은 흙빛 얼굴에 놀랐다. 마치 고무로 만든 가면 같지 않은가? 아아, 한 인간이 이렇게까지 비참해질 수 있는가? 최영주는 그러나 앞으로 자신에게 남은 비참함에 비하면 이것은 가벼운 준비운동일지도 모른다는 예감 속에서 떨기 시작했다.

최영주의 아버지는 항상 여자는 몸가짐이 올발라야 한다고 말했다. 그녀는 여자의 올바른 몸가짐이 정확히 무엇을 뜻하는지는 모르겠지만 그래도 아버지의 말에 일리가 있다고 생각하여 그 조언을 창조적으로 해석해 삶의 지표로 삼아 살아왔다. 그것은 매사에 극도로 조심하며 살아가는 것이다. 정말이지 그것은 적절한 삶의 처세술이라 생각되었는데, 예를 들어, 그녀가 조금이라도 심각한 표정을 지으면 주위 사람들은 방금 전의 젊은 웨이터처럼 안절부절못하며 그녀의 눈치를 살폈다. 그들은 그녀가 괜찮다는 것을 확인한 뒤에야 안심했다. 그런 환경 속에서 자라난 최영주는 자신이 무서운 존재, 사람들을 불안하게 하고 또 안심하게 만들 수 있는 그런 존재라고 간주하게 되었다. 그녀의 조심성은 바로 거기에서 출발했다. 그녀는 사람들에게 상처 주고 싶지 않았다. 왜냐하면 그녀는 상처를 줄 수 있는 큰 힘을 가진 존재이기 때문이다. 맹수가 신뢰하는 사육사 앞에서 이빨을 드러내지 않듯이 최영주는 자신의 공격성을 감추었다.

그런데 최근 들어 그녀는 자신의 이론의 치명적인 허점을 깨닫게 되었다. 그것은 다름이 아니라, 사육사가 등 뒤에 장전된 총을 숨기고 있었다는 점이다. 한마디로 그들도 자신을 공격할 수 있을 뿐만 아니라, 단 한 번의 공격으로 자신의 목숨을 빼앗아갈 수도 있었다. 그것은 엄청난 발견이었다. 그녀는 자신이 공격당할 수 있다는 상상을 단 한 번도 해본 적이 없었다. 왜냐하면 공격을 당한 적이 없기 때문이다. 그것은 물론 나 최영주가 두렵고, 무서운 존재이기 때문이다…… 이 완벽한 이론이 완전한 공상에 불과할지도 모른다는 것을 그녀가 깨닫게 된 것은 물론 전적으로 정지용 덕분이었다. 만약 그녀가 진실로 무서운 상대라면 어떻게 정지용이 이렇게 황당한 공격을 퍼부을 수 있겠는가? 그리고 그 황당한 공격 앞에서, 나 자신 어떻게 이렇게 속수무책으로 무너질 수 있겠는가?

물론 최영주도 결혼에 대한 여러 가지 더러운 이야기들을 들어왔다. 남자는 항상 여자가 위기를 맞이했을 때(임신과 출산 혹은 돈이 바닥나거나 커리어가 벽에 부딪혔을 때) 바람이 나고, 그 상대는 대체로 고양이 똥만도 못한 황당한 여자라는 것이다. 남자들이란 그렇게 미개하다. 인생의 선배들이 반복해서 지적하는 부분이다. 하지만 그것은 그들의 이야기일 뿐이라고 최영주는 생각해왔다. 인생의 선배들은 대체로 실패자들이다. 멍청하며, 촌스럽고, 뻣뻣하며, 덜떨어진 그들의 특성이 스스로를 불행의 구렁텅이로 몰아가는 것이다. 즉, 그들이 이상한 남자를 만나서 이상한 곤경에 빠지는 것은 전적으로 그들의 탓이다.

최영주가 생각하기에, 그녀는 그런 패배자들과는 본질적으로 너무나 달랐다. 천 번, 만 번을 생각해도 결론은 마찬가지였다. 아주 어려서부터, 그녀 주위에는 소수의 추종자들이 있었다. 그녀들은 최영주의 교과서를 훔쳐보고, 스타일을 카피하고, 말투를 따라 했다. 그런 집요한 변태들을 제외하더라도 그녀는 대부분의 사람들에게 부러움을 사고, 친해지고 싶고, 따라 하고 싶어지는 존재였다. 아름답고, 똑똑하며, 지적이고, 부유하며, 세련된 여자. 한마디로 완벽한 인간. 그게 나 최영주의 본질이다. 그런 내가 어쩌다가 이렇게 비참한 지경에 이르렀는가?

생애 최초의 지독한 곤경 앞에서 그녀는 도움을 요청할 상대가 아무도 없다는 것을 깨달았다. 아니 있다고 해도 청하고 싶지 않았다. 하지만 내심, 아까 그 웨이터의 손이라도 덥석 잡고 싶은 심정이었다. 제발 누구라도 이 말도 안 되는 상황에서 꺼내어달라! 그녀는 매 순간 주저앉아 엉엉 울고 싶었다.

하지만 그럴 수는 없다. 그렇다. 견뎌낼 것이다. 누구에게도 기대지 않고, 혼자서, 헤쳐나갈 것이다. 그녀는 인생의 선배들에게도, 부모에게도, 나아가 과학이나 종교, 페미니즘이나 좌파 이론에도 기대지 않겠다고 결심했다. 하지만 정처 없이 시내를 헤매다가 들어간 대형서점에서 샬롯 퍼킨스 길먼의 *The Yellow Wallpaper*를 사기도 했다. (그녀는 그 책을 식탁 위에 올려놓았는데 책 표지가 너무 기괴해 보여서 결국 버렸다.) 어느 날은 넷플릭스로 화제의 드라마를 보다가 목놓아 울었고, 또 어떤 날은 인터넷으로 똑같은 디자인의 구두를 색깔별로 다섯 개 구입하기도 했다. 그리고 또 오늘은 어떻게 헤쳐나가야 하는가? 무엇으로 이 끔찍한 절망을 감추는가? 그녀는 자주, 하염없이 울었다. 욕조를 가득 채운 장미 향 거품 속에서 울었다. 눈물은 향기 속으로, 향기가 눈물 속으로 섞여 들었다. 현기증 나도록 빽빽하게 데워진 공기 안에서 하염없이 눈물을 쏟아내는 그녀의 심정은 바로 인어공주의 것이었다. 내가 거품인지, 거품이 나인지, 눈물이 거품이 되어가는 건지, 내가 거품이 되어가는지, 거품 속 눈물 속 얄팍한 물거품 속으로 점점 사라져가는 나, 비참한 인어공주, 최영주, 슬픈 공주의 통통 부은 눈 속 가득 채워진 눈물, 현기증 나는 이 뿌연 절망을 도대체 어찌해야 한단 말인가.

　매일 아침 눈을 뜰 때마다 그녀는 자신이 어제보다 더 깊은 늪 속으로 한 뼘 더 빠져든 것을 발견했다. 성공자는 꼭대기의 삶에 대해서 이하나에게 이렇게 묘사한 적이 있다. 기어오르는 것은 한참이지만 떨어지는 것은 순식간이다. 하지만 최영주의 시점에서, 그 찰나의 추락은 매초 지금까지 살아온 인생 전체를 반복하는 것처럼 길고도 지루했다. 그녀는 매 순간, 자신이 조심스럽게 지켜온 삶이 망가지는 것을 무기력하게 지켜봐야 했다. 자신의 망가진 현재, 그리고 늪에 파묻힌 미래와, 어리석었던 과거를 반복해서 목격해야 했다. 매번, 자신이 어설프게 세운 모래성이 파도에 산산이 흩어지는 것을 바라보아야 했다. 그렇게 매일 그녀의 세계는 짓밟혔고, 그러고 나면 자비 없는 내일이 찾아왔다.

한편 그녀의 배 속에 든 생명체는 그녀의 절망을 양식으로 삼는 듯 무럭무럭 자라나고 있었다. 그것의 막후인 정지용 또한 파리에서 어느 때보다 즐거운 시간을 보내고 있었다. 아아, 흡혈귀들! 흡혈귀들! 그녀는 포로로 잡혔고, 꽁꽁 묶인 채, 산 채로 피 빨리고 있었다. 그녀의 혈관에 이빨을 꽂은 괴물들은 무럭무럭 장밋빛으로 피어나고 있었다. 그리고 나는 누렇게 껍데기가 되어 버려지겠구나! 그녀는 자신이 덫에 걸렸다는 것을, 완벽한 희생자의 위치에 놓였음을 깨달았다. 그녀는 이빨을 숨긴 예의 바른 사자가 아니었다. 그토록 다정한 미소를 짓던 사육사는 그녀의 목덜미에 수면제를 꽂아 미친 왕자에게 팔아치워버렸다. 아아, 나는 산 채로 박제될 것이다. 그녀는 마침내 인정했다. 자신이 멍청한 먹잇감에 불과했던 것을 말이다. 그렇다면 나에게 남은 것은 무엇인가? 실패 속에서 말라비틀어진 채 인생의 선배가 되는 것? 켜켜이 엉겨 붙은 증오 속에서, 쪽쪽 빨린 채로 늙어가는 비참한 삶?

일주일 만에 집에 돌아온 정지용은 떠날 때보다 다섯 살은 더 젊어 보였다. 반대로 열 살은 늙어 보이는 아내를 향해 그는 환하게 웃으며 선물 꾸러미를 내밀었다. 그날 밤 최영주는 커다란 포크로 자신의 배를 난도질하는 꿈을 꾸었다. 다음 날 아침 잠에서 깨어났을 때, 정지용은 보이지 않았다. 그녀는 컴퓨터를 켜고 인터넷 창에 '사설탐정' '미행' '홍신소' '심부름센터'를 차례로 검색하여 몇 개의 전화번호를 찾아냈다. 그녀는 차례로 전화를 걸고, 샤워를 마친 다음, 요가 수업에 참여하기 위해 집을 나섰다.

*

그다음 한 달은 아주 고요했다. 끈덕지게 지속되던 입덧도 사라졌다. 최영주는 잘 먹고 잘 잤다. 매일 산책했다. 일주일에 세 번, 집으로 요가 강사를 불러서 레슨을 받기 시작했다. 그녀는 자신이 고용한 사설탐정 두 명에게서 매일매일 정지용과 이하나의 일거수일투족을 전해 들었다. 배가 아주 살짝 솟을 무렵 그녀는 이하나가 최근 도산공원 근처의 주상복합 아파트로 이사를 왔고, 전세 비용 전체를 정지용이 현금으로 치렀다는 이야기를 전해 들었다. 최영주는 두 사설탐정에게 지금까지의 추적 내용이 담긴 중간 보고서를 작성해 보내 줄 것을 요청했다. 며칠 뒤 그녀는 작은 USB 메모리와 중간 견적서를 둘로부터 전달 받았다. 그녀는 내용을 꼼꼼히 확인한 뒤 좀더 깔끔하게 작성된 보고서를 선택하여 프린트 버튼을 누르고 어머니 홍 교수에게 이메일을 보냈다. 홍 교수는 안식년을 맞아 스코틀랜드의 한 대학교에 연구 교수로 체류 중이었다. 그녀가 정 회장에게 보낼 또 다른 이메일을 쓰는 사이 어머니에게서 답이 왔다. 그녀는 돌아오는 주말에 한국에 방문하겠다고 짧게 적었다. 정 회장 또한 메일을 보낸 뒤 10분도 되지 않아 답했다. 세 사람은 토요일 오후 1시, S호텔 비즈니스 라운지의 VVIP 전용 미팅룸에서 만나기로 했다.

His infidelity is his charm

약속 시간 10분 전, 최영주가 S호텔의 미팅 룸에 도착했을 때는 이미 어머니 홍 교수와 정대철 회장이 도착하여 있었다.

"사랑하는 우리 영주 왔구나!"

최영주를 향해 활짝 웃으며 다가오는 홍 교수는 갈색 타탄 체크 무늬의 캐시미어 블레이저에 붉은색 실크 블라우스를 입고 그 위에 커다란 버버리 스카프를 두르고 있었다. 이것이 엄마가 생각하는 스코틀랜드의 이미지인가? 최영주는 살짝 놀랐으나 내색하지 않고 따뜻한 미소를 지으며 어머니를 끌어안았다.

한편 중앙에 놓인 1인용 가죽 소파에 깊숙이 앉은 채 모호한 표정을 짓고 있는 정 회장은 짙은 회색의 투 버튼 슈트에 고동색 구두를 신고 있었는데, 매우 가볍고 얇은 소재로 된 슈트가 정 회장의 몸에 믿기지 않을 정도로 꼭 맞아서, 언뜻 봤을 때 아주 비싼 내복을 입고 있는 듯했다. 수트 위로 적나라하게 드러나는 몸의 실루엣은 나이를 믿을 수 없을 정도로 탄탄했다.

최영주는 이번으로 정 회장을 세번째 보는 것인데, 전과 달리 아주 이상한 사람처럼 보였다. 결혼 전 상견례 날 만난 정회장은 생각과 달리 평범한 사람이었고 그것에 최영주는 놀랐었다. 결혼식 날 본 정 회장은 여전히, 아니 더욱 평범해 보였다. 그는 내내 사람 좋은 노인처럼 행동했다. 그는 비싸지만 약간 촌스러운 양복을 입은 채로 만면에 수줍은 미소를 짓고 엉거주춤 돌아다녔다. 피로연에서는 술에 취해 바보 같은 표정을 짓기도 했고, 최영주의 아버지를 서툴게 끌어안기도 했다. 그는 사람들의 축복에 진심으로 감동하는 듯했다. 모든 것이 그가 상식적이며 평범한 인간이라는 증거가 되어주었다. 그런데 오늘의 정 회장에게서는 그 증거들이, 명백하게 존재했던 그 증거들이 흔적 없이 증발된 듯이 보였다. 최영주를 처음 보는 벌레라도 되는 듯 호기심 어린 눈으로 들여다보는 저 살짝 맛이 간 남자는 대체 누구인가?

그러고 보면 최영주의 손을 꼭 쥐고 있는 홍 교수 또한 뭔가 변한 것 같았다. 뭐랄까, 유난히 젊어 보였다. 과장하자면 최영주의 나이 많은 언니로 보일 정도였다. 하지만 젊어 보이는 것 자체가 이상하진 않았다. 그녀에게서도 정 회장과 마찬가지로 뭔가가 증발된 것 같았다. 정 회장에게서 상식적 인간으로서의 증거가 증발된 것처럼, 그녀에게서도 뭔가 날아가버린 것이다. 최영주는 곧 그것의 정체를 깨달았다. 바로 어머니로서의 특성이었다. 모든 어머니에게서 공통적으로 느껴지는 특성, 여자를 남자보다 인간적으로 느껴지게 하는 어떤 특질이 더 이상 발견되지 않았다.

자식 있는 인간들이 필수적으로 품게 되는 모순적인 태도가 있다. 자식을 책임지고 보호하려는 목적에서 생겨난 외부에 대한 공격성과 비굴함이 그것이다. 그들은 물어뜯는 동시에 사정한다. 굽신거리는 한편 짓밟는다. 자식의 보호자이자 인질로서의 모순적 위치가 그들을 부조리한 상황으로 내모는 것이다. 그런데 무슨 이유에서인지 홍 교수와 정 회장은 더 이상 그런 모순을 지니고 있지 않았다. 그들은 완전히 자유로워 보였다. 다시 말해, 그들은 최영주를 지옥에서 꺼내줄 생각이 없어 보였다. 그들은 완전히 다른 곳을 살고, 보고 있었다. 자신들만의 환상적이고 도취적인 어떤 세계를 말이다.

최영주는 가방에서 꺼낸 보고서를 홍 교수와 정 회장에게 내밀었다. 그들은 일단 진지한 표정으로 보고서를 들여다보기 시작했으나 이내 흥미를 잃고 말았다. 최영주는 자신의 작은 희망이 사라졌음을 깨달았다. 애초에 정지용의 부정을 그들에게 알리는 게 큰 의미가 있으리라 생각한 것이 판단 착오였다. 최영주는 내적인 충격을 드러내지 않으려 몸을 꼿꼿이 세우고 반대쪽 벽을 응시했다. 거기에는 조그만 그림이 하나 걸려 있었다. 막스 에른스트의 「황야의 나폴레옹」이었다.

"호텔 취향이 약간은 캠피campy하군요." 홍 교수가 보고서를 넘기다 말고 최영주를 슬쩍 보면서 말했다.

"그렇습니다. 지난달에는 에드워드 호퍼를 걸어두었더군요. 제가 잘 꾸짖었다고 생각했습니다만."

"여의치가 않네요." 홍 교수가 말했다.

정 회장이 헛기침을 하고는 고개를 절레절레 흔들었다. "에딘버러는 좀 어떻습니까?"

"그쪽도 영 시원치 않아요. 깡촌 지주들이 브렉시트로 콧대만 높아졌어요."

"일전에『조선일보』칼럼을 접했는데, 윤모 교수가 포스트 EU 상황에 대해서 귀한 분석을 내놓으셨더군요. 읽어보셨는지요?"

"서강대 윤지만 교수 말씀이시죠? 읽어보진 않았지만 그 양반 이론은 접한 적이 있어요. 리드 컬리지에서 깊은 성찰을 얻으셨더군요."

"예, 요새 흔치않게 시원스러우시더이다."

"너어무 시원스러우시죠. 호호."

"하하하."

정 회장은 크게 웃으며 마치 깃발을 흔들듯이 최영주의 보고서를 두 번 휙휙 흔들었다. 홍 교수 또한 깔깔대며 보고서를 테이블 구석으로 쭉 밀어놓았다. 최영주는 에일리언 두 마리와 한방에 갇힌 기분이었다. 홍 교수가 미소를 띄운 채로 최영주를 향해 물었다.

"그래서 영주야, 네가 이 자리에서 전달하고 싶은 메시지가 뭐니?"

"오, 그래, 나도 몹시 궁금하구나." 정 회장이 맞장구쳤다.

하얗게 질린 얼굴로 최영주는 횡설수설하기 시작했다. 포크로 배를 찌르는 꿈에서 시작해서 요즘 느끼는 상실감, 절망, 정지용의 무심함, (이미 끝났지만) 입덧의 괴로움, 임산부 요가가 생각보다 고강도인 것, 그리고 요가 강사가 조금 사나운 말투를 지니고 있는 점, 그녀가 서울 출신이 아닌 것이 생각보다 불편한 것, 그리고 이하나에 대해서, 그녀의 촌스러운 패션 센스와 그녀와 친하다는 성공자의 (보고서에서 언급된) 도박 전력, 정지용이 정작 자신에게는 파리에 가자고 하지 않은 것에 대한 섭섭함, 최근 고용한 가정부의 불만족스러운 욕실 청소와 얼마 전 모 백화점 프라다 매장에 갔을 때 무례하게 굴었던 어느 키 큰 여직원과의 에피소드 그리고 최근에 셰프가 텔레비전에 몇 번 나온 뒤에 맛이 완전히 없어졌다는 압구정동의 한 스시집……

"그런데 지용 씨가 자꾸만 그 집에서 스시를 포장해 와요." 최영주가 달뜬 목소리로 빠르게 말을 이었다. "그러면 저는 몰래 버리죠. 그러면 다음 날 또 지용 씨가 사 오고, 그러면 저는 몰래 버리고…… 아! 한번은 함박스테이크를 사 왔는데…… 그것은 웬만큼 맛이 좋았어요."

"잘 먹어야 한다." 홍 교수가 말한 뒤 고개를 끄덕였다.

"그렇죠, 그렇죠." 정 회장이 동의한 뒤 시간을 확인했다.

"그리고요, 오늘은!" 최영주가 재빨리 말을 이었다. "지용 씨와 저녁을 먹기로 했어요. 이태원에 새로 생긴 프랑스 식당에 가기로 했어요. 그곳에서 저는 죄다 말할 거예요."

최영주가 잠시 이야기를 멈추고 두 사람을 바라보았다. 그들의 눈빛이 약간의 호기심으로 물들어 있었다.

"제가 지용 씨를 얼마나 사랑하는지를요. 네, 사랑이요. 부모와 자식 간의 그…… 저…… 또한 그게 요즘 샘솟는 것을 느껴요. 지용 씨가, 지용 씨 또한 그것을 서서히 느껴가는 것 같아서 참 행복해요."

정 회장과 홍 교수는 동시에 연습하듯 자애로운 미소를 지어 보였다.

"그런데 사랑이 또 참 무섭기도 한 것 같아요. 사랑 때문에 자식도 버린다잖아요?"

그렇게 덧붙인 최영주가 자신의 배를 가리키면서 생긋 웃었다. 순간 두 사람의 표정이 진지해졌다.

"아뇨, 저는 못된 짓은 안 해요. 저는 단지, 이제야…… 인생의 참된 아름다움을 깨닫기 시작한 것 같아요."

최영주는 허공을 향해 고개를 힘차게 끄덕인 뒤 재킷을 걸치고 일어나 두 사람의 앞에 놓인 보고서를 챙겨 자신의 가방에 넣으며 말을 이었다.

"죄송해요. 아버님, 그리고 어머니, 저는 지금 저의 과거를 반성해요. 제가 너무 오만했죠. 저의 오만함을 지용 씨에 대한 사랑으로 극복하기 위해 노력하고 있어요. 하지만 아직 많이 부족하죠. 인정해요. 어머니께서 저를 보실 때 느끼셨을 못 미더운 감정을 이제는 이해할 수 있어요. 철 좀 들어라, 언제나 말씀하고 싶으셨죠? 하지만 저는 언제나 좋은 딸이 되기 위해서 노력해왔는걸요. 그것만은 꼭 믿어주세요, 어머니, 사랑해요. 오늘 밤 다시 영국으로 돌아가시는 건가요? 건강하셔야 해요. 아시겠지만, 제가 매일 밤 위스키를 반 잔씩 마셔요. 아이에게는 악영향이 있겠죠. 하지만 너무 걱정 마세요. 다 잘될 거예요, 아시죠? 오늘은 날씨가 조금 쌀쌀하네요. 감기 조심하시구요, 두 분 다, 건강하게 오래오래 사셔야 합니다. 그래야 세상이 망하는…… 옛말에, 불타는 집 구경이 세상에서 제일 재미있다잖아요. 폭죽같이 뭔가 높이 날아올라 빵 터지기도 하구요, 네에, 오래오래 건강히 살아 계셔야 해요. 두 분 모두! 꼭! 저희가 두 분의 사랑에 보답할 수 있도록, 절대 돌아가시면……"

최영주가 말을 잇지 못하고 고통스러운 듯 이마를 찌푸렸다. 하지만 이내 말끔한 표정으로 입구를 향해 걸어간 뒤 허리를 깊숙이 숙여 인사하며 외쳤다. "좋은 시간 감사드립니다!"

혼자

　그날 저녁 최영주와 정지용의 저녁 식사는 남북한의 극적 대화합과 흡사한 분위기 속에서 진행되었다. 최영주는 그동안 자신이 느꼈던 고립감과 좌절, 원망과 외로움에 대하여 3인칭 관찰자 시점에서 관조적으로 묘사했고, 정지용은 3인칭 전지적 작가의 시점에서 그 모든 것을 받아들였다. 그는 최영주가 누구보다 독립적인 여성으로서 임신이라는 삶의 새로운 '관계적' 이벤트 속에서, 자신만의 시간을 갖기를 원한다고 오해했음을 고백했다.

　"영주 씨가 자발적인 외로움을 원한다고 섣불리 결론 내렸어요. 감옥에 갇힌 대통령처럼요."

　최영주는 감옥에 갇힌 대통령이라는 메타포가 정확히 무엇을 의미하는지 의아했지만 묻지 않고 고개를 끄덕였다. 그리고 접시 위에 핏물을 살짝 머금은 채 누워 있는 오리의 가슴살을 가볍게 반으로 가르다가 문득 제왕절개 수술에 대해서 생각했다.

　고개를 들자 정지용이 해맑은 미소를 지은 채 최영주를 보고 있었다.

'쳇, 내가 무슨 생각을 했는지도 모르면서.'

그러나 아주 나쁘지는 않은 기분이었다. 그녀도 정지용을 보면서 미소 지었다.

식사를 끝낸 둘은 손을 꼭 잡은 채 이태원 뒷골목 여기저기를 산책한 다음 늦지 않게 집으로 돌아갔다.

한편 정지용이 요구한 대로 청담동의 주상복합 아파트로 집을 옮긴 이하나는, 기다렸다. 처음에는 가벼운 기분이었고 하루가 잘 갔다. 새로운 동네를 탐험하는 것은 즐거웠다. 한국에서 제일 비싸고 잘나간다는 바로 그곳이 아닌가! 게다가 그녀의 지갑 속에는 정지용이 준 신용카드가 들어 있었고, 그래서 두려울 것이 아무것도 없었다. 그렇게 하루가, 또 하루가 갔다. 가벼움이 슬쩍 몸을 불렸고, 이하나는 주위를 살피기 시작했다. 아무 일도 일어나지 않고 있었다. 그녀는 기다렸다. 문득 버려진 듯한 기분이 들었다. 설마, 하고 이하나는 얌전히 기다렸다. 하지만 정지용은 오지 않았다. 처음 나타났을 때처럼, 마법같이 사라졌다.

이하나는 용기를 내어 정지용에게 전화를 걸었다. 받지 않았다. 메시지를 보냈다. 답이 없었다. 그녀는 당황했다. 앗, 버려진 건가? 이렇게 쉽게? 이렇게 빨리? 날 이 뚱딴지 같은 동네에다가 휙 내다 버리려고 유혹한 건가? 내가 어떻게 하는지

보려고? 하지만 정말로 버려졌다기에는 좀 이상했다. 신용카드도 멀쩡하게 쓸 수 있고 집에서 쫓겨나지 않았고 수상한 사람이 미행을 하거나 정지용의 마누라가 쳐들어와서 머리카락을 잡고 내동댕이치지도 않았는걸?

하지만 이렇게 영원히 정지용이 나타나지 않는다면? 아무 일도 일어나지 않는다면? 나는 계속해서 정지용이 준 신용카드를 긁으며 살아가면 되는 걸까? 혹시 이런 게 진짜 버려지는 것이 아닐까?

신용카드로 1억짜리 차를 긁어볼까? 그러면 정지용한테 연락이 가지 않을까? 근데 지금처럼 아무 일도 없으면?

그럼 뭐…… 운전면허나 따야지……

복잡한 기분 속에서 이하나는 집을 나와 습관처럼 근처의 브런치 가게로 향했다. 한 시간 뒤 크림 파스타에 곁들인 화이트 와인에 살짝 취기가 오른 그녀는 습관대로 갤러리아 백화점으로 향했다. 낮술의 취기를 풀기에 백화점만큼 좋은 장소가 없다는 사실을 그녀는 최근 알게 되었다. 구경하다가 예쁜 거 보이면 하나 사면 되지, 기분 나면, 뭐, 지하에 내려가서 저녁거리도 좀 사면 되고, 어, 귀찮지 않으면, 어, 다리 아프면 커피도 한잔하면 되지, 음…… 그녀는 명품관 1층을 이리저리 헤매다가 악어 가죽으로 된 멋진 남성용 카드 지갑을 발견하고 충동구매를 했다. 예쁘게 리본까지 묶인 쇼핑백을 들고 이번에는 2층으로 올라가 걸으면서 대체 이 지갑을 어떻게 할지 생각하다가 성공자를 떠올렸다. 그래, 공자 오빠 선물로 주면 되겠다. 오빠 생일이 언제더라? 요새 뭐 하나? 하지만 그녀는 손에 든 휴대전화를 만지작거리기만 하고 정작 성공자에게 연락하지 않았다. 정지용과 파리에 가기 직전 마지막으로 만난 뒤 그녀는 성공자에게 연락하지 않았다. 성공자도 연락이 없었다. 파리에서 돌아온 그녀는 직감적으로 성공자가 도박을 다시 시작했음을 느꼈다. 하지만 왜 하필 지금? 그녀는 성공자에게 일종의 배신감을 느꼈다. 물론 그것은 근거 없는 감정이었다. 성공자는 그녀를 전혀 배신하지 않았다. 그렇다면 반대로 이하나가 성공자를 배신했는가? 이하나에게 배신감을 느껴 도박을 시작한 게 아닐까? 하지만 그것 또한 근거 없는 추측이다. 혹시 이하나는 성공자가 느낄지도 모른다고 생각되는 자신에 대한 배신감을 스스로의 것으로 착각하고 있는 것은 아닐까? 하지만 왜 성공자가 이하나에게 배신감을 느낀단 말인가? 그녀는 성공자의 애인도 아니었고, 오히려 정지용을 만나라고 앞장서서 설득한 장본인이었다. 하지만 거기엔 분명 뭔가가 있다. 해결되지 않은 뭔가가 둘 사이에 놓여 있다. 그렇지 않다면 그가 도박을 다시 시작하지 않았을 것이다. 결국 그가 도박을 다시 시작한 것은 내 탓이다. 물론 도박 중독은 병이지만, 내가 떠나지 않았다면 재발을 막을 수 있지 않았을까?

도박 중독자의 주변인들이 갖게 되는 이런 종류의 죄책감은 전형적이며, 오히려 문제를 악화시킨다고, 이하나는 언젠가 텔레비전 쇼에 도박 중독 전문가가 나와서 말하는 것을 들은 적이 있었다. "도박 중독자는 그를 사랑하는 주위의 모든 사람들에게 죄책감을 갖게 만듭니다. 내가 그날 화를 내지 않았더라면 그는 다시 도박을 시작하지 않았을까? 그날 내가 일찍 집에 들어갔더라면, 내가 늦잠을 자지 않았더라면, 내가 큰 소리로 화내지 않았더라면, 내가 그의 친구를 험담하지 않았더라면, 내가, 내가…… 그렇게 도박 중독자는 가족과 친구들 사이에서 희생자의 지위를 차지하게 됩니다. 그는 모두의 희생자인 것입니다. 예수께서 인간들의 죄를 사함 받기 위해 십자가에 못 박히신 것처럼, 도박 중독자는 주위 사람들의 죄를 대신하여 도박의 길을 택하게 됐다는 이야기죠. 이것은 모든 종류의 중독자가 만들어내고야 마는 전형적인 사이비 스토리로서, 그를 사랑하는 주위 사람들은 그 이야기에 홀딱 속아 넘어가고 맙니다. 결국 모두가 그의 눈치를 보게 되죠. 한편, 중독자는 자신이 가진 특권을 잘 알고 있죠. 그것을 무한대로 이용합니다. 물론 그가 악한이어서가 아니고, 이미 그의 뇌가 도박에 대한 갈망으로 지배되고 있기 때문입니다. 그는 자신이 가진 갈망의 잔인한 행동 대장일 뿐입니다. 이제 죄책감이라는 감정으로 완전히 속박당한 주위 사람들은 정서적 자기 학대와 경제적 파탄 속으로 걸어 들어가는 겁니다. 그가 불쌍해 보이십니까? 희생자 같나요? 하지만 멈추셔야 합니다. 부드러운 말과 경제적 도움은 그에게는 그저 다른 유혹일 뿐입니다."

그것은 과연 설득력이 있는 주장이었다. 그녀는 성공자의 도박과 관련된 과거를 알게 된 뒤 자동적으로 이 도박 중독 전문가의 이야기를 떠올렸다. 죄책감, 부드러운 말과 경제적인 도움은 그저 다른 유혹일 뿐이다. 그렇다. 그녀는 전문가가 조언한 대로 그 주제에 대해서 냉정함을 유지했다.

전문가가 말했듯이 도박은 고칠 수 없는 불치병이다. 성공자는 결국 도박으로 돌아갈 것이다. 내가 있든 없든, 결과는 마찬가지일 것이다. 그는 불치병에 걸린 것이다. 그 병은 전염병처럼 주위를 파탄낼 것이다.

그런데 만약 세상에 외도 전문가라는 것이 있다면 그 또한 비슷하게 말하지 않을까?

"외도는 불치병입니다. 그 병에 걸린 남자는 습관적으로 바람을 피우죠. 상대 여자를 진정 사랑하기 때문이 아닙니다. 바람에 중독된 것입니다. 결백한 아내는 죄책감을 느낄 수도 있습니다. 혹시 내가 그에게 소홀하기 때문에 벌어진 일이 아닐까? 하지만 절대 그렇지 않죠. 그는 외도라는 끔찍한 병에 걸린 것뿐입니다. 그 병이 그의 가족, 사랑하는 아내와 자식들을 지옥에 빠뜨려도 그는 멈추지 않죠. 물론 여자도 마찬가지입니다. 여자의 바람도 똑같은 파괴성으로 가족을 부수어놓습니다.

바람피우는 여자가, 혹은 남자가 자신의 배우자를 미워하는 것일까요? 사랑을 잃은 것일까요? 아니요, 오히려 정반대일 경우가 많습니다. 끔찍한 애처가가 애인을 두 명씩 세 명씩 두는 것도 흔한 일입니다. 그는 이중인격자인가요? 아니, 그에게 애인들이란 기분 전환에 필요한 존재들일 뿐입니다. 그들은 절대 이혼하고 싶어 하지 않습니다. 그들은 자식들을 사랑합니다. 단지 다양한 섹스 경험이 필요할 뿐일 수 있습니다. 색다른 소비 경험이 필요할 뿐일 수도 있죠. 저는 상담소를 찾아오는, 바람에 중독된 남편들에게 자극적인 스포츠 활동을 권유하는 편입니다. 카레이싱, 경비행기 조종, 스카이다이빙 등등…… 낚시가 도움이 될 때도 많습니다."

이하나는 스포츠카, 경비행기, 물고기로 대체될 수 있는 자신에 대해서 생각해보았다. 혹은 다른 여자, 좀더 어리고 몸매가 좋은, 이 넓은 도시를 꽉 채우고 있는 젊고 매력적인 여자들…… 어쩌면 그들은 이미 나의 자리를 노리고 있을지도 모른다. 백화점, 그리고 카페와 바에서, 집으로 돌아오는 길, 엘리베이터 안에서, 그녀를 집요하게 살피는 사람들을 이하나는 종종 마주쳤다. 그들의 표정은 이렇게 말하고 있었다. 감히 네가 여기에 어떻게 들어온 거냐. 분한 표정으로 노려보는 사람들. 사나운 눈길로 추궁하는 사람들. 그들은 오직 그녀가 신용카드를 내밀 때 친절하게 웃어주었다.

더, 취할 필요가 있다고 이하나는 생각했다. 그렇지 않으면, 진짜 돌아버릴지도 몰라. 집으로 돌아온 그녀는 곧장 와인을 한 병 꺼냈다. 술잔이 넘치도록 가득 따른 술을 단숨에 비워버린 그녀는 그제야 내내 손목에 걸려 있던 쇼핑백을 바닥에 내려놓았다. 반대편 거실 창에 펼쳐진 도시는 누런 먼지에 덮여 있었다. 그녀의 머릿속도 비슷한 것으로 가득 찬 느낌이었다. 그 먼지 덩이들을 씻어내겠다는 듯이, 그녀는 필사적인 몸짓으로 핏빛 술을 입에 쏟아부었다. 먼지에 감싸인 해가 가라앉고 있었다. 이윽고 어둠이 하늘을 채우듯이, 그녀는 빠르게 취해갔다.

도산대로 사거리 수요일 오후 3시

오늘도 이하나는 대낮부터 청담동을 배회하고 있었다. 랍스터 라비올리에 소비뇽 블랑 두어 잔, 후식으로 크렘브륄레에 더블 에스프레소까지 원샷 하고 나니 머릿속이 알코올과 설탕, 카페인이 이루어내는 복잡한 삼각균형……이라기보다는 이미 하루가 완전히 파멸해버린 듯한 느낌 속에서 그녀는 늦여름의 열기로 달아오른 아스팔트 정글을 헤치고 나아가기 시작했다. 그러나 불과 몇 분 사이 땀에 푹 절어버린 그녀는 심한 갈증을 느꼈고 마침 나타난 카페로 들어섰다. 강렬한 햇살과 더욱 강렬한 에어컨 바람 속 풀 세팅한 젊은 여자들이 사진을 찍어대고 있었다. 그들은 이하나가 멍한 표정으로 크고 두꺼운 유리잔에 담긴 라테를 원샷하는 것을 곁눈질하며 부지런하게 견적을 내기 시작했다. 저년은 대체 얼마짜리인가? 그 돈은 어디에서 왔는가? 그녀를 둘러싼 눈이 따갑게 묻고 있었지만 이하나는 머릿속에서 벌어지는 알코올 팀과 설탕 팀, 카페인 팀의 싸움에 정신이 몽롱할 뿐이었다.

마침내 좀더 힘을 낸 카페인 팀의 승리로 전투가 종결된 뒤 정신을 차린 이하나는 훨씬 흥미로운 전투가 카페를 가득 채운 사진광들에 의해 벌어지고 있다는 것을 깨달았다. 처음에는 이하나를 타깃으로 정했던 그 사진광들은 그녀에게 아무런 공격 의지가 없다는 것을 깨달은 뒤 새로운 적을 상대하는 중이었다. 그것은 몇 분 전 친구와 함께 카페로 들어선, 믿을 수 없이 길고 가느다란 한 여자였다. 인간이 저렇게 길고 가느다랄 수가 있단 말인가! 이하나는 놀랐다. 게다가 얼굴은 너무 작아서 보이지도 않는걸! 곧 그녀는 사람들의 수근댐을 통해서 그녀가 대중들에게서 멀어졌으나 한때 아주 잘나가던 가수라는 것을 알게 되었다. 연예인이란 과연 다른 종족이구나, 그녀는 감탄했다.

뜻밖의 구경에 마음이 산뜻해진 채, 그녀는 카페를 나섰다. 보는 것만으로 마음을 신선하게 해주니 얼마나 좋은가? 아아, 이것이 바로 연예인의 존재 이유인가! 그녀는 자신의 유튜브 방송을 보던 사람들도 비슷한 것을 느꼈던 것일까 궁금해졌다. 그녀는 정지용을 만난 뒤로 완전히 방송을 접었다. 그를 만난 뒤로 그녀의 삶은 180도 바뀌었다. 그 가운데 가장 큰 변화는 세상에 대한 관점이었다. 구체적으로 말해서 그녀는 그를 만난 뒤로 자신이 그간 얼마나 비굴하고 구차하게 살아왔는지를 깨달았다. 정지용에게는 그런 식의 구질구질한 태도가 전혀 없었다. 반대로 그를 제외한 모든 사람들이 구질구질해 보였다. 정지용이 나타나면 사람들은 홍해가 갈리듯이 저절로 양쪽으로 비켜서서 몸을 구부렸다. 이것이 성공자가 입술이 부르트도록 강조하던 톱의 세계인 것인가? 어쩌면 이하나는 인생을 배워가고 있었다. 그 가르침은 꽤 가혹했다. 세상에는 왕자의 삶, 연예인의 삶이 있지만 그것을 위해서는 다른 한편에 재투성이 하녀의 삶, 언제나 홍해처럼 양옆으로 갈린 채 찌그러져야 하는 모욕적인 삶이 존재할 수밖에 없다는 것이 그 가르침의 핵심이었기 때문이다.

성공자는 이하나를 향해 구차한 패자의 삶을 벗어나라고, 벗어날 수 있다고, 끝없이 기어 올라가라고 말했다. 하지만 과연 그런 식으로 정해진 인생을 벗어날 수 있을까? 만약에 내가 지금 이 순간부터 진지하게 공주나 여신 행세를 하려고 하면 온갖 사람들이 달려들어 내 몸뚱어리를 갈기갈기 찢어놓을 것이다. 왜냐하면, 가짜이기 때문이다. 나는 진짜 공주가, 진짜 여신이 아니기 때문이다. 그럼 난 뭐지? 음, 편의점용 초콜릿 같은 거? 밸런타인데이 때 사줬다가는 욕을 얻어먹고 마는 좀 약간 그런 거, 나 혼자 사다 놓고 먹기엔 나쁘지 않지만…… 반대로 정지용은 백화점에서도 구하기 힘든 한정판 벨기에산 초콜릿 같은 거. 3백 년째 이어 내려오는 플랑드르 수도원의 비법으로 특별히 제조된…… 그 정도는 아닌가? 아무튼. 이하나는 정지용이 부러웠다. 특히 부러운 것은 상식이라는 것이 결여된 듯한 삶의 태도였다. 왜냐하면, 필요 없기 때문이다. 모두가 허리를 굽히고 고개를 조아리는데 무슨 상식이 필요해? 그는 상식 밖의 세상을 살아간다. 그리고 그 세상은 짜릿하다.

이하나는 자신이 정지용의 세계에 중독된 것을 인정했다. 도박 중독자가 화투패 앞에서 피가 끓듯이 그녀는 정지용을 생각하면 반사적으로 흥분되었다. 그렇다. 이것은 사랑이 아니다. 내가 하루 종일 그에게 사로잡혀 있는 것은, 답이 없는 메시지를 스물네 시간 기다리는 것은, 절대로 사랑이 아니다. 애정도 아니다. 그저 중독 증세이다. 아침에 일어나서 휴대전화에 아무런 메시지가 없는 것을 확인했을 때 느껴지는 절망은 절대로 사랑이 아니다. 혹시 그를 마주칠까 그와 함께 갔던 장소들을 유령처럼 배회하는 것은 전혀 사랑이 아니다. 이것은 전혀 사랑이 아니다……

쌉쓸한 기분에 취한 채 이하나가 도산대로 사거리에 도착했을 때, 맞은편에 늘씬한 검은 차가 멈춰 섰다. 잠시 뒤 선글라스를 낀 젊은 남자가 차에서 내리더니 이하나 쪽을 바라보기 시작했다. 하지만 생각에 몰두한 그녀는 전혀 눈치채지 못한 채 도산공원 쪽으로 방향을 바꾸었다. 그러자 남자가 뭔가 소리치며 이하나를 향해 손을 흔드는 것이 아닌가. 마치 아는 사람처럼 말이다. 때마침 신호등이 바뀌었고 그녀는 머뭇거

리며 길을 건너 남자를 향해 다가갔다. 활짝 웃고 있는 그는
이우진이었다.

"어, 이우진이네?" 이하나가 별로 반가운 기색 없이 말했
다.

"오랜만이다? 여기서 뭐 해?"

"그러는 너는?"

이하나는 이우진을 아래위로 훑어보았다. 번쩍거리는 선글
라스에 광나는 양복 그리고 방금 진열대에서 꺼낸 듯 반질거
리는 가죽 구두 차림으로 그는 여기에서 대체 뭘 하고 있는 것
일까?

"로또 당첨됐어?" 그녀는 이우진이 내린 차를 바라보며 물
었다.

"아니, 아니." 이우진이 고개를 흔들었다. "외삼촌 거야."

"너한테 이렇게 부자 외삼촌이 있었는지 몰랐네?"

"그냥 조그맣게 사업하시는데, 바쁘다고 도와달라고 해
서……"

"그렇구나."

"그러는 너는 여기서 뭐 해?" 이우진이 물었다.

"아아, 나 이사 왔어."

"이 동네로?"

이하나가 고개를 끄덕였다.

"우와 너 돈 정말 잘 버는구나? 유튜브가 그렇게 돈이 잘 돼?"

"아니 뭐……"

"스타일도 존나 세련돼졌는데? 완전히 강남 사람 같아!"

"정말?"

이우진이 크게 고개를 끄덕이며 말을 이었다. "강남에서도 제일 잘나가는 여자 같은데!"

이하나는 약간 기분이 좋아져서는 물었다. "야, 근데 여기서 뭐 하냐? 바빠?"

"아, 나 지금……"

"쳇, 바쁘구나……"

"아니, 바쁜 건 아닌데. 하지만 이 근처를 너무 벗어나면 안 되거든…… 우리 삼촌이……"

"왜, 내가 어디 멀리 드라이브라도 가자고 할까 봐?"

"젠장, 아니었나."

이우진이 부끄러운 듯 씩 웃었다.

"근처 가서 맥주나 한잔하자. 괜찮아?" 이하나가 물었다.

"어, 뭐, 맥주 한잔 정도라면……"

"그럼 오케이? 나 요 옆에 괜찮은 데 하나 알거든. 거기 가자. 내가 쏠게!"

"오, 이하나 정말 부자 됐나 보네? 나 너 비서로 취직할까?

받아주겠니이—"

"닥쳐, 뭐래니?"

이하나가 깔깔거리며 이우진의 팔짱을 꼈다. 두 사람은 이하나가 이끄는 대로 좁은 골목길로 들어섰다.

네 사람

어두운 술집에 마주 앉은 이하나와 이우진은 노골적으로 서로를 탐색했다. 이우진은 이하나의 목에 걸린 목걸이를 칭찬했고, 이하나는 아까부터 이우진의 온몸에서 풍겨 나오는 향수 냄새를 지적했다.

"향수로 목욕했냐, 미친놈아."

"아니야, 아니야, 두 번밖에 안 뿌렸어."

"분무기로 뿌렸지?" 이하나가 웃으며 칵테일 잔에 서린 물기를 손가락으로 문지르다가 문득 표정이 어두워졌다.

"왜, 하나야, 피곤해?"

"아니, 그냥." 이하나가 머리를 흔들었다. "사는 게 왜 이렇게 힘들지?"

"왜 그래? 좋아 보이는데, 너…… 무슨 고민 있어?"

"그러게." 이하나가 고개를 끄덕였다. "좋아 보이는데도 좆 같을 수가 있더라."

"맞아, 겉만 보고 모르는 거지." 이우진이 맞장구를 쳤다.

"요즘 난 내가 어떻게 사는지 모르겠어." 이하나가 말했다.

"사실 나도 요새 좀 그래." 이우진이 다시금 동의하고는 술잔을 비웠다. "근데 우리 샴페인 한 병 깔까? 내가 살게."

"됐어. 니가 돈이 어딨다고."

"내 돈 아니야. 괜찮아." 이우진이 모호한 미소를 지으며 말했다.

"삼촌 돈이라고 그렇게 막 쓰면 못써."

"삼촌 돈도 아니야."

"그럼 누구 돈인데?"

"야, 원래 돈은 누구의 것도 아니야."

"뭐래?"

"야야 생각해봐." 이우진의 표정이 진지해졌다. "아니 내가 생각을 해봤거든. 사실 방금 든 생각이긴 한데, 돈이라는 게 진짜, 내가 요새 돈 좀 가진 아저씨들을 만나봤는데. 그 아저씨들 돈이 있잖아, 그게 그 새끼들 돈이 아니야."

"그럼 누구 돈인데?"

"누구의 돈도 아니라니까? 눈! 먼! 돈! 세상이 눈먼 돈으로 가득 차 있다구! 그냥 먼저 가서 쓱 집으면 땡이야. 근데 나는 그것도 모르고 그동안 뒈지게 일했잖아. 존나 분해!"

장황하게 소리친 이우진은 목소리를 가다듬고 웨이터를 불렀다. 그는 샴페인을 한 병 주문하고 아까 주문한 소시지 안주가 언제쯤 나오는지 물었다. 웨이터는 지금 주방에서 열심히 굽고 있다고 대답한 뒤 차갑게 사라졌다.

"새끼 건방지네." 이우진이 사라지는 웨이터의 엉덩이를 노려보며 속삭였다.

"이 동네 술집 놈들은 죄다 코가 대가리 꼭대기에 붙었어." 그는 분한 듯 한 번 더 중얼거리고는 남은 술잔을 비웠다.

"맞아……" 이하나가 건성으로 대답한 다음 그런 차갑고 오만한 웨이터들이 정지용 앞에서는 얼마나 놀랍도록 친절해지는지를 떠올렸다. 마치 마법 같지. 오, 마법사 정지용……

"무슨 생각 하니." 이우진이 이하나의 손을 잡으며 말했다.

"어우 야……" 이하나가 기겁하며 손을 뺐다.

"뭘 또 그렇게 놀라냐. 내가 치한이냐? 섭섭해……" 이우진이 슬픈 표정을 지었다. 이하나는 이우진을 빤히 쳐다보았다. 아무런 마법도 부릴 줄 모르는 불쌍한 이우진. 아무런 마법도 타고나지 못한 불쌍한 인간 이우진. 그런 너랑 같이 있는 나는 또 얼마나 불쌍한지…… 이하나의 표정이 어두워졌다.

"와, 진짜 싫은가 보네. 알았어, 미안해. 다신 안 그럴게."

이하나는 괜찮다며 고개를 저었지만 정말이지 집에 돌아가고 싶은 심정이었다.

기가 죽은 이우진은 이하나의 눈치를 보며 주위를 두리번거렸다. 그러다 문득 생각난 듯 주머니에서 휴대전화를 꺼내서 메시지를 확인했다. 그는 이하나의 눈치를 살피며 메시지 몇 개를 보냈고, 짜증 난 표정으로 주방 쪽을 바라보았다.

마침내 웨이터가 샴페인을 테이블에 세팅하는 사이, 또 다른 웨이터가 소시지 안주를 가지고 왔다. 웨이터들이 떠나려는 찰나, 입구의 문이 열렸고 그들은 반사적으로 입구를 향해 큰 소리로 인사했다. 이하나와 이우진 또한 입구를 바라보았다. 술집으로 들어오는 것은 최영주와 정지용이었다. 두 사람은 먼저 이하나를, 그다음 이우진을 향해 짧게 눈길을 보낸 다음 술집 깊숙한 곳으로 사라졌다.

길고 어색한 침묵 끝에 이우진이 먼저 입을 열었다. "되게 부내 철철이네."

"그래 보여?"

이우진이 고개를 끄덕였다. "어, 딱 보니까 그런데? 이제 보면 대충 견적이 나오거든……"

"오, 이우진 많이 컸네."

"특히 이 동네 돌아다니는 여자들 보면 대충 딱 보여. 쟤는 공주님, 쟤는 예비 사모님. 쟤는 레알 사모님. 쟤는 딱 봐도 스폰, 뭐 그런 거 있잖아."

"오, 자리 깔아도 되겠네!"

이하나의 칭찬에 이우진은 우쭐해져서 말을 이었다. "야, 그게 사실 되게 쉬워. 내가 뭘 보는 게 아니고 걔들한테서 딱 그 분위기가 뿜어져 나오거든. 그걸 숨길 수가 없어요오 ─ "

"그럼 나는 어떻게 보여?"

"너? 너야 물론 유튜브 여신이지!"

이하나는 이우진을 빤히 쳐다봤다. '이 새끼가 지금 나를 놀리는 건가?'

"야, 이하나. 왜 그렇게 무섭게 쳐다보냐? 무서워 죽겠네, 아까부터⋯⋯"

"미안." 이하나가 재빨리 표정을 풀었다. "근데 내가 진짜 여신 같아? 말이라도 존나 고맙다. 이렇게 너를 만나다니 정말이지 반가워. 내가 너무 신이 나. 그래서 말인데 내가 2차 쏠게. 이거 빨리 정리하고 나가자. 여기 분위기 좀 재수 없잖아⋯⋯"

둘은 순식간에 샴페인과 소시지 안주를 비우고 자리를 떴다. 근처의 다른 술집으로 자리를 옮긴 뒤 이우진은 여러 가지 이야기를 술술 늘어놓기 시작했다. 그의 외삼촌은 사채업을 본업으로 심부름 센터를 부업으로 하고 있다고 했다. 그는 삼촌 밑에서 일하는 사람들이 사채빚을 독촉하러 갈 때 음료수와 간식을 준비하고 운전을 해준다고.

"쪼다 같지? 근데 딱 2년만 참으려고. 군대 갔다 생각하면 되잖아. 그러면 외삼촌이 가게 하나 내준대."

"구라 아니야?"

"에이, 아니야. 우리 외삼촌이 어려서 울 엄마한테 신세를 좀 많이 졌거든. 그리고 우리 외삼촌이라서 하는 얘기가 아니라, 이 사람이 확실히 철학이 있어."

"아아……" 이하나는 누구보다도 확실하게 철학이 있어 보였던 성공자를 떠올렸다.

"이게 참, 무슨 일이라도 철학 없이는 성공을 하기가 어려운 것 같더라."

"눈먼 돈 먹는 것도?" 이하나가 물었다.

"응?"

"온 세상이 눈먼 돈으로 가득 차 있다며. 그런 거 먹을 때도 철학이 있어야 하는 거야?" 이하나가 말했다.

"그렇지, 그렇지." 이우진이 취기로 인해 빨갛게 핏발이 선 눈으로 이하나를 바라보며 말했다. "눈먼 돈이야말로 철학이 필요한 거랬어. 우리 외삼촌이 그랬는데…… 왜냐하면, 눈먼 돈은 순전히 말빨로 먹는 거거든. 다시 말해 구라를 잘 쳐야 되는 거지. 근데 그 구라라는 게 철학이 있어야 제대로 나오는 거래. 근데 그러면 철학도 결국 사기 아니야? 근데 하나야, 내가 최근에 진짜 뼛속 깊이 느낀 게 있는데, 삼촌 옆에 있으면서 깨달은 존나 중요한 한 가지. 그건 철학도 아니고 구라도 아니고 그냥 완전 사실인데, 그게 뭐냐면 말이야, 가만 보니까 사람들이 구라를 믿는 건 구라의 내용 때문이 아니야. 얼마나 구라를 잘 만들었느냐가 아니고, 얼마나 구라를 힘 있게 까느냐도 아니고. 그럼 뭐냐? 파워. 힘. 권력. 이게 사실 조온나 단순한 거야. 생각해봐, 아무리 맞는 말을 늘어놔도 그걸 늘어놓는 게 서울역 앞 노숙자 새끼라고 생각해봐. 누가 듣겠냐? 근데 반대로, 말이 하나도 안 되는 얘기를 씨부리는데 막 깡패들 옆에 세워놓고 니 목에다가 칼을 들이대는 시추에이션이라고 생각해봐. 아니면 대통령, 국회의원, 금수저 새끼가 말한다고 생각해봐. 무슨 소리든 다 먹힌다니까. 결론은…… 사기도 결국 힘으로 치는 거라는 얘기지…… 하나야, 나는 지금까지 세상이 이런 덴지 몰랐어. 진짜 몰랐어. 완전 깜빡 속았지 뭐야. 왜 아무도 나한테 안 알려줬을까? 힘이 있어야 돈을 먹을 수가 있고 돈이 있어야 사람들이 우습게 안 본다는 거. 왜 아무도 안 알려줬을까? 그래서 말인데 나도 진짜 힘을 가지고 싶어. 세지고 싶어. 개소리를 늘어놔도 다들 고개를 끄덕이게 만들고 싶어. 근데 또 이게 너무 이상하다는 생각이 들기도 해. 외삼촌을 보면 가끔 존나 무섭거든. 그 인간은 옳고 그른 게 없어. 아니 그런 가치들을 죄다 비웃는 것 같아. 내가 아직도 순진해빠져서 그런가? 그렇다고들 하는데. 그래도 세상에 기본적으로 옳고 그른 건 있는 거잖아. 뭐 도덕, 상식, 거창한 이름이 아니라고 해도…… 아니야? 아아, 갑자기 머리가 지끈지끈 아파온다. 술을 너무 많이 마셨나……?

결국 내가 하고 싶은 말은, 하나야, 지금 내가 좀 옳지 않게 살고 있는 것 같긴 하거든. 하나야, 너는 이런 기분 모르지? 절대 모를 거야. 그래, 난 요즘 좀 떳떳하지 못하게 세상을 살고 있어. 근데 씨발 떳떳하게 살면 뭐 해? 개뿔도 좋을 게 없잖아. 그래서 나도 이렇게 지랄을…… 물론 변명처럼 들릴 수 있는 거 아는데…… 그래 나도 썩어빠졌다! 하지만 하나야, 미안해, 내가 좀 취했다, 좀 봐줘…… 알다시피, 내가 이런 말을 할 수 있는 상대가 너밖에 없잖니……"

이하나는 와인을 한 병 더 시키려는 이우진을 말리고 대리운전 기사를 불렀다. 10분 뒤 도착한 운전사에게 이우진을 맡긴 뒤 천천히 집을 향해 걸으며 그녀는 생각했다. 왜 사람들은, 구체적으로 말해 이우진이나 성공자, 혹은 나의 전 남친이나 기타 아는 오빠들은(유튜브 시청자들을 포함하여) 죄다 나에게 좆같고 지겨운 말들을 늘어놓으면서 좀 봐달라고, 하나 너뿐이라고, 고맙고 또 미안하다고 주절대는 건지 그 이유에 대해서. 왜 그들은 내 앞에서 항상 술에 취해 고해성사 모드가 되고 마는 건지. 내가 무슨 성모 마리아처럼 보이는 건지. 다 좋은데, 이하나는 생각했다. 그들이 말하는 그 진심이라는 것이 아주 역겹다고. 그녀는 자신에게 아무런 속마음도 털어놓지 않는 오직 한 남자 정지용이 그리웠다.

밤의 대화 I

"내가 그리웠나요?"

정지용의 목소리는 지나치게 다정했다. 이하나는 대답 없이 정지용을 바라보았다. 전혀 달라진 것이 없었다. 단정했고, 좋은 냄새가 났고, 희미하지만 잘 잊히지 않는 미소를 머금고 있었다.

그는 거실 중간쯤 서서 주위를 둘러본 뒤 곧장 소파로 향했다. "여기 살기는 괜찮아요?"

"뭐 마실 것 드릴까요?" 이하나가 물었다.

"네, 주세요. 맞아, 여기 내가 가져다 놓은 술이 좀 있는데." 그는 소파에 앉으려다 말고 부엌으로 향했다. 그리고 냉장고 옆에 놓인 와인 셀러를 열어보더니 놀란 듯 중얼거렸다. "그새 그걸 다 마셨어."

"어, 다 안 마셨는데."

"이게 마지막인데요?" 정지용이 와인 병을 하나 꺼내 흔들며 말했다.

"정말요?" 이하나가 부끄러운 표정을 지었다. "제가 나중에 사다가 채워놓을게요."

"아니에요, 잘 마셔주어 뿌듯하네." 정지용이 이하나를 살짝 껴안았다. 이하나는 아무 반응도 없었다.

"분위기가 너무 삭막하다. 음악을 틀어도 될까요?" 정지용이 와인 병을 들고 다시 거실로 향했다.

"네, 그러세요."

이하나는 와인 잔을 들고 정지용을 따랐다.

정지용이 리모컨으로 오디오를 켰다. 아주 큰 소리로 바흐의 「바이올린 콘체르토」가 흘러나오기 시작했다.

"하나 씨 이 음악 괜찮아요?"

"네, 저는 상관없어요."

정지용이 볼륨을 좀더 높였다. 썰렁하게 텅 빈 집안을 날카로운 바이올린 소리가 가득 채웠다. 이하나는 분위기가 더 삭막해진 것은 아닐까 생각했다.

정지용이 와인을 한 모금 마시고 물었다. "내가 그리웠나요?"

이하나는 정지용을 바라보며 생각했다. 너무 크고, 높고, 빠르게 몰아붙이는 바이올린 소리 때문에 아무 생각도 나지 않는걸.

하지만 신기하게도 정지용은 모든 것이 편안하다는 식의 태도였다. 언제나 그렇듯이 말이다. 상대방이 가장 불편한 상황에서 최고의 편안함을 느끼는 인간인가? 도대체 정체가 뭐냐? 이하나는 생각하며 반쯤 찬 와인 잔을 만지작거렸다.

"나랑 말하기 싫어요?" 정지용이 물었다.

이하나가 대답 대신 고개를 저었다.

"화났어요?"

이하나가 다시 고개를 저었다. 정지용의 얼굴에 희미한 미소가 떠올랐다.

'쳇, 웃기는!' 이하나는 팔짱을 끼고 창밖을 향해 고개를 돌렸다.

"나는 너무 좋은데, 하나 씨 이렇게 다시 봐서 너무 좋은데." 정지용이 슬쩍 이하나와 가까운 곳으로 자리를 옮겼다.

"하나 씨……" 정지용이 한 손을 이하나의 코 앞으로 뻗어 흔들었다. "우리 예쁜 하나 씨…… 뭐 하나……"

"이렇게 왔다가 또 갈 거잖아요."

"네?"

"니 맘대로 왔다가, 갔다가 그러잖아요?"

정지용이 놀란 눈으로 이하나를 보았다. 그녀의 얼굴은 어느새 울상이 되어 있었다.

"그렇게 말하니 서운하다, 하나 씨. 내가 갔어요? 여기 이렇게 집도 구해줬는데. 내가 이렇게 훌쩍 찾아오려구요. 그리고 진짜로 왔잖아요? 앞으로도 계속 올 건데요? 선물도 사 왔는데?" 그렇게 말하며 그는 바지 주머니에서 뭔가를 주섬주섬

꺼냈다. 그것은 가느다란 금속으로 된 반짝거리는 짧은 줄, 다시 말해 팔찌였다.

"팔 줘봐요. 내가 채워줄게요."

이하나는 팔짱을 풀지 않은 채 가만히 있었다.

"싫어요? 맘에 안 들어? 아니야, 이거 차면 되게 예뻐요. 오는 길에 백화점에서 샀어요. 싸구려 아니에요. 박스가 너무 못생겨서 버리고 와서 그래."

정지용이 양손으로 이하나의 팔짱을 풀려 시도했다. 그러자 이하나가 강하게 저항하며 반대쪽으로 몸을 뺐다.

"싫어도 한 번만 차보면 안 돼요? 여기 반짝거리는 거 진짜 다이아몬드예요. 반짝반짝 작은 별……처럼 하나 씨 팔에서 아름답게 빛날 거란 말이야."

정지용이 횡설수설하며 다시금 이하나의 팔을 잡았다. 이하나는 더욱 거칠게 저항했다.

"하나 씨, 한 번만……" 정지용이 저항하는 이하나를 두 팔로 꼭 붙잡았다.

"놔요, 아파요!" 이하나가 소리쳤다.

"그러니까 팔을 달라고요!"

"싫어요!"

"왜요?"

"싫어! 다 싫어! 팔찌 싫어! 너도 싫고 다 싫어! 꺼져버려!"

이하나가 울음을 터뜨렸다. 그리고 아주 큰 소리로 목 놓아 울기 시작했다. 정지용은 처음에는 당황하여 그녀를 바라보기만 했다. 하지만 이하나의 서러운 눈물이 쉽게 그칠 것 같지 않자 탁자 위에 있는 크리넥스 티슈를 몇 장 뽑아서 그녀의 무릎 위에 조심스럽게 올려놓았다. 이하나가 티슈를 집어 힘차게 코를 풀었다. 그는 티슈를 몇 장 더 뽑아 이번에는 그녀의 손을 향해 내밀었다. 그녀는 콧물에 젖은 티슈를 정지용의 손에 올려놓고, 새 티슈를 집어 한 번 더 힘차게 코를 풀었다. 정지용이 한 팔로 조심스레 이하나를 끌어안았다. 한참을 흐느끼던 이하나의 울음이 잦아들었을 때 그녀는 정지용의 품에 안겨 있었다.

"엄마……" 그녀가 속삭였다.

"엄마 보고 싶어요? 정지용이 물었다.

"아니요."

*

이하나는 맨몸으로 침대에 누워 있었다. 왼팔에 정지용이 준 팔찌를 찬 채로. 정지용은 침대 옆 의자에 앉아, 사랑스럽다는 눈길로 그녀의 온몸을 천천히 훑어보았다.

"예뻐요."

그는 팔을 뻗어 이하나의 왼팔을 부드럽게 쓰다듬었다.

"예뻐요, 하나 씨."

어둠 속에서 희미하게 팔찌가 반짝거렸다.

"하나 씨, 너무 예뻐요."

정지용이 중얼거렸다.

"하나 씨, 정말로 너무 사랑스러워!"

그는 멈추지 않고 계속해서 이하나의 왼팔을 쓰다듬었다. 이하나는 움직이지 않았다. 크게 벌린 눈으로 천장을 바라볼 뿐이었다. 그녀는 더 이상 정지용이 그립지 않았다.

베이비문

아이스크림 스푼을 내려놓으며, 최영주는 하와이에 가고 싶다고 했다. 지겹도록 길게 이어진 늦더위가 마침내 막을 내린 10월의 셋째 주였다. 청명한 가을의 하늘이 초고해상도의 디지털프린트 사진처럼 거실의 창을 가득 채우고 있었다. 정지용은 최영주가 먹던 아이스크림을 치운 뒤 노트북을 들고 소파로 향했다. 금세 호텔과 비행기의 예약을 마친 그는 상냥한 표정으로 최영주를 향해 다가갔다. 그녀는 소파에 비스듬히 기대어 『하버드비즈니스리뷰』 최신호를 읽고 있었다. 정지용이 살며시 최영주의 배에 손을 얹자, 그녀는 으응음, 알수 없는 소리를 내며 계속해서 잡지를 읽었다.

"영주 씨, 여행 예약 다 했어요."

"그래요? 언제 떠나요?"

"어, 고맙다는 말도 안 하네. 서운하다." 정지용이 최영주의 배에서 손을 떼고 서운한 표정을 지었다.

"고마워요." 최영주는 잡지에서 눈을 떼지 않은 채 건성으로 대답했다. 정지용은 그런 최영주를 물끄러미 바라보다가 잡지를 빼앗는 시늉을 하며 말했다.

"뭐가 그렇게 재밌어요?"

"하지 마!" 최영주가 버럭 소리를 질렀다. 그러고는 스스로도 놀랐는지 잡지를 내려놓고 정지용을 보았다. 그는 정말로 깜짝 놀란 표정을 하고 있었다.

"미안해요." 최영주가 떨떠름하게 말했다.

"에휴……" 정지용이 작게 한숨을 쉬며 일어났다.

"어디 가요?"

"나가서 조금 걸으려고요. 영주 씨도 같이 갈래요?"

최영주가 고개를 저었다. "아니요."

"그럼, 안녕." 정지용이 주섬주섬 키와 지갑을 챙기기 시작했다. "하지만 곧 다시 봐요."

정지용이 나가고 현관 문이 닫히는 소리에 최영주는 잡지를 바닥에 내려놓고 소파에 길게 누웠다. 그러고는 이쪽저쪽으로 약간씩 자세를 바꾸어보다가 짜증스러운 표정으로 몸을 일으켰다. 약간 더 부풀어오른 배 때문인지 어떤 자세를 취해도 매우 불편했다. 그녀는 한숨을 쉰 다음 소파 옆 탁자에 놓인 잡지들 가운데 맨 꼭대기에 있는 붉은색 잡지를 집어 들었다. 그것은 오늘 아침 『하버드비즈니스리뷰』와 함께 배송된 『뉴레프트리뷰』의 최신호였다. 무슨 이유인지 『하버드비즈니스리뷰』를 사면 『뉴레프트리뷰』를 75퍼센트 할인된 가격에 파는 프로모션이 진행 중이어서 즉흥적으로 주문한 것이였다. 특집 기사는 우크라이나 출신의 사회학자가 작성한 것으로 러시아의 자본주의에 대한 것이었다. 또 다른 특집 기사는 대만계 미국인이 쓴 것으로 중국의 새로운 사회감시 체제에 대한 것이었다. 또 다른 기사는 파키스탄계 영국인이 쓴 것으로 인도의 페미니즘 유행에 대한 것이었다. 최영주는 잡지를 건성으로 넘기면서 대학생 시절 함께 수업을 듣던 약간 이상한 남자를 떠올렸다. 그는 학기 초반에는 『뉴레프트리뷰』를 품에 안고 다녔는데, 학기 후반이 되자 『킨포크』를 가슴에 안고 다녔다. 잡지 판매상의 자식인가? 그녀는 의문을 가졌으나 금방 잊었다. 다시는 그 남자와 같은 수업을 들을 일이 없었다. 사실상 함께 수업을 듣던 누구도 그에게 관심이 없고, 그도 별로 다른 사람들에게 관심이 없어 보였다. 그는 지금 뭘 하고 있을까? 그녀는 문득 그에게 동정심이 들었는데, 지금 자신이 타인에게 동정심을 가질 만한 처지가 전혀 아니라는 생각이 들자 우울해졌다. 그녀는 『뉴레프트리뷰』를 내려놓고, 역시 오늘 아침 도착한 미국판 『보그』 최신호를 들고 침실로 들어갔다.

한편 집을 나온 정지용은 별다른 계획이 없었다. 그는 천천히, 딱히 어떤 이유도 없이 롯데타워 방향으로 걸으면서 이하나를 생각했다. 그녀를 만나러 갈 것인가? 날씨가 예상보다

춥고 바람이 강하게 불어왔기 때문에 그는 생각을 이어가지 못하고 눈앞에 나타난 스타벅스로 들어갔다.

잠시 뒤 2층 창가에 자리를 잡은 그는 시럽을 잔뜩 뿌린 캐러멜마키아토를 마시며 롯데타워를 바라보았다. 그리고 다시 이하나를 생각하기 시작했다. 그녀를 만나러 갈까? 그럴까? 좋다! 결심한 그는 조심스레 주변을 살폈다. 그는 얼마 전부터 아내가 사람을 사서 자신을 감시하고 있다는 것을 알고 있었다. 하지만 그것이 기분 나쁘거나 신경 쓰이지는 않았다. 오히려 반대였다. 일종의 경호원이 아닌가? 예상치 못한 사고가 터지면 나를 구해줄 것이다. 아니 그 정도로 나를 집요하게 감시하고 있는 것은 아닐까? 그렇다면 실망스럽다. 물론 아버지가 고용한 감시자가 또 있겠지만……

아주 어려서부터 그는 감시당하고 있는 느낌에 익숙했다. 언제, 어디서나, 그는 누군가 자신을 엿보고 있다는 느낌을 받았고 그 느낌 안에서 편안했다. 그 느낌은 단 한 번도 사라진 적이 없었다. 최영주 혹은 이하나와 단둘이 있을 때도 어딘가 감시자가, 혹은 CCTV가 있고, 도청되고 있을 거라는 상상을 그는 했다. 그 상상은 그의 마음을 전혀 어지럽히지 않았는데 왜냐하면 그를 바라보고 있는 그들이 절대로 어둠 밖으로 나올 수 없다는 것을 잘 알고 있었기 때문이다. 그들은 그의 일거수일투족을 꿰뚫고 있지만 그것뿐이다. 그의 행위에 절대로 개입할 수 없다. 자신들이 그를 보고 있다는 사실을 숨겨야 하기 때문이다. 물론 그들 또한 정지용이 자신들의 존재를 알고 있다는 것을 알고 있지만, 겉으로는 아무도 아무것도 모르는 듯이 행동해야 한다. 그것이 룰이다. 감시자가 감시 대상을 향해 소리치거나, 감시 대상이 CCTV를 똑바로 바라봐서는 안 된다. 이런 식의 감시 체제가 충분히 장기화되면 상황은 약간 이상하게 돌아가기 시작한다. 감시자는 감시 대상의 동료가 된다. 만약 정지용이 범죄를 저지른다면 그들은 공범자가 될 것이다. 물론 목격을 대가로 협박할지도 모르지만 그것은 나중의 일이다. 감시자들은 감시 대상의 편이지 그 반대가 될 수 없다. 정지용이 창조해낸 이 미심쩍은 감시 이론은 그의 나르시시즘적 성향에 완벽하게 부합했다. 혹은 과도한 나르시시즘이 정지용을 그 이론으로 이끌었는지도 모르겠다. '나에겐 보이지 않는 어둠의 동료들이 있다!' 이것은 사실 대표적인 편집증 망상이다. 문제는, 정지용에게는 그것이 망상이 아닌 사실이었다는 점이다. 그는 진짜로 감시당하고 있었다. 보이지 않는 눈들, 그의 어깨 너머에서 모든 것을 목격하고 그와 함께하는 그 진지하고 심각한 눈들은 실제로 존재한다.

그는 자신을 지켜보는 수많은 눈들의 존재를 온몸으로 느끼며 캐러멜마키아토를 천천히 비웠다. 그리고 자리에서 일어나, 수많은 어둠의 동료들과 함께 카페를 빠져나왔다. 말도 안 되는 굉장한 자신감 속에서, 물론 전적으로 설탕과 카페인의 탓이었지만, 그는 집으로 돌아가기 시작했다. 내 완벽한 아내 최영주가 기다리고 있는 집을 향하여! 어느새 이하나는 까맣게 잊힌 채였다. 최영주에 대한 에로틱한 감정이 그의 온몸을 가득 채우고 있었다. 아파트로 들어서며 그는 휴대전화로 임신 중 섹스에 대해서 검색하기 시작했다. 임신 중의 적당한 섹스는 태어날 아이의 정서 발달에도 좋은 영향을 끼친다는 기사를 발견한 그는 어린아이처럼 기뻐하며 엘리베이터에 올라탔다.

N. E. W.

10월의 마지막 날, 최영주와 정지용은 하와이로 향하는 비행기에 몸을 실었다. 신혼여행 때와 똑같은 시간, 똑같은 항공기에 있는 똑같은 위치의 일등석 좌석이었다. 하와이에 도착한 뒤 향한 곳도 역시 똑같은 호텔의 똑같은 층, 똑같은 방이었다. 최영주는 정지용에게 여행 일정을 맡긴 것을 약간 후회했다. 다음 날, 최영주는 식사를 끝내자마자 쇼핑몰로 향했다. 그녀는 엄청난 양의 아기 용품을 사들인 다음 호텔에 들르지 않고 택시를 불러 섬의 정 반대편에 있는 레스토랑으로 향했다. 다시 호텔에 도착했을 때는 저녁이 다 된 시간이었는데, 내내 산더미 같은 짐을 들고 다닌 정지용은 눈에 띄게 피곤해 보였다. 최영주는 정지용이 저녁도 거른 채 소파에서 곯아떨어진 것을 발견하고는 기분이 조금 나아진 것을 느꼈다.

다음 날 아침, 정지용은 홀로 호텔을 나섰다. 서핑을 하러 간다는 것이다. 최영주 또한 홀로 휴양지의 즐거움을 맛보기 시작했다. 일단 해변가의 레스토랑에서 신선한 과일이 가득한 브런치를 즐긴 다음, 근처의 작은 서점에 가서 책과 잡지를 잔뜩 사 들고 호텔로 돌아왔다. 낮잠을 한숨 잔 뒤 열대 식물들로 가득한 실외 정원의 깊숙이 드리워진 그늘 속에서 사 들고 온 책들 가운데 하나를 선택하여 읽기 시작했다. 구글과 테슬라의 자문위원이자 스탠포드 대학교 석좌교수가 쓴 "호모 데인티Homo Dainty: 실리콘밸리가 만든 사악한 미로를 성공적으로 탈출하기 위한 지도"라는 제목의 그 책은 최근 『뉴욕타임스』 베스트셀러로 선정되었고 캐나다 총리가 다보스 포럼으로 향하는 길에 비행기에 들고 타는 것이 목격되었다는 화제의 책이었다. 저자는 후손들의 미래를 위해서 세계가 더 근본적인 차원에서 연결되어야 한다고 주장했다. 그는 먼저 페이스북 식의 단순한 연결 방식이 가져온 문제들 ── 페이크 뉴스의 범람과 민주주의에 대한 증오, 엘리트 문화의 쇠락을 길게 열거하고 비판한 다음, 하지만 그것은 연결 자체의 문제가 아니고 연결 방식의 문제라고 주장했다. 저자는 아일랜드의 한 마을에서 이루어진 접속 실험에 대해서 자세히 언급했다. 그 실험이 기존의 접속 실험과 차원을 달리하는 독특한 부분은, 접속 대상들의 과거가 아닌 미래에 대한 예상에 근거하여 접속이 이루어진다는 것이다. 페이스북 식의 접속은 상대방의 과거를 과잉 판단하는 악순환을 피할 수 없다. 당신은 타인의 프로필을 보고는 그 사람을 완전히 안다고 생각하지만 그것은 과거 가치에 불과하다. (그 사람의 현재 가치는 여전히 미지수로 남아 있다.) 과거 가치에 대한 과잉 강조는 현 시대의 자본주의를 극도로 위축시킨 주범이다. 왜냐하면 투자는 예측 불가한 미래의 가능성에 대한 기대에서 이루어져야 하는데, 현재의 소셜네트워크 모델이 가진 인터넷 환경은 그런 식의 미래에 대한 자유로운 상상력을 완전히 차단시키기 때문이다. 이것은 물론 자본주의에 국한된 위기가 아니다. 한 인간의 과거와 미래는 현재에 대하여 근본적으로 비개연성적 inconsequential 성격을 띠는데, 지금의 구글, 페이스북, 아마존 등에서 쓰이는 빅데이터 시스템은 현재를 잠재적으로 도달된 과거의 최종적/완결적 상태로 판단하여 지금까지 일어난 모든 사건들을 인과관계로 단순화해버린다. 인간은 섬세하게 발달된 지능적 생명체이다. 이 정도 수준의 복잡한 생명체를 단순하기 짝이 없는 시스템에 집어넣는 것은 반민주적이며, 반인륜적이며, 결과적으로 대참사를 몰고 올 수밖에 없다고 책의 저자는 거듭 주장했다.

이어 2008년 이후 쏟아진 막대한 유동자금에 의해서 거대하게 부풀어 오른 실리콘밸리 기업들이 완성한, 사용자들의 행적을 변태 스토커처럼 쫓으며 중복된 정보, 소위 '맞춤' 정보를 쏟아붓는(문학적으로 기술하자면 과거에 대한 르상티망에 사로잡힌) 이 단순 무식한 시스템에 맞서 인간 존재 고유의 앙증맞은 우아함daintiness을 되찾을 수 있는 복잡하고 섬세한 수준의 민주적인 접속 시스템을 발명해야 한다고 책은 말한다. 하여 처음의 아일랜드의 실험으로 되돌아가, 미래라는 상태를 어떻게 인터넷 환경 안에서 순수한 형식으로 재현시킬 것인가에 대해서 논하기 시작했을 때 정지용이 나타났다.

"영주 씨 책 읽는 모습이 너무 예뻐요."

그는 양손에 든 파인애플주스 가운데 하나를 최영주에게 내밀었다. 최영주가 주스 잔을 받아 들었다. 그리고 뾰로통한 표정으로 잔에 꽂힌 빨대를 빨기 시작했다.

"아, 내가 방해를 해버렸구나. 미안해요."

"아니에요, 오히려 고마워요. 너무 오래 한 자세로 있어서 목이 아파오기 시작했어." 최영주가 가볍게 스트레칭 자세를 취하며 말을 이었다. "서핑은 재밌었어요?"

"네, 아주. 내일도 나가야지."

최영주는 말없이 주스를 마셨다.

"영주 씨 책 열심히 읽더니 무언가 지적인 분위기가 된 것 같아요."

"에이, 놀리지 말아요."

"정말이에요. 지적으로 섹시해졌어."

최영주는 대답하지 않고 대신 뭔가를 골똘히 생각하더니 말했다. "지용 씨, 세상은 발전하고 있는 것일까요?"

"발전이요? 어떤 면에서요?"

"그냥…… 발전하고 있다고들 하잖아요……"

"모르겠네. 영주 씨 생각은 어때요?"

"기술적으로는 그런 것도 같은데, 과연 세상이 근본적인 차원에서 나아지고 있는 걸까 싶어요. 인터넷 네트워크가 만들어낸 과잉 접속된 세상이 과연 옳은 것인가……"

"그럼 틀린 걸까요?"

"생각해봐요, 지용 씨. 인간이란 섬세하고 복잡한 존재잖아요. 그런데 과거란 무엇일까요?"

정지용은 흥미롭다는 표정으로 최영주를 바라보았다.

"과거란 그냥 꿈 같은 게 아닐까요?" 최영주가 다시 한번 물었다.

"어떤 의미에서요?"

"잠들 때 우리가 꾸는 꿈이라는 게 사실 아무 인과관계가 없잖아요. 그냥 이런 이미지, 저런 장면이 펼쳐지는 것뿐이죠. 깨어난 뒤에야 우리는 우리의 의식을 통해서 그 꿈을 사후적으로 재구성하잖아요. Our understanding of dream is merely derived from irrational assumptions. So is the past."

"하지만 그것은 과거나 꿈뿐만이 아니고, 모든 것에 대해서가 아닐까요?"

"네?"

정지용이 미소 지으며 말했다. "모든 것은 사후적으로 끊임없이 재구성될 수밖에 없어요. The deluge of causality……
우리는 익사하고 있는 것일까요? 하지만 대홍수의 소문이 가
짜로 판명된 뒤 산토끼는 주기도문을 읽기 시작했죠."

최영주가 이상한 소리를 들은 강아지처럼 고개를 갸우뚱
한 채 정지용을 바라보았다.

"Aussitôt que l'idée du Déluge se fut rassise, Un lièvre
s'arrêta dans les sainfoins et les clochettes mouvantes
et dit sa prière à l'arc-en-ciel à travers la toile de
l'araignée……"。

"다 까먹었네. 중학교 때는 외웠었는데. 쏘리." 정지용이 허
공을 향해 사과한 다음 말을 이었다. "언젠가 아버지가 심오
한 표정으로 말했죠. '나는 사후 세계를 믿지 않는다.' 저는
속으로 생각했죠. 바보 아냐? 없는 걸 믿지 않는 게 당연하잖
아? 하지만 아버지의 표정은, 그것은 분명히 존재하지만 믿
지 않겠다. 나는 존재하는 것을 부정한다. 악령에 사로잡힌 사
람처럼…… 이렇게 진짜 결연한 표정이었다니까요? 늙으신
양반이 때늦은 사춘기인가 했죠. 또 한 번은 이렇게 말한 적
이 있어요. 뭔가 대단한 것이라도 발견한 사람 같은 표정으
로, '엔, 이, 더블유, 뉴 N.E.W.가 현대 세상을 결정했다.' 그게

무슨 약자인지 아세요? 신경학neurology, 전기electricity, 제2차 세계대전World War 2. 진짜로 그렇게 말했다니까요. 믿어지세요? 제 아버지가 이렇게 황당할 정도로 유치한 사람이라는 것이? 그런데 사람들은 아버지를 두려워하죠. 그게 다 아버지의 연기에 속고 있는 거야."

정지용이 어느새 심각해진 표정으로 말을 이었다.

"못 봐주겠어. 내 앞에서도 언제나 연기를 하고 있다니까. 존재하지도 않는 최고의 악당 연기. 하! 하지만 그 속에 있는 인간은 마른 멸치처럼 빼빼 말라비틀어져 있는걸. 안 봤지만 다 알아. 내가 그 씨에서 나왔는걸. 그런데 다들 속고 있다니까. 아니면, 속아주는 척하는 거야? 쳇! 지겨워! 내가 언젠가 그 대가리를 딱 반으로 쪼개서 그 말라붙은 멸치를 쏙 빼내고 말 거야. 그러고 나서 무슨 일이 벌어지는지 다 함께 지켜보자구. 무슨 말인지 알죠, 영주 씨?"

그렇게 물으며 정지용은 최영주의 손에서 빈 주스 잔을 쏙 빼어 들었다. "미안해요, 영주 씨. 제가 바보 같은 일장연설을 펼쳤죠. 하지만 이것만은 알아주세요. 제가 영주 씨가 생각하는 것만큼 그렇게 한심한 놈은 아니라는 것을요. 그것은 저도 알고, 아버지도 아시죠."

그가 아까와 마찬가지로 양손에 주스 잔 두 개를 쥔 채 멀어지며 말했다. "7시에 저녁 먹으러 가요. 예약해놨어요. 안녕."

미국의 독서

속절없이 화창한 열대 섬 날씨 속, 최영주는 독서에 깊이 빠져들었다. 그녀가 새로 집어 든 책은 미국 연방은행 총재를 지냈으며 현 하버드 대학 교수가 쓴 『새로운 연금술의 시작 : 포스트 금융위기 시대의 경제비전』이었다. 이어 그녀는 『뉴욕 타임스』 일요일판의 편집장이자 뉴스쿨 교수가 쓴 『누가 그들을 두려워하는가?: 21세기 새로운 문화 엘리트에 관한 보고서』를 읽기 시작했다. 런던과 뉴욕, LA, 상하이 등에 산재한다는 이 새로운 주류 계층에 대해서 그녀는 깊은 흥미를 보였다. 완벽한 교육을 받고 무한 경쟁에서 승리하여 세계에서 땅값이 제일 비싼 도시에서 살면서 엄청난 연봉을 건강한 식단과 자녀 교육에 쏟아붓는다는, 유난히도 곧고 바른 자세에 집착하는 새로운 종족들. 책을 읽으며 그녀는 자신이 바로 그들 중 하나가 아닌가, 혹은 하나가 아니어야 하는가 고민에 빠져들었다. (그런데 나는 여기서 뭘 하고 있는 것일까?) 책에 따르면 그들 삶의 핵심은 생산성이다. 그들은 여가나 여행조차 미래의 가치 생산을 위한 잠재적 투자로 여긴다. (그런데 도대체 나는 여기서 뭘 하고 있는 것일까?) 그들은 일을 하듯이 쉬고, 일을 하듯이 운동하고, 일을 하듯이 아이를 키우고, 하여간 그들의 삶은 온갖 멋진 일들로 가득 차 있다……

정지용을 만난 뒤로 그녀의 삶은 생산성이나 세련됨과는 영 거리가 멀었다. 그녀는 멋과 생산성으로 가득 차 있던 대학 시절이 그 어느 때보다 그리웠다. 무급 인턴 생활로 지새우던 방학, (그러던 어느 주말 겨우 잠깐 시간이 나서 쌩얼에 모자를 푹 눌러쓴 채 택시를 타고 가로수길의 한 카페에 가서 주문한 아이스커피를 마셨을 때 느꼈던 무한한 행복감) 보고서 작성으로 수없이 지새우던 밤, (홧김에 네타포르테에서 주문했던 천 달러짜리 샌들은 일주일째 포장도 뜯지 못한 채 침대맡을 뒹굴고 있었다) 2학년 기말고사를 끝내자마자 형편없는 몰골로 친구들에게 이끌려 향했던 W호텔의 라운지 바에서 빈속에 테킬라를 원샷하고 그대로 뻗어버렸던 기억, (그녀의 친구들은 매정하게도 그녀를 호텔 방에 밀어 넣고 이태원으로 떠났다) 그 시절의 정다운 추억은 끝이 없었다. 그런데 지금의 나는 뭐란 말인가? 고작 일주일에 세 번의 요가 레슨, 독서, 그리고 이제는 그저 습관에 불과한 쇼핑, 그리고 틈틈이 바람난 남편의 꼬리를 밟으면서 하루하루를 흘려보내고 있다.

그녀 또한 멋진 전투에 참여하고 싶었다. 아니, 아무 전투라도 좋으니 기꺼이 참가하여 적들을 기관총으로 쏴 죽이고 싶었다. 탱크로 돌진하고, 로켓포를 발사하고 싶다. 하지만 그것은 배 속의 아이에게 좋지 않은 것일까? 하지만 태교 또한 전쟁이 아닌가? 아이를 뛰어난 전사로 만들어야 하지 않는가? 그녀는 읽고 있는 책에 크게 감정 이입한 나머지, 책이 묘사하고 있는 바로 그 문화 엘리트들을 직접 두 눈으로 보고 싶어졌다. 그녀는 귀국일을 하루 앞두고, 정지용에게 한국에 돌아가지 않고 LA로 향하겠다고 통보했다.

웨스트 LA, 그림 같은 해변가에 늘어선 그림 같은 리조트 호텔들 가운데 하나인 할리우드 배우의 오래된 대저택을 리노베이션한 B호텔은 투숙객 전용 라운지로 쓰이고 있는 해리포터풍의 서재로 유명했다. 독서광으로 유명했던 배우가 집 안에 동화 속 서재를 재현한 것이다. 호텔은 서재의 인테리어를 고스란히 유지한 채로, 구석에 바를 설치하고 고급 가죽 소파와 천장까지 닿는 야자수들을 곳곳에 배치하여 퇴폐미 가득한 휴식처로 만들었다.

너무나도 얇아서, 불어난 가슴과 불룩 튀어나온 배의 형태를 고스란히 드러내는 옅은 카키색의 브루넬로 쿠치넬리 캐시미어 롱드레스에 아이보리색의 에르메스 슬라이드 샌들을 신은 최영주가 양팔 가득 책을 안고 문제의 서재로 들어섰을 때, 안에 있던 모든 사람들의 시선이 그녀에게 꽂혔다. 가득 들린 책을 지탱하고 있는 희고 가느다란 팔의 한쪽 끝에는 커다란 롤렉스 시계가 금빛으로 번쩍였다. 서재를 채우고 있는 사람들의 대부분은 백인 남성들로, 그들의 앞에는『월스트리트 저널』이 놓여 있는 것이 고작이었고, 대부분 시시한 잡담을 나누거나 아이폰을 두드리는 데 몰두해 있었다. 최영주는 유일하게 비어 있는 서재 한가운데 놓인 커다란 1인용 소파에 앉아 들고 온 책을 발 아래 깔린 붉은 카페트 위에 내려놓았다. 그녀는 제일 위에 놓여 있던 책인 소스타인 베블런의『유한계급론』을 집어 들고 읽기 시작했다. 그녀가 들어온 뒤 이어지던 침묵은 일순 깊어졌다가 마치 시계추가 제자리로 향하듯 사람들의 낮은 재잘거림이 되돌아왔다. 그들은 약속이나 한 듯 미국의 출판 시장, 전자책 산업의 미래, 그리고 베이징의 한 헌책방에서 조지 오웰의 책을 발견한 이야기 등을 나누기 시작했다.

그다음 날 오후 같은 시간에도 최영주는 서재로 와서 책을 읽었다. 이번에는 정지용도 함께였다. 그는 최영주의 맞은편에 앉아 말없이 제인 오스틴의『맨스필드 파크』를 읽기 시작했다.

그다음 날, 최영주가 보드리야르의『아메리카』를 꺼내 들었을 때 서재의 반대편에서는 조너선 프랜즌의『자유』를 읽는 여자와 버지니아 울프의『등대로』를 읽는 남자가 발견되었다. 서재가 미묘하게 술렁이기 시작했다.

그다음 날, 한 유럽계 남성이 헨리 제임스의『황금 주발』프랑스어판을 든 채로 여느 때처럼 독서에 몰두해 있는 최영주의 근처를 얼쩡거리다가 정지용의 눈에 띄었다. 그는 정지용과 눈이 마주치자 어색하게 뒷걸음질 쳐 떠나갔다. 뭔가 이상하다는 것을 깨달은 정지용이 책을 내려놓고 주위를 살펴보았는데 놀랍게도 서재 안의 모든 사람들이 책을 읽고 있었다. 심지어 정지용의 뒤쪽에 앉은 동양계 여자는 한강의『채식주의자』영어판을 읽고 있었다. 이게 대체 무슨 일인가, 고민하던 정지용은 곧 이 기이한 현상의 창시자가 최영주라는 것을 깨달았다.

'대단한 여자다.'

그때 한 남자가 긴장한 얼굴로 서재로 들어오고 있는 것이 보였다. 그의 손에도 역시 책이 들려 있었다.

정지용은 존경의 눈빛으로 최영주를 바라보았다. 그것을 아는지 모르는지 최영주는 그저 책에 고개를 박고 있을 뿐이었다.

독서로 보낸 LA에서의 일주일이 지나고, 최영주는 이번에는 뉴욕에 가겠다고 선언했다. 임산부가 이런 식으로 여행을 지속해도 되는가, 정지용은 걱정이 되어 말려보았지만 최영주는 막무가내였다. 정지용은 뉴욕에서도 과연 같은 일이 벌어질까 내심 궁금했다. 하지만 뉴욕에 도착한 최영주는 독서 대신 고급 식당과 백화점 순례에 몰두하기 시작했다. 정지용은 실망 속에서 LA에서의 그 기적, 혹은 기묘한 현상을 거듭 떠올렸다. 과연 그게 진짜로 일어난 일일까? 최영주는 알고 있을까? 혹시 나의 순전한 상상은 아닐까?

*

맨해튼 센트럴파크 남쪽, 파크 애비뉴를 끼고 있는 한 호텔의 레스토랑 테라스에 앉은 최영주는 선글라스 너머 붐비는 거리를 바라보았다. 꼿꼿이 등을 세운 채 걷는 완벽한 옷차림의 여자와 남자 들을 바라보는 것은 전혀 질리지 않았다. 오, 무장한 전사들이여······

왜, 나는 저들 속에 들어 있지 않은 걸까.
왜, 나는 여기서 저들을 바라보고 있는 걸까.
왜, 나는 저것을 원하지 않은 걸까?
왜, 막연히, 그저,
저 모든 것을 포기한 걸까?
왜, 애초에,

결혼 따위를 한 걸까!

차마 물을 수 없는 질문들이 혀끝까지 가득 차올랐다. 차오른 질문들은 토하고 싶을 정도로 넘실대다가 순식간에 사라졌다. 숨을 한번 깊게 들이쉰 뒤, 그녀는 시간을 확인했다. 돌아갈 시간이었다. 그렇다. 그녀에게는 돌아가야 할 곳이 있었다. 끝내야 할, 반드시 승리해야 할 그녀만의 싸움이 있었다. 그녀는 가능했던 미래들을, 너무나도 쉽게 손에 넣을 수 있을 거라 믿었던 온갖 멋진 것들을 온몸에 덕지덕지 붙인 채로 거침없이 나아가는 찬란한 인간 상품들을 향해 작별 인사를 고했다. 그리고 고개를 들어 웨이터에게 눈을 맞추고 계산서를 청했다.

테디베어의 눈

최영주와 정지용이 돌아오는 날 사나운 한파가 서울을 덮쳤다. 다음 날 아침 최영주는 약한 감기 기운과 함께 심한 복부 통증을 느꼈고 하혈을 했다. 정지용이 의사를 불렀다. 의사는 심각한 문제는 아니라며 병원에 와서 몇 가지 검사를 할 것을 제안했다. 검진을 마친 뒤 의사는 여행으로 인해 누적된 피로 때문에 발생한 일시적인 문제로 보인다며 태아의 상태에는 큰 문제가 없지만 출산까지 절대적 안정이 필요하다는 의견을 냈다.

빠르게 찾아온 추위는 물러날 기세 없이 더욱 흉포해졌다. 길고 또 길었던 그해의 겨울, 최영주는 거의 누워서 지냈다. 정지용은 헌신적인 남편으로 탈바꿈하여 그녀의 옆을 떠나지 않았다. 다행히도 침대와 하나가 된 그녀는 어느 때보다 평안해 보였다. 뽀얗고 포동포동하게 살이 오른 스물다섯의 임산부 최영주는 아주 보기가 좋았다. 부담스러울 정도로 과도한 정지용의 애정 속에서 그녀는 통통하게 살이 오른 애벌레처럼 게으르게, 이따금 기분 좋은 듯이 꿈틀거릴 뿐이었다. 그녀가 그렇게 보기 좋게 된 것이 전적으로 자신의 노력 덕분이라는 듯 정지용은 뿌듯해하며 더욱 극진하게 최영주를 돌보았다.

새해의 첫 달은 순조롭게 흘러갔다. 하지만 2월 중순의 출산 예정일을 넘기고도 산통이 오지 않았다. 의사는 별일 아니라는 듯이 제왕절개를 권했고, 최영주는 거부했으나, 출산이 2주 가까이 지연되자 항복했다. 2월 28일, 의사가 잠든 최영주의 배를 가르고 아이를 꺼냈다.

마취에서 깨어난 최영주는 출산과 함께 그녀를 괴롭히는 모든 문제가 해결될 것으로 기대했으나 예상치 못한 또 다른 문제가 그녀를 덮쳐왔다. 모유가 전혀 나오지 않았던 것이다. 그녀는 절망했다. 모유는 그녀가 생각하는 올바른 양육의 출발점이자 핵심이자 사실상 거의 전부였기 때문이다. 그녀는 각종 통계 자료와 친구들의 조언을 통해서 생후 6개월간의 모유 수유는 선택이 아니고 필수라고 여기고 있었다. 그녀 또한 1년 넘게 모유를 먹고 자랐다. 한편, 정지용은 태어나자마자 바로 분유를 먹었다는데, 그것이 그녀와 그의 지적 수준 차이의 원인이 아닐까? 그녀는 그 점에 대해 은밀한 확신이 있었다. 내 아이가 모유를 먹지 못하다니! 내 아이가 한심한 정지용의 판박이가 되면 어떡한담! 그녀는 새삼 자신이 얼마나 정지용을 경멸하는지 깨달았다. 왜 나는 경멸을 막을 길 없는 남자와 결혼해버렸을까! 그것은 물론 그녀가 어머니 홍 교수를 철석같이 믿었기 때문이다. 그녀의 어머니가 그녀를 위해서 나쁜 선택을 할 리 없다고 말이다. 그녀는 그녀의 내밀한 확신들——정지용은 바보다, 어머니가 바보 같은 선택을 할 리가 없다——사이의 선명한 모순 사이에서 흔들렸다. 그녀는 그녀의 예상과 다르게 펼쳐지는 현실에 번번이 좌절하면서도, 현실이 그녀의 이론과 전혀 다른 구조로 되어 있을지도 모른다는 가능성을 도무지 받아들일 수가 없었다. 그녀가 전 생애를 통해서 쌓아 올린, 혹은 그렇다고 믿어온 객관적인 능력들이 전혀 쓸모가 없거나 깡그리 무시될 수 있다는 사실을, 더 나아가 그 객관적 능력이라는 개념이 사실상 기만에 불과하다는 것을 그녀는 결코 납득할 수 없었다. 그녀의 지성과 미모, 그리고 성공적인 인생이 그녀가 소유하거나 달성한 것이 아니고, 주어진 것이며 보호되는 것에 불과하다는 사실을 어떻게 받아들인단 말인가? 더 나아가 그녀에게 그 모든 것을 제공하고 그녀를 보호하는 존재들, 진짜 힘을 가진 존재들의 관점에서 그녀는 최상급 암소에 불과할지도 모른다는 사실을, 바로 그렇기 때문에 그자들에게서 결코 벗어날 수 없을지도 모른다는 사실을 무슨 수로 받아들인단 말인가?

여기에서 자연스럽게 하나의 질문에 도달한다. 그녀는 어떻게 냉혹한 현실을 받아들일 것인가? 혹은, 환상을 부수고 나올 것인가? 하지만 그것은 잘못된 질문이다. 냉혹한 현실을 있는 그대로 받아들이는 것에 무슨 의미가 있는가? 환상을 부수고 나오는 행위에는 아무 힘이 없다. 자신 있게 환상을 깨부수고 나간 자는 현실의 광기에 의해 으스러질 뿐이다.

그렇다면 질문을 바꾸어보자. 환상은 과연 성공의 장애물일까? 최영주의 유치한 환상은 그녀의 삶을 파멸에 이르게 할 치명적 약점에 불과한가? 혹시 반대가 아닐까? 오직 그녀의 환상이, 그녀의 현실에 대한 끊임없는 오판들만이 그녀를 파멸에서 지켜줄 수 있다면? 망상이 그녀의 유일한 구원이라면? 오직 오류들이 그녀를 제정신 속에서 나아가게 할 수 있다면?

그렇다. 환상은 유지되어야 한다. 환상을 고스란히 간직한 채로, 차가운 현실에 눈을 꼭 감은 채, 오류들을 높이 쌓아 올리는 길만이 유일하게 그녀가 파괴되지 않은 채 이 악몽을 통과하는 길이다.

따라서 그녀는 오판을 밀고 나갈 것이다. 그녀는 자신이 안다고 믿는 것, 자신이 투쟁한다고 믿는 대상, 자신이 행한다고 믿는 전략, 그 완전히 잘못된 것들을 손에 쥔 채로 나아갈 것이다. 그녀가 날린 화살은 거듭 과녁을 벗어나게 될 것이다. 하지만 그녀는 멈추지 않을 것이다. 결국 그녀가 날린 수천 발의 화살 가운데 하나가 우연히 과녁의 한가운데를 관통하게 될지도 모른다. 거짓말 같은 우연이 그것을 가능케 할 것이다.

아마 그녀는 그것이 우연이라는 사실도 깨닫지 못할 것이다. 하지만 모든 것은 달라질 것이다. 우연과 무지와 오해 속에서, 환상은 사후적으로 재평가될 것이다. 인간 세상의 변화는 오직 그런 방식으로 이루어진다. 그것이 인간의 한계인지 혹은 가능성인지, 우리는 아직 모른다.

*

최영주의 배에 새겨진 흉터는 빠르게 아물었다. 물론 절대 사라지지는 않을 테지만. 아이는 노련한 유모의 품 안에서 순조롭게 자라났다. 임신 중 약간 늘었던 몸무게는 별다른 노력 없이도 빠른 속도로 제자리로 돌아왔다. 정지용은 아이에게 푹 빠져 있었다.

아무 문제도 없어 보였다.

3월의 어느 주말, 저녁 약속을 마치고 돌아온 정지용은 집 안 여기저기에 인형들이 놓여 있는 것을 발견했다. 텔레비전 옆에는 코끼리 인형이, 주방 탁자 위에는 테디베어가 놓여 있었다. 침실에는 사자가, 서재에는 기린이, 테라스에는 거북이가, 화장실 한쪽 벽에 새로 설치된 유리 진열대에는 앵무새가 놓여 있었다. 최영주는 침실에 잠들어 있었다. 그는 유모에게 온 집안에 가득한 인형들에 대해서 물었는데, 그녀는 마치 모든 것을 방금 발견했다는 듯이 어색하게 깜짝 놀라는 시늉을 하였다. 순간 정지용은 그 인형들의 용도를 깨달았다. 최영주가 자신을 감시하기 위해 위장 설치한 감시 카메라들 인 것이다.

정지용은 의아함을 느꼈다. 최근의 그는 그림처럼 완벽한 남편이었다. 아무것도 잘못한 것이 없었다. 이하나에게도 연 락을 하지 않았다. 유모에게 손을 대지도 않았다. 마약을 하거 나 음주 운전을 하지도 않았다. 그렇다면 최영주가 보내는 이 수상한 메시지는 무엇일까? 혹시 아버지가 시킨 걸까?

'유모가 뭔가 훔치기 시작했나?'

그는 냉장고를 향해 감정 없는 눈길을 보내고 있는 귀여운 테디베어를 바라보며 생각했다. 아니, 이것은 선전포고라고. 최영주가 나를 향해 보내는 선전포고. 이유는 알 수 없지만, 원하는 것이 뭔지 짐작도 가지 않지만. 아무튼 그러하다.

그는 냉장고에서 과일 주스를 꺼내 테디베어 옆에 놓았다. 그리고 조용히 침실의 문을 닫고, 아이의 방을 확인했다. 아이 는 천사처럼 잠들어 있었고, 침대맡에 놓인 의자에 앉은 유모 또한 꾸벅꾸벅 졸고 있었다. 그는 주방으로 돌아와 테디베어 의 검정색 플라스틱 눈을 곁눈질하며 주스를 한 모금 마신 다 음 바지를 내렸다. 그리고 페니스를 꺼내, 인형을 성년으로 응 시하며 자위를 하기 시작했다.

어찌하여 이하나는 그렇게 간단히 팔찌를 잃고 말았는가

"그렇게 된 거죠." 이하나가 팔찌 없는 손목을 쓰다듬었다. 그녀는 빨간 장미꽃이 가득 수놓인 녹색 블라우스에 핑크색 하트가 허벅지에 커다랗게 새겨진 청바지, 그리고 무지개색 웨지힐 샌들을 신고 있었다. 정지용은 이하나의 변화에 놀랐다. 그녀는 야위었다. 왼쪽 뺨에 커다란 뾰루지가 나 있었고 머릿결은 약간 상해 보였다. 그리고 그녀는 지금 자신이 준 팔찌를 성공자가 훔쳐갔다고 말하고 있었다.

"그건 그렇고. 진짜 오랜만이네요." 이하나가 정지용을 아래위로 훑으며 덧붙였다. "여전하시네요."

"하지만 그 팔찌는……"

"어머, 팔찌 하나 가지고 되게 티 낸다. 누가 들으면 주먹만 한 다이아라도 박혀 있는 줄 알겠네요?"

"하긴, 디자인이 좀 소박했나요. 하나 씨 화려한 거 좋아하는데." 정지용이 이하나의 청바지에 새겨진 하트를 바라보며 말했다. "하지만 너무 화려하면 자주 차고 다니기에는 부담스러울 수도 있다고 점원이 말하기에……"

"맞아요, 매일 차고 다니기엔 그 정도가 좋죠."

"하지만 하나 씨, 그거 그렇게 싼 것은 아니에요……" 정지용이 잠시 망설이다 말했다.

"혹시 물어달라는 건가요, 지금?"

"에이, 설마 제가 하나 씨한테 물어달라고 하겠어요?"

"됐어요, 물어드릴게요. 얼만데요?"

"하나 씨……"

"얼마냐고요. 물어준다니까, 진짜?"

"2천5백만 원이요."

"2천5백만 원이요?"

정지용이 슬픈 표정으로 고개를 끄덕였다. 이하나는 말없이 입술을 살짝 깨물었다. 2천5백만 원! 2천5백만 원이라니! 2천5백만 원이면! 2천5백!

"왜 그랬어요?" 정지용이 아련한 눈길로 이하나를 바라보며 물었다.

"네? 왜라뇨?"

"왜 그 남자한테 줬어요?"

"아니라니까요. 그 새끼가 훔쳐 갔다니까요!"

정지용이 최영주에게 전념했던 그 겨울, 이하나는 초인적인 자제심으로 그를 기다렸다. 그러는 동안 그녀는 청담동 일대 맛집의 권위자가 되었으며 갤러리아 백화점이 집 거실보다 편안하게 느껴지는 경지에 이르렀다. 명품 매장들은 신상품이 입고되면 이하나에게 직접 다양한 각도에서 찍은 상품 사진과 함께 다정한 메시지를 보내왔다. 그녀는 또한 프랑스 와인에 취미를 붙이기도 했고, 각종 치즈와 살라미의 복잡한 궁합을 연구하기도 했다. 맨해튼에서 유행한다는 바barre 운동 스튜디오에서 퍼스널 트레이닝을 받는 한편, 일주일에 한 번씩 S호텔 사우나에 방문했고, 집 앞의 네일숍 직원과 친분이 생겨서 그녀가 키우는 푸들이 낳은 새끼 다섯 마리 중에 한 마리를 입양하는 것을 진지하게 고민하기도 했다. 하지만 무엇을 어떻게 해봐도, 시간은 휴일의 고속도로처럼 느리게 흘러갔다.

도저히 견딜 수 없는 순간이 오면 그녀는 정지용이 팔찌와 함께 준 흰 약통 두 개를 꺼내보았다. 마지막으로 만났던 날, 팔찌와 함께 그것을 건네며 정지용은 말했었다. "하나는 기분이 너무 나빠지면 먹는 거예요. 그리고 다른 하나는 기분이 너무 좋아지면 먹어요."

이하나는 기분이 너무 좋아지면 먹는 약이 세상에 존재한다는 사실에 놀랐다. 혹시 내가 그간 너무 기분이 좋아진 적이 있는 것은 아니었는지, 그것이 그를 기분 나쁘게 했던 적은 없는지 그녀는 돌아보았다. 그러고 보면 정지용은 기분이 아주 좋아 보이는 적도 아주 나빠 보이는 적도 없었다. 언제나 수평선같이 일정한 상태를 유지했다. 그것은 나에게 준 저 약들 덕분일까? 그도 저 약을 복용하는 것일까? 그러나 솔직히, 미친 놈이 주는 수상한 약을 왜 먹어야 한단 말인가. 그녀의 의혹은 최근에 본 한 영화 때문이기도 했는데, 그 내용은 재벌 3세가 연예인 여자 친구에게 상습적으로 마약을 투약하여 중독시키고 마침내 그녀의 영혼과 신체를 파멸시켜 자살에 이르게 하는 것이었다. 이것도 그러한 위험한 마약에 속하는 것은 아닐까? 이하나는 기분이 나빠지면 먹는 약이 든 약통을 열고 약을 한 알 꺼내 살펴보았다. 하얀색의 매끈하게 코팅된 작은 원반 형태의 알약으로서 한가운데에 작은 글씨로 C라고 씌어져 있었다. C? 비타민C? 또 다른 약통에 든 알약은 옅은 파란색의 길쭉한 타원형으로 가운데 짧은 가로줄이 가 있을 뿐 아무것도 씌어져 있지 않았다. 이하나는 그 선을 따라 알약을 반으로 쪼개보았다. 약은 반쯤 쪼개지다가 부서져버렸다. 알 수 없다. 이하나는 그 약을 절대 먹지 않기로 결심하고 침실 화장대 서랍 속에 숨겨놓았다.

대신 그녀는 정지용이 준 다른 선물, 훨씬 선물이라는 정의에 부합되는, 팔찌를 애용했다. 아니 언제나 그 팔찌를 차고 다녔다. 프린세스 커트로 커팅된 다이아몬드가 일렬로 촘촘히 박혀 있는 그 팔찌는 어둠 속에서도 눈부시게 반짝거리며 사람들의 시선을 끌었다. 사람들은 본능적으로 반짝거리는 빛에 이끌려 그녀의 손목을 바라본 다음 눈을 치켜뜨고 이하나를 머리에서 발끝까지 재빠르게 훑었다. 그러고 나면 그들의 낯빛은 돌이킬 수 없이 추해져 있었다. 마치 홀린 듯한 사람들의 똑같은 반응에 이하나는 대단한 만족감을 느꼈다. 참여한 적도 없는, 주먹 한번 휘두른 적도 없는 결투에서 KO로 이긴 것 같은 느낌이 들었기 때문이다.

그렇게 가상의 게임에서 번번이 승리를 거두며, 하지만 승리의 횟수가 늘어갈수록 더욱 깊어지는 허무함 속에서 어쩔 줄 몰라 하던 이하나에게도 어김없이 새해가 찾아왔다. 그녀는 마침내 항복을 선언하고 메종드레브로 돌아왔다. 그녀의 꿈의 보금자리, 317호는 그대로였다. 서울로 떠날 때 차곡차곡 정리해둔 자신의 물건들을 하나하나 살펴보던 그녀는 울음을 터뜨렸다. 정신이 나갔던 것이 분명하다고, 이제 새 출발을 하겠다 결심한 뒤 그녀는 잠에 들었다.

한편, 그녀가 성공자를 찾아갈 결심을 하는 데는 시간이 필요했다. 그녀는 식당이 문을 닫았을 확률이 적어도 99퍼센트에 이른다고 생각했다. 하지만 나머지 1퍼센트가 남아 있었다. 그 1퍼센트가 그녀를 성가시게 했다. 복잡한 기분을 잊기 위해 배가 터지도록 맥주를 마시고 침대에 누워 있던 이하나에게 문득 성공자가 보였던 친절과 성의 그리고 여러 가지 색다른 충고의 기억이 밀려왔다. 갑자기 그가 몹시 그리웠다. 하지만 다음 순간 그가 자신을 정지용과 엮어서 자신의 인생을 대재앙으로 빠뜨렸다는 생각에 복수하고 싶기도 했다. 아무튼 그녀는 성공자를 한 번은 꼭 다시 만나야 했다.

다음 날, 이하나는 성공자의 식당으로 향했다. 10년 만에 찾아왔다는 강추위 속, 엄청난 눈보라를 뚫고 걷던 20분 남짓의 시간 동안 그녀의 머릿속에서는 성공자에 대한 기대와 실망, 배신과 복수의 드라마가 여러 편 완성되었고 수정되었고 또 버려졌다. 드디어 성공자의 식당이 있는 골목에 들어섰을 때, 이미 해가 반쯤 져서 어둑하게 보이는 꽁꽁 얼어붙은 골목길의 끝에 흐릿하게 빛나는 식당의 불빛은 이상하게도 감동적이고 왠지 모르게 무섭기도 했다. 그녀는 후후 입김을 뿜으며 식당을 향해 다가갔다. 거짓말처럼 불을 밝힌 식당 안, 홀로 벽에 달린 텔레비전 뉴스를 시청하는 성공자가 보였다. 이하나는 망설였다. 도무지 들어갈 결심이 서지 않았다. 그녀는 엉거주춤 선 채 문 너머로 비치는 텔레비전을 들여다보기 시작했다.

꽤 긴 시간이 흐르고 나서, 성공자가 하얗게 질린 얼굴로 문밖에 서 있는 이하나를 발견했다. "하나야!" 그는 소리치며 뛰어나와 이하나의 팔을 식당 안으로 잡아끌었다. "웬일이니, 이렇게 추운 날씨에! 얼른 들어와! 얼른 들어와!"

성공자는 전기난로 옆에 놓인 자신의 의자에 이하나를 앉힌 다음 종이컵에 뜨거운 물을 받아 옥수수수염 차 티백을 넣어 이하나에게 건넸다.

"춥지! 정말 춥지!"

이하나는 대답이 없었다.

"저녁 먹었어? 아직 너무 이른가? 하하!"

이하나는 여전히 대답하지 않은 채로 성공자를 살폈다. 그는 변한 데가 없었다. 그리고 마치 아무 일도 없었다는 듯한, 바로 어제 봤던 것같이 스스럼없는 이 태도는 대체 무엇인가? 아아 남자들이란!

"왜 말이 없어 하나야? 추워서 주둥이가 얼어붙었니?"

"아, 씨발." 이하나가 벌떡 일어섰다. "나 갈래."

"아니 하나야, 방금 와놓고!"

성공자의 당황한 얼굴에 대고 이하나가 말했다. "오빠도 정지용이랑 똑같아. 내가 존나 만만하지? 만만해서 좋아 죽겠지? 그래, 맞아, 그게 결론이네. 내가 아주 만만하다는 거."

"하나야!" 성공자가 외치며 이하나를 와락 끌어안았다. "미안하다! 하나야! 오빠가!" 그리고 아주 연극적이고 가식적인 톤으로 우는소리를 냈다. "이 오빠가 죽일 놈이다!" 이하나는 예상을 뛰어넘게 진부한 성공자의 반응에 당황했다. 그녀가 당황한 것을 눈치챈 성공자가 계속해서 우는소리를 내며 그녀를 자리에 앉혔다. 그리고 그녀의 두 손을 꼭 잡고 진지한 표정으로 말했다. "오빠 도박 끊었다."

"어쩌라고?" 이하나가 퉁명스럽게 대꾸했다. "그게 나랑 무슨 상관이야. 오빠가 도박을 끊든 말든."

"섭섭하다 하나야! 하나에겐 오빠가 그것뿐이니?"

"어어!" 이하나가 힘차게 고개를 끄덕였다.

성공자가 주머니에서 담배를 꺼내 입에 물었다. "나 진짜 힘들었어. 아주 심장을 떼어내고 싶을 정도의 고통이었어."

"지랄하네."

"그러지 말고 일단 좀 들어봐. 내가 그동안 상황이 정말로 안 좋았어."

성공자가 최대한 불쌍한 표정을 지어 보였고, 이하나가 성공자를 빤히 바라보았다. 그녀의 차가운 눈빛에는 그러나 희미하게 호기심이 비추었다. '옳지, 그거지.' 성공자는 온갖 개소리를 늘어놓기 시작했다.

물론 이하나는 처음부터 그 모든 것이 개소리라는 것을 간파하였으나, 성공자의 숙련된 스킬에 조금씩 무너져 내리기 시작했다. 어느새 그녀는 성공자가 가져다준 맥주를 한 병 끝내고 소주를 시작하였고, 성공자는 타이밍을 딱딱 맞춰 파전과 왕만두, 제육볶음 등의 안주를 제공했다. 이하나는 취했고, 배가 찼고, 그러자 모든 것이 적당히 만족스럽게 느껴졌다. 그녀는 오냐, 오냐, 고개를 끄덕이며 성공자의 개소리에 맞장구를 치기 시작했는데 어느새 정신을 차려보니 성공자를 완전히 용서한 상태였다.

'솔직히, 오빠가 나한테 잘못한 것도 없잖아? 힘들었다는데, 뭐……'

집으로 돌아간 그녀는 오랜만에 만족스러운 기분으로 잠에 들었다.

다음 날도 그녀는 성공자를 만나러 갔고, 이번에는 자신이 얼마나 힘들었는지를, 즉 정지용과의 만남을 적나라하게 털어놓았다. 성공자는 모범적으로 맞장구치고, 아파하고, 동감하고, 화내고, 여러 각도에서 완전히 다른 결론을 도출한 다음 그 서로 다른 결론들을 다시 놀라운 솜씨로 하나로 연결시켰으며, 매 순간마다 촌철살인의 멘트를 내놓았다. 과연, 그는 프로였다. 이제 이하나는 완전히 성공자의 손바닥 안에 있었다. 이야기의 하이라이트는 정지용이 그녀에게 준 팔찌였다.

"갑자기 주머니에서 이걸 꺼내서 주더라니까." 이하나가 팔을 허공에 대고 흔들었다.

"이야 정지용이가 남자는 남자네. 돈 쓸 줄 아네. 눈썰미도 있어, 그치? 완전히 너 맞춤 팔찌 같다야." 성공자가 감탄하는 눈빛으로 팔찌를 보았다.

"뭐, 돈값 하는 거겠지." 시니컬하게 그러나 뿌듯함을 숨길 수 없는 표정으로 이하나가 말했다.

성공자가 새 소주의 뚜껑을 따고 이하나의 잔에 부었다. 이하나가 단숨에 들이켰다.

"어, 안주가 다 떨어졌네. 하나야 삼치 구워줄까? 오늘 낮에 시장 가서 사 왔는데 아주 물이 좋아."

"몰라, 으, 속 쓰려……"

성공자가 이하나의 빈 잔에 소주를 가득 따른 다음 주방으로 갔다. "잠깐만 기다려!"

그가 주방으로 사라진 사이 이하나는 가득 찬 소주잔을 비우고 다시 한 잔을 가득 따라 또 마셨다. 이틀째 엄청난 양의 술을 마시고 있었다.

성공자가 삼치를 구워서 돌아왔을 때 이하나는 거의 몸을 가눌 수 없을 정도로 취해 있었다. 그녀가 연신 흐느적거리며 손에 쥔 젓가락으로 노릇하게 구워진 삼치의 등짝을 파내고 있는 것을 바라보는 성공자는 반대로 놀랄 만큼 맨정신이었다.

"정말 예쁘다." 그가 이하나의 팔에서 반짝이는 팔찌를 바라보며 나직하게 말했다. "아주 잘 어울려." 그의 눈빛에는 부러움이 듬뿍 담겨 있었다.

"오빠도 한번 차볼래?"

"내가 미친놈이냐. 여자 팔찌를 차게."

"왜? 한번 차봐. 어울릴지도 모르잖아?"

"허허 거참…… 너 진짜 취했구나?"

"안 취했어!"

"그래? 그럼 술이나 마셔." 성공자가 이하나의 술잔에 소주를 따랐다.

"아니, 그러지 말고!" 이하나가 팔찌를 풀기 시작했다. "한번 차봐!"

"됐다니까. 풀지도 못하면서 뭘 차래……"

"풀면 차는 거다!" 이하나가 흐느적거리면서 중얼거렸다. "아씨 이거 왜 안 빠져……"

"됐어, 하지 마. 잃어버리기라도 하면 어떡하려고……"

"풀었다!" 이하나가 성공자를 향해 팔찌를 내밀었다. "자, 어서 차봐!"

"허참…… 내가 이걸 차야 돼, 진짜?" 성공자가 난처한 얼굴로 팔찌를 바라보았다. 이하나가 크게 두 번 고개를 끄덕였다. "어, 차야 돼. 내 명령이야."

어쩔 수 없다는 듯, 머뭇거리며 성공자가 팔찌를 받아 들고는 중얼거렸다. "내가 하나 때문에 아주 고급진 팔찌를 다 차보네……"

"고맙지? 고마우면 오빠도 한 잔 마셔!" 이하나가 성공자의 빈 잔에 술을 가득 따랐다. "마셔!"

"그래, 잠깐만…… 찼다, 어떠니?" 성공자가 팔찌를 찬 팔을 휙 흔들었다. 예상치 못하게 요염한 몸짓이었다.

"우와! 예쁘다!" 이하나가 완전히 맛이 간 얼굴로 외쳤다.

"하하하, 정말?"

"어! 존나!"

성공자가 팔찌를 찬 손으로 소주잔을 들어 원샷 했다. "오, 예쁜 팔찌를 찼더니 술맛도 더 좋네!"

"그치? 그치?" 이하나가 빨개진 얼굴로 실실 웃었다.

"근데 진짜, 너무 남사스럽다. 누가 보면 진짜 미친놈인 줄……" 성공자가 팔찌를 푸는 시늉을 하다가 자리에서 벌떡 일어났다. "아이고 라면 물 올려놓은 것을 깜빡했네!" 그리고 허둥지둥 주방으로 뛰어가는 성공자의 뒷모습.

"그게 끝이에요. 거기서 딱 필름이 끊겼어. 다음 날, 팔찌가 없어진 걸 알고 곧바로 식당으로 찾아갔는데 셔터가 내려가 있더라구요. 그때 알았죠." 이하나가 말을 끊고 자신의 팔을 쓰다듬었다. "그렇게 된 거죠." 이야기를 끝마친 이하나의 표정은 묘하게도 뿌듯함이 묻어나는 듯했다.

*

다음 날 잠에서 깨어난 이하나는 자신이 청담동의 아파트에 있는 것을 발견했다. 그녀는 물을 마시러 부엌으로 갔다가 식탁에 놓인 새 팔찌를 발견했다. 그녀는 잠시 그것을 들여다보다가 팔에 찼다.

All eyes on you

정대철 회장은 7월로 예정된 〈동북아 3개국 파트너십 강화를 위한 심포지엄〉 개최를 위해 막바지 공사가 진행 중인 아시아 센터의 완공에 만전을 기해줄 것을 동북아융합사업 총괄사장 김정수에게 지시했다. 정 회장의 주문은 센터의 조속한 완공과, 안전한 공사 진행, 그리고 세계 최고의 완성도, 이 세 가지 목표를 동시에 성공적으로 달성하는 것이었는데 정 회장의 모순된 요구들을 언제나 기적적으로 달성해온 덕분에 그 자리까지 오르는 데 성공한 김정수 사장은 이번에도 모든 것이 당연히 가능하다는 태도를 보였으므로 정 회장은 언제나처럼 안도감과 의혹에 동시에 사로잡혔다.

정 회장이 언젠가 정지용에게 회사를 물려줄 것은 명백했다. 그것에 대해서 정 회장도, 정지용도, 주위 사람들 누구도 의심하지 않았다. 그래서 사람들은 언제 어떤 식으로 그가 정지용에게 회사를 물려줄 것인지, 그 후 정지용이 어떻게 놀라운 방식으로 회사를 말아먹을 것인지에 대해서 이야기하는 즐거움을 놓치지 않았다. 오손그룹의 직원들이 특히 그랬다. 하지만 앞으로 적어도 10년, 아니 20년간은 그런 일이 벌어지지 않을 것 또한 확실했다. 그 정도로 정 회장의 존재감은 대단했다. 신기하게도 날이 갈수록 더 건강하고 노련해지는 것만 같았다. 그에 비하면 후계자 정지용은 어떤가? 금치산자와 다를 바 없지 않은가? 그가 최영주와의 결혼 직후부터 저질스러운 여자와 놀아나고 있다는 루머는 이미 회사에 가득 퍼져 있었고, 메이저 신문 기자들도 그 루머를 익히 알고 있었다. 그 사실에 충격받은 최영주가 미쳐버렸다거나, 유산을 했다는 소문도 강하게 돌았으나 그녀가 건강하게 출산을 마친 뒤 놀랍도록 완벽한 몸매로 대학 동창회에 나타났다는 목격담에 소문은 수그러들었다. 오히려 그녀가 아들을 출산한 것을 계기로 정 회장의 아들에 대한 신뢰가 더 강해졌다는 소문이 대세가 되었는데 더 나아가 정 회장의 손자가 황제의 사주를 타고났으며, 하여 정지용을 건너뛰고 손자에게 회사를 물려주려는 계획을 세웠다는 소문으로 확장되었고, 이미 손자의 정략결혼 대상도 정해져 있지 않겠느냐는 추측 또한 무성했다.

정 회장은 남몰래 인터넷을 뒤지거나 사람들을 시켜서 자신에 대한 항간의 루머를 수집하고 음미하는 취미가 있었다. 심지어 그 루머에 영감을 받아서 특이한 행동을 하거나, 괴상한 계획을 세우거나, 사람들에게 돌발적인 메시지를 보내는 것도 서슴지 않았다. 암 투병 중이라는 루머가 돈 뒤에 모자를 꾹 눌러쓰고 나타난다거나, 제주도에 대규모 개발사업을 한다는 루머가 돌면 갑자기 제주도에서 모호한 목적의 행사를 개최한다거나 하는 식이었다. 동성애자라는 소문에는 강렬한 색상과 디자인의 옷차림으로 응수했다. 반정부적인 태도로 정부연계사업에서 탈락했다는 소문이 돌았을 때는 야당 성향의 신문에다 기고를 하기도 했다. 오손그룹은 어찌 보면 정 회장의 치밀한 여론 플레이를 통해 살아남았다고 할 수도 있었다. 그를 둘러싼 소문들이 그를 천재 기업가로, 그의 회사를 신화적 집단으로 만들었다. 그렇게 쌓인 독특한 이미지 덕택에 그는 계속해서 새로운 사업 기회를 가질 수 있었다.

정 회장의 이런 독특한 사업 전략을 어려서부터 목격한 정지용은 아버지가 모든 것을 치밀하게 의도하고 실행해왔으며 그 결과에 엄청난 쾌락을 느낀다는 것을 잘 알았다. 더 나아가 모든 것이 보이지 않는 메시지며, 삶 자체가 연극인 아버지의 삶이 어머니 은미라에게 얼마나 큰 혼란이자 고통이었을지도 충분히 상상 가능했다. 은미라를 절망시킨 것은 온갖 소문 뒤에 감춰진 정 회장의 본질이 사람들의 상상보다 더 추악하다는 깨달음이 아니었다. 오히려, 그 소문 뒤에 감춰진 것이 아무것도 없다는 것, 인간으로서 정 회장은 말 그대로 허수아비, 껍데기 혹은 유령 같은 존재에 불과하다는 것이었다. 적어도 정지용은 그렇게 믿었다. 각각의 인간 존재가 다양한 무게를 가지고 있다고 했을 때 정 회장의 경우는 제로가 분명했다. 그는 자신을 둘러싼 소문 속에서, 사람들이 만들어낸 이야기를 살과 뼈 삼아 자라난 특이한 괴물이었다. 어쩌면 그는 사람들의 이야기 속에서만 존재하는 신기한 기생충이었다. 어쩌다 아버지가 그런 괴물이 되었는지 정지용은 관심이 없었다. 살아남는다는 것이 그렇게 처절한 일인가? 그 문제에도 그는 관심이 없었다. 오히려 그런 이상한 괴물의 품 안에서 아무런 처절함을 모르고 자라난 스스로가 만족스러웠다. 그래서 아버지에게 별다른 복수심을 느끼지 않았다. 어머니에 대해서도, 어렴풋이 아버지 욕심의 희생양이라고 느꼈으나 결국은 그녀 본인의 선택에 따른 결과라 여겼다. 한마디로 그는 자신의 저열한 부모를 동정했다. 동시에 그 저열함이 나 정지용의 고결한 삶을 위해서였다고 한다면 기꺼이 눈을 감을 용의가 있었다. 그렇다. 그는 자신의 부모를 용서했다. 하지만 아무런 힘도 없는 그가 용서 외에 무엇을 할 수 있단 말인가?

All eyes on you.

그것은 정 회장이 끊임없이 정지용에게 보내는 메시지였다. 사실상의 양육 방식이자 인생 철학이기도 했다. 그는 수많은 익명의, 환상의 눈 앞에 성공적으로 자신을 내세웠고 또 같은 식으로 정지용을 키웠다. 그렇게 그는 아들을 자신의 동료

괴물로 키워냈다.

그리고 어쩌면, 그는 더 많은 동료를 원하고 있었다. 더, 더 많은 괴물들…… 시선 속에서만 존재하는 유령 동료들을 그는 얼마나 더 갖고 싶은 것일까? 그것은 그가 외로움을 느낀다는 증거일까? 그는 세상에 대해서 정확히 무슨 생각을 하고 있는 걸까? 물론 누구도 그의 진심을 알지 못할 것이다. 스스로조차 가늠할 수 없을지도 모른다. 하지만 L시에 하나둘 세워지는 정체불명의 건물들이 하나의 힌트가 되어줄지도 모른다.

정지용은 평화와 화합, 증진을 위한 아시아 센터를 향해 차를 몰았다. 옆에는 이하나가 타고 있었다. 그는 유령이 되고 싶지 않았다.

밤의 대화 2

한밤, 아직 완성되지 않은 유리와 콘크리트 건물 들이 여기 저기 늘어선 황량한 평야는 살벌한 기운으로 가득했다. 이하 나는 영문도 모른 채 정지용이 이끄는 대로 이리저리 건물들 사이를 돌아다녔다.

"실망스럽네요." 정지용이 긴 침묵 끝에 말했다. "아버지가 이번에는 좀 똑바로 된 일을 벌이는 게 아닐까 기대했는데."

그렇게 말한 뒤 그는 다시 생각에 잠겼다.

"아버지가 유일하게 잘하는 게, 여자 보는 눈이 있는 것 같 아요. 아닌가?"

"저야 모르죠……" 이하나가 작게 중얼거렸다.

"제 와이프를 아버지가 골랐거든요. 걔는 저희 엄마보다는 깡이 좀 세 보여요. 하나 씨도 봤죠?"

서슴없이 아내 얘기를 꺼내는 정지용이 이하나는 미웠다. 그녀는 잡고 있던 그의 손을 놓고, 손목에 걸린 팔찌를 만지작 거렸다.

"아, 이런 얘기 좀 별로인가." 정지용의 표정이 어두워졌다. "그럼 뭘 얘기하지?"

"여기는 근데 뭐 하는 데예요?"

정지용의 표정이 다시 밝아졌다. "제가 얼마 전에 들었는데, 우리 김 사장님이 여기를 뭐라고 부르는 줄 알아요?"

"제가 어떻게 알아요." 이하나는 자꾸만 대답할 수 없는 질문을 던지는 정지용에게 슬슬 짜증이 일기 시작했다.

"아우슈비츠라고 부른대요."

"왜요?"

"아우슈비츠 몰라요?"

"그게 뭔데요."

"옛날에 나치가 만든 유대인들 수용소 있잖아요. 독일 사람들이 가스실 지어서 유대인 학살했잖아요, 모르나?"

이하나가 대답 대신 정지용을 물끄러미 바라보았다.

"아무튼. 여기다가 북한 난민들을 수용할 거래요." 정지용이 속삭였다. "미국 쪽에서 아버지가 정기적으로 정보를 받는 데가 있는데, 향후 5년 안에 북한 정권이 붕괴할 거라고 그랬대요. 그럼 북한 사람들이 남한으로 밀려들 거 아니에요. 몇 년 전부터 유럽으로 밀려드는 아랍 난민들처럼요. 아버지는 그거로 장사를 좀 해보시겠다는 거죠. 원래 사람 장사가 제일 많이 남는대요. 미국도 노예 장사로 부자가 됐잖아요? 우리나라도 옛날에 입양아 수출로 달러를 무지하게 벌었대요. 북한 사람들 밀려들면 여기서 재사회화 교육시킨다는 핑계로 싼값에 일 시키고 또 정부한테 보조금도 받고, 나중에 걔들 여기서 나가면 또 어디 취직시켜서 또 부려먹고, 우리가 지은 아파트 살게 해서 월세도 받고. 뭐 그렇게 단순한 건 아니겠지만. 그런데 원래 진짜 돈이 되는 건 아주 단순한 거거든요. 근데 사실 아버지가 진짜로 원하는 건요, 돈이라기보다는, 일종의 소꿉장난 같애. 고아원 원장이 꿈인 것 같아. 자애로운 척하면서 애들 엉덩이 만지고 뭐 그런…… 위선적인 개새끼요."

정지용이 싱긋 웃었다. "농담이에요."

그러고는 재킷에서 담배를 꺼내 불을 붙였다.

"아니 사실 농담 아닌데…… 하나 씨는 어떻게 생각해요?"

"뭘요?"

"저희 아버지의 계획이요."

이하나가 잠시 생각했다. "글쎄요…… 제가 그런 쪽으로는 아는 게 없어서……"

"한마디로 구시대적 사상의 산물이죠. 시대착오적인 센티멘털리즘이요."

"그런가요?"

"네, 제가 아버지를 의외로 존경하는데요, 그래도 아닌 건 아니죠. 응, 그렇지. 아버지도 이제 은퇴할 때가 되신 건가…… 그렇다면 나는 어떻게 하지? 아아, 무섭다. 하지만 하나 씨가 있으니 괜찮아."

정지용이 이하나의 어깨를 감싸 안으며 말을 이었다. "솔직히 이렇게 말하면 미친놈 같아 보일 텐데, 저는 미래가 보여요."

"네에……"

"엇, 하나 씨도 나를 믿지 않는구나! 하긴, 제가 좀 신뢰가 안 가는 스타일이기는 하죠. 하지만 괜찮아요. 진짜로 보인다니까 미래가 나는. 정대철의 미래, 최영주의 미래, 정지용의 미래…… 세계의 미래, 국가의 미래, 경제의 미래…… 다들 맛이 갔네, 쯧쯧, 맛이 갔어. 근데 하나 씨는 맛이 안 갔어. 그래서 그런가 하나 씨의 미래는 보이지가 않네요?"

정지용이 이하나의 어깨를 더욱 꼭 감싸 안으며 말을 이었다. "어여쁜 하나 씨, 그렇게 멀쩡한 정신으로 이 험난한 세상을 어떻게 살아가나요?"

약간의 침묵이 이어진 뒤 이하나가 입을 열었다.

"그런데 정지용 씨, 궁금한 게 있는데요."

"뭔데요, 하나 씨?"

"나중에 아버지 회사 물려받으실 거잖아요?"

"네."

"그런데 지금 이렇게 놀고 있어도 돼요?"

"제가 놀고 있나요, 지금?"

"비난하는 게 아니구요."

"그럼 제가 지금 뭐 할까요? 뭐 그럴듯한 직함 달고 여직원들 구경이나 할까요?"

이하나의 표정이 어두워졌다.

"아니, 제가 진짜 그러겠다는 게 아니고요. 제가 회사에 있으면 여자들이 막 덤벼들 거 아니에요?"

이하나가 딱하다는 표정으로 정지용을 보았다.

"왜요? 제가 말이 너무 많았나요."

"아니요, 계속 말씀하세요."

"어디 가서 섹스나 할래요?"

"싫어요."

"왜요? 그럼 뭐 하고 싶은데요?"

"나 왜 여기 데리고 왔어요? 아버지랑 아내 흉보려고요?"

"앗, 하나 씨, 화났어요? 내가 말을 너무 막 했나?"

"네."

"그렇게 느꼈다면 미안해요. 사과할게요. 지질하게 변명을 늘어놓자면, 저는 다만 하나 씨랑 조용히, 단둘이, 그러나 색다르게 데이트하고 싶어서 여기를 선택한 거예요. 그리고 여기는 아직 CCTV가 설치되지 않은 것 같아서." 정지용이 두리번거렸다.

그렇다면 다른 곳에는 모두 설치되어 있다는 말인가, 이하나는 정지용의 말뜻을 고민했다.

"물론 보든 말든 그게 중요한 건 아니죠. 하지만 가끔은 숨고 싶잖아요? 인간인데?"

"사람들이 정지용 씨 감시해요?"

"그럼 안 할 것 같아요?"

이하나의 얼굴이 굳어졌다. 정지용이 그녀의 뺨을 쓰다듬었다.

"하나 씨 정말로 예뻐요. 만약에 하나 씨가 하나가 아니고 둘이라면 어땠을까?"

이하나는 혹시 정지용이 뭔가에 취한 것은 아닌가 그의 눈동자를 가만히 들여다보았다. 정지용이 이하나의 눈빛을 피하며 말했다. "너무 걱정하지 말아요. 보고 있어봤자 아무것도 못 하니까요."

"네?"

"하나 씨, 꺼낸 김에 미안하지만 제 아내 얘기 좀 할게요. 제 아내가 학습 능력이 탁월하거든요. 그래서인지 아주 짧은 시간에 제 아빠한테 많은 것을 배웠던 것 같아요. 잘 모르겠지만, 결과적으로 따져봤을 때 그렇다는 느낌이 드네요."

이하나가 잠시 생각한 다음 말했다. "아내분이 정지용 씨 감시해요?"

"오, 이번에는 바로 알아들었어."

"당연하잖아요. 나 같아도 하겠네."

"뭘요?"

"감시 말이에요."

"왜요? 감시해서 얻는 게 뭐가 있는데요? 내가 하나 씨랑 노는 거 안 봐도 뻔하지 않나?"

"그게……"

"아니에요, 틀렸어요 하나 씨. 제 아내는 그냥 그 느낌을 원하는 거에요. 그 느낌이 뭐냐면, 나랑 일종의 소통을 하는 느낌이요. 그냥 직접 말하면 되는데 굳이, 서방님 제가 잘 보고 있어요. 그러니 뭐든지 말씀 주세요. 숙고해보겠어요. 이런 식으로 말이죠. 웃기죠? 하하……"

"무슨 말인지 이해가 안 가요."

"생각해봐요, 하나 씨. 나한테 직접, 야 너 바람피우지? 걔가 그렇게 좋아? 예뻐? 데리고 와봐! 이혼해줄게! 이러면 되잖아요?"

"이혼하기 싫으신가 보죠."

"역시, 하나 씨는 똑똑해. 맞아요, 영주 씨는 나랑 이혼하기 싫겠죠. 나랑 이혼하면 자기만 손해인 걸 자기도 알고 나도 알고 내가 아는 걸 자기도 알고 내가 아는 걸 자기도 아는 걸 나도 아는 걸 자기도……"

"원래 아이 생기면 이혼하기 어렵대요."

"맞아요." 정지용이 고개를 끄덕이며 수긍했다.

"이혼하고 싶으세요?" 이하나가 물었다.

정지용이 고개를 흔들었다. "아니요."

이하나의 얼굴이 어두워졌다.

"영주 씨 같은 여자를 제가 또 어디서 만나나요. 굽히고 살아야죠, 하하……" 정지용이 실실 웃으며 새 담배에 불을 붙였다. "하나 씨도 담배 한 대 피울래요?"

"아니요."

정지용이 인상을 구기고 담배를 깊이 빨았다.

"제 인생이 요새 살짝 복잡해요. 하지만 하나 씨가 있어서 괜찮아. 하나 씨 덕분에 요새 제가 숨을 쉬어요. 하나 씨는 내 삶의 등대……이자 촛불. 따사로운 봄의 햇살. 태양으로 가득한 바다. 설레는 초록의 평야. 그런 하나 씨, 먹고 싶어요."

그가 로맨틱한 표정으로 이하나를 들여다보며 생각했다. '온몸을 자근자근 뜯어 먹고 싶어.'

두 파산

　최영주는 이우진을 기억했다. 몸에 꼭 끼는 영국제 슈트를 입고 있는 그의 허벅지는 통통하게 살이 오른 랍스터를 연상케 했다. 심부름 센터에 부탁할 때 보냈던 유일한 요구 사항인 '무섭지 않은 사람으로 해주세요'의 의미를 어떻게 받아들인 것일까. 그녀는 생각했다. 무엇보다도 이 어처구니없는 우연에 대해서.

　'아버님의 계략인가?'

　그녀는 주위를 둘러보며 생각했다. '저를 보고 계세요, 아버님? 그렇다면 손 한 번만 흔들어주세요.'

　카페 안의 누구도 그녀를 향해 손을 흔들지 않았다. 그녀는 다시 이우진을 보았다. '하긴, 전혀 무섭지는 않아.'

　한편, 삼촌 때문에 억지로 떠밀려 나온 이우진은 만남의 분위기가 '망한 맞선'과 '호스트바의 첫번째 초이스 시간' 사이에 놓여 있는 것에 당혹스러웠다. 그의 앞에 앉은 예쁜 누나, 아니 사모님, 화려한 스카프에 푹 파묻힌 미친 공주 같은 최영주는 그에게 아무런 예의를 차릴 생각도 없어 보였다.

　'언제까지 저를 그렇게 노려보실 건가요……' 이우진은 생각했다.

"짧은 페이크 다큐멘터리를 한 편 찍는다고 생각하시면 돼요." 마침내 최영주가 시선을 찻잔으로 돌리며 입을 열었다.

"페이크 다큐멘터리요……" 이우진이 석연치 않은 표정으로 고개를 끄덕였다.

"몰래카메라 같은 거요."

"아아, 네."

"간단한 거예요. 괜찮으시죠?" 최영주가 오묘한 미소를 지으며 말했다.

"네, 저야 뭐……"

"창의적이실 것 같아요."

"제가요?"

최영주가 고개를 끄덕였다. "물론 시나리오는 제가 쓸 거구요, 연출도 제가 하고. 출연자는 제 아들이랍니다. 혹시 아기 싫어하세요?"

"어, 아뇨."

"그럼 됐어요."

"우진 씨도 나올지도 모르는데 모자이크 처리해드릴게요."

"제가 나온다고요?"

"음성도 감쪽같이 변조해드릴게요."

이우진이 잠시 생각한 뒤 물었다. "그럼 제가 할 일은 뭔가요?"

"카메라 감독이자 제 어시스턴트요. 아주 간단한 내용이에요. 저희 시아버님 생신 때 깜짝 선물로 드리려고 준비했어요."

"아아……" 이우진은 그제야 이해가 간다는 표정이었다. 그러나 곧바로 새로운 의문이 떠올랐다. 왜 그런 단순한 동영상을 굳이 심부름 센터 사람을 불러서 찍는 걸까? 돈 많은 사람들은 원래 그러나?

"더 궁금하신 거 있으세요?"

이우진이 잠시 생각한 뒤 고개를 저었다. "아니요."

"정말로 없어요?"

"일정이 대략 어떻게 되실 건지……"

"28일 월요일." 최영주가 말했다.

"리허설은 안 하나요?"

"극의 리얼리티를 살리기 위해서 즉흥으로 하기를 원해요."

이우진이 고개를 끄덕였다.

"또 다른 질문, 없으시죠?"

이우진이 고개를 끄덕였다.

"그러면 작업에 합의하시겠다는 의미로 알고 계약금 드릴게요." 그녀가 핸드백 옆에 놓여 있던 작은 쇼핑백을 탁자 위에 올려놓고 자리에서 일어났다.

"제가 약속이 있어서 먼저 일어날게요. 커피는 그쪽이 사
주세요. 그럼 또 봬요!"

최영주는 정말로 급한 일이 있는 것처럼 휴대전화를 확인
하며 서둘러 카페를 빠져나갔다. 그리고 건너편 주차장으로
도망치듯 뛰어갔다. 차에 몸을 싣고 문을 닫은 뒤 그녀는 그제
야 신음하듯 숨을 내쉬었다. 핸드백 끈을 꼭 쥔 양손은 식은땀
으로 흠뻑 젖어 있었다. 그녀는 양손에서 핸드백을 떼어내어
물티슈로 닦은 뒤, 파우더를 꺼내 화장을 고쳤다.

화장을 고친 그녀는 조심스레 백미러로 주위를 살핀 뒤 카
오디오에 휴대전화를 연결하여 저스틴 팀버레이크의 「What
Goes Around…… Comes Around」를 틀었다. 그 노래는 최
영주가 중학생 때 천 번쯤 들었던 추억의 노래로서 신속하게
마음을 다스리는 데 효과가 있었다. 그녀는 시동을 걸고, 리듬
에 맞춰 다소 거칠게 차를 몰아 주차장을 빠져나왔다.

*

한편, 같은 시간 정지용은 집 근처 백화점의 지하 슈퍼마켓
을 배회하며 이하나를 생각하고 있었다. 요즘 그녀에 대한 사
랑이 솟구치는 것을 느끼고 있었는데 그 이유가 무엇인지 궁

금했던 것이다. 무엇이 나를 이렇게 만드는 것일까? 그는 하루 종일 그녀가 보고 싶었다. 보고 있어도 보고 싶었다. 이것이 사랑인 걸까? 나에게도 말로만 듣던 진정한 사랑이 찾아온 것일까? 며칠 전 이하나와 헤어져 집으로 돌아온 그는 엉뚱한 계획을 세워보기도 했다. 집에 있는 가정부를 해고하고 이하나를 새 가정부로 맞아들이는 것이다. 하지만, 그것이 정말로 엉뚱한 계획일까? 생각할수록 오히려 아주 반대 같았다. 그의 생각에 이하나는 가정부에 소질이 있어 보였고 또 외로운 최영주의 좋은 말상대가 되어줄 수도 있을 것 같기 때문이다. 그리고 최영주와 달리 아이와도 잘 놀아줄 것 같았다. 혹은, 유모로서 집에 들이는 것은 어떨까? 하긴, 그편이 더 말이 되는 것 같았다. 정 회장 비서실에서 구해다 준 중년의 유모가 정지용은 마음에 들지 않았다. 경험에 대한 프라이드가 너무 강했고, 자신이나 최영주를 은밀히 깔보는 느낌을 받았기 때문이다. 하지만 맞섰다가는 괜히 얻어맞기만 할 것 같아서 (덩치가 상당히 좋다) 여러 방식으로 소통을 시도해보기도 했으나, 역으로 약점을 잡힌 듯한 상황에 처하기도 했다. 역시 그렇다면, 이하나를 새로운 유모로…… 그것은 엄청나게 스마트한 계획으로서, 정지용은 그 계획의 문제점을 발견할 수가 없었다. 해서 오늘 아침 최영주에게 자신의 계획을 털어놓을 뻔했으나 그녀의 기분이 영 좋아 보이지 않았으므로 계획을 미루었고,

이하나와의 저녁 약속도 취소했다.

'정말이지 좋은 남편이 아닌가!'

하지만 그의 노력에도 불구하고 최근의 최영주는 계속해서 기분이 나빠 보였다. 그는 그 이유를 도무지 짐작할 수 없었다. 그는 그녀의 삶의 방식을 존중했다. 아이의 육아를 유모에게 완전히 맡겨버린 것도, 온 집을 동물 친구들로 가득 채운 것도, 끊임없이 사들이는 고가의 상품들을 통해 천박한 취향을 과시하는 것도 말이다. 그는 최영주의 거의, 아니 모든 결점을 조건 없이 관대하게 받아들였다.

'그런데 그녀는 나에게 왜 이러는 걸까?'

설마, 그가 이하나를 계속 만나는 것에 화가 난 것인가? 사실 그의 입장에서는 가장 이해가 가지 않는 부분이었다. 그에게도 소박한 마음의 친구가 한 명쯤은 필요하다는 사실을 그녀는 왜 받아들이지 못하는가? 물론 그가 방금 지구에 도착한 외계인은 아니었으므로 자신이 행하는 소위 '외도'에 대한 '인간 세상'의 인식을 잘 알고 있었다. So what? 그는 자신이 인간 세상 속에 포함되어야 하는 이유를 이해할 수 없을 뿐이었다. 최영주가 본인이 주장하는 것처럼 세상에서 제일 잘난 여자라면, 일반인들의 윤리와 상식 또한 뛰어넘어야 하지 않겠는가? 그렇게 세상 잘난 여자가 초등학교 교과서에나 나올 법한 유치한 덕목에 사로잡혀 있는 이유가 무엇인지? 또한,

만약에 배우자의 외도와 같은 이유로 자식의 양육이라는 중요한 임무를 방치하고 있는 것이라면 그것 또한 정지용의 입장에서는 황당할 뿐이었다.

한마디로 최근 들어 조금씩, 근본적으로, 정지용은 최영주라는 존재에 의문을 갖기 시작했다. 그녀가 내 곁에 있어야 하는 이유가 과연 무엇인가? 내 삶을 구질구질하게 만들려고? 그녀는 왜 내 삶의 기본적 자유를 제한하는가? 마치 커다란 돌덩이 같지 않은가? 내 앞을 떡하니 가로막고 있는 못생긴 커다란 돌덩이. 왜 어여쁜 최영주는 못생긴 돌덩이가 되려고 하는가?

그에 비하면 이하나는 신이 내린 천사.

그녀는 아무것도 요구하지 않는다. 그녀는 순수하게 나를 좋아해준다. 기타 등등……

그는 자신이 전형적인 바람난 유부남 케이스로 발전하고 있다는 것을 슬슬 자각하기 시작했으며 그 부분에 대해서 스스로가 가장 언짢았다. 그런데 그가 전형적인 바람난 유부남이 된 것은 전적으로 최영주의 탓이었다. 그는 최영주가 미웠다.

정지용이 그쯤에서 답 안 나오는 생각을 중단하려는 때, 와인 판매점이 나타났다. 유난히 희고 매끄러운 팔을 가진 점원이 그에게 어제 입고되었다며 한 와인을 가리켰다. 그는 그녀가 가리킨 와인 대신에 그녀의 희고 매끄러운 팔을 유심히 들여다보았다. 정지용의 이상한 눈빛을 눈치챈 여점원이 슬며시 양팔을 뒷짐지며 뒤로 물러났다. "그거 살게요." 그가 말했다. "두 병 주세요."

그날 저녁, 정지용과 최영주는 서래마을에 새로 문을 연 지중해풍의 해산물 식당에서 저녁을 먹었다. 정지용이 들고 나온 와인을 최영주는 몹시 마음에 들어 했다. 언뜻 다정한 분위기 속에서 식사는 이어졌다.

와인은 금세 동이 났고, 둘은 새로운 와인을 주문한 뒤 대화를 이어갔다. 점점 더워지는 날씨, 휴가 계획, 출산 후 빠르게 회복되고 있는 최영주의 컨디션과 날이 다르게 쑥쑥 크는 아이……

"지용 씨, 저는 요즘," 최영주가 말했다. "행복한 것 같아요."

"그런가요?" 정지용이 말했다. "다행이네요."

"그런가요?" 최영주가 물었다. "지용 씨는 어때요?"

"저도 행복해요."

거기에서 대화가 끊어졌다. 둘은 말없이 술잔을 비웠다.

"저는 사실 요즘 영주 씨가 불행해한다고 느꼈어요." 오랜 침묵 끝에 정지용이 입을 열었다.

"왜요, 지용 씨?" 최영주가 물었다. "모든 것이 이렇게 완벽한데요." 그녀가 미소 지었다.

정지용도 미소 지으며 말했다.

"영주 씨, 우리 이혼할까요?"

Nearly God

최영주는 아이와 단둘이 남겨져 있었다. 유모는 한 달 만에 휴가를 냈고, 가정부는 퇴근했다. 아이는 방에 잠들어 있고, 최영주는 깨어 있다. 정지용은 돌아오지 않았다. 새벽 1시가 조금 지난 시간.

어둠 속, 그녀는 홀로 깨어 있었다. 그녀가 설치한 CCTV 동물 인형들이 외로운 그녀의 유일한 친구들. 울어야 할까, 아님 죽어야 할까, 싶은 기분.

그녀는 그날 이른 저녁 잠들었을 때 꾸었던 꿈을 떠올렸다. 그녀는 정지용과 함께 베를린과 베네치아 그리고 L시를 합쳐 놓은, 오래 방치된 콘크리트 건물들과 운하, 신식 유리 건물들이 얼기설기 섞여 있는 신기한 곳을 탐험하고 있었다. 사실 그것은 탐험이라기보다는 정지용이 길을 잃은 것이다. '구글 맵을 보세요.' 최영주가 말했지만 정지용은 듣지 않았다. 둘은 엉성하게 지어진 건물들을 따라서 이제는 폐쇄된 한 오래된 수로에 이르렀다. 수로의 입구에는 지하 동굴로 향하는 콘크리트 계단이 있었다. 정지용이 그 계단을 따라 아래로 내려갔다. '지용 씨.' 최영주는 머뭇거렸다. '파티가 시작되었어요.' 그렇게 말한 뒤 정지용은 사라졌다.

수천 개의 촛불들이 불을 밝히고 있는 입구를 지나자 외투 보관소가 나타났다. 최영주는 입고 있던 모피코트를 직원에게 맡기고 정지용을 찾아 나섰다. 마침내 나타난 커다란 방에서는 낭독회가 진행 중이었다. 백발의 백인 남자가 유창한 한국 말로 이야기했다. '결혼 제도는 부르주아지라는 과거에 속해 있습니다……'

최영주는 조용히 방을 빠져나갔다. 멀리 흔들리는 촛불 속에 정지용이 서 있었다. 그의 너머에는 이상하게 커다란 달이 떠 있었고, 그 달빛을 받아 수상하게 빛나는 말라붙은 수로에는 황금빛의 갈대가 흔들리고 있었다. '날자.' 그녀는 작게 속삭이며 점프했고, 순식간에 날아올랐다. 갈대밭 위로 부드럽게 날아가는 그녀를 감탄스러운 눈길로 정지용이 바라보았다. '앗 내 코트.' 그녀는 정지용을 바라보며 속삭였다.

'새로운 임신인가?'

꿈에서 깨어난 최영주는 생각했다. 물론 그럴 리는 없다. 그럴 리가 없다는 것에 대해서 안심해야 하나 절망해야 하나 전혀 모르겠는 그런 기분.

이제 겨우 밤이 시작되었는데, 어둠이 막 잔치를 열었는데, 언제 돌아올지 모르는 새벽빛을 기다리며 그녀는 홀로 견뎌

야 한다. 오늘 그녀는 수면제를 먹지 않을 것이다. 맨정신으로
버틸 것이다.

어느새 깨어난 아이가 울음을 터뜨렸다. 그녀는 붉은색 나
이트 가운을 질질 끌며 어둠 속을 가로질러 아이의 방으로 향
했다. 잠시 뒤 칭얼거리는 아이를 품에 안고 부엌으로 들어선
그녀는 전자레인지로 분유를 데웠다. 아이는 울음을 그치지
않았고, 그녀는 노래 비슷한 것을 흥얼거리기 시작했다.

　당신을 처음 만난 날이 후회가 돼,
　당신과 가까워진 것이⋯⋯

두껍게 친 커튼 틈으로 창백한 달빛이 새어 들어왔다. 시간
은 기이할 정도로 천천히 흘렀다. "잘 잔다, 우리 철수." 그녀
는 세상 없이 평온한 얼굴로 젖병을 입에 문 아이의 얼굴을 들
여다보며 말했다. 눈을 감아도, 눈을 떠도 비슷한 농도의 어둠
속, 그녀는 천천히 꿈에 갇힌 듯한 느낌 속으로 빠져들었다.
좋은 꿈과 나쁜 꿈이 물러간 자리를 어릴 적 꿈꿨던 환상이 신
기한 색깔로 빛나며 가득 채웠다. 알록달록 신기한 환상의 빛
깔들⋯⋯ 어여쁜 허깨비들⋯⋯ 두 눈을 반짝이며 허공에 뜬
기이하게 빙글빙글 도는 불빛들을 좇던 그녀는 문득 자신이
환상을 좇고 있다는 것을 깨닫고 놀라 아이를 놓쳤다. 혹은 떨

어뜨렸다. 하지만 다행히 아이는 그녀의 무릎 위로 미끄러져 소파 위에 대각선으로 기우뚱하게 놓이게 되었을 뿐이다. 젖병을 놓친 아이가 다시 울음을 터뜨렸다.

그녀는 젖병을 주워 아이의 입에 물려주었다. 아이가 젖병을 꼭 잡고 집중한 표정으로 입을 오므렸다. 잠시 아이를 바라보던 그녀는 홀로 부엌으로 가 커피 머신을 켜고 그라인더로 커피 콩을 갈기 시작했다.

당신을 처음 만날 날이 너무나 기대가 돼,
당신과 내가 가까워지는 것이……

문명의 법칙은 야속하게도 미친 여자에게만 성스러움을 허용한다. 세속화된 유대인이었던 프로이트는 바로 그 성스러움을 파괴하기 위해 평생을 바쳤다. 그의 계획은 성공했나? 아니, 문명 자체를 파괴하지 않는 한 그 독특한 현상은 사라질 수 없다. 하여 오늘도 끊이지 않고 새로운 미친 여자들이 등장한다. 어쩌면 그들은 선택된 부류다. 아무도 초월성을 믿지 않는 세계에서 오직 그들만이 '저 너머'의 힌트를 켠 채 밤이 고갈되도록 달빛을 흡수한다. 사람들은 더는 그들을 마녀라는 이름으로 처형하지 않는다. 그들은 더 이상 두려움의 대상도, 매혹과 경배의 대상도 아니다. 이제 그들은 정신과로 보내진다. 약에 의존하여 멀쩡하게 대낮을 걷는다. 하지만 그들이 다른 이에게는 없는 뭔가를 가지고 있다는 사실까지 감출 수는 없다. 그들이 이상한 꿈에 잠긴 채, 보이지 않는 달빛 속을 걸어갈 때, 이죽거리기 좋아하는 사람들은 말할 것이다. '세상 참 좋아졌다.' 무엇이 그 여자들이 기꺼이 광기를 선택하도록 했는지 사람들은 관심이 없다. 파괴되지도, 구원되지도 못한 채로 냉소적인 현실에 속하게 된 그들은 그저 정신병자일 뿐이다. 그들은 더 이상 산 채로 태워지지 않는다. 그저 매 순간 타는 듯한 느낌으로 살아간다. 아무도 관심 없는 고민을 돌돌 말아 스카프처럼 목에 감은 채, 그것의 화려한 빛깔에 감탄하는 사람들의 눈빛을 느끼며, 조용히 중얼거린다. '해냈다.' '오늘 하루도 이것으로,'

소파 위에 놓인 아이가 말과 괴성 사이의 소리를 내며 버둥거린다. 최영주는 잔에 가득 담긴 커피를 들여다본다. 그저 바라본다. 그녀는 움직일 수가 없다. 간신히 서 있다.

순간, 커피 잔이 살짝 동요하더니 그대로 엎어져 잔을 가득 채우고 있던 검은 물이 새하얀 대리석 탁자를 뒤덮는다. 흥건한 검은 물을 바라보는 그녀의 눈동자가 유난히 까맣다.

"세상은 이렇게나 달라졌는데, 달빛은 참으로 여전하네 ……" 그녀가 작게 흥얼거린다.

3부

"도와주세요, 아버지. 제가 사람을 다치게 했어요."

다섯 살 때였나, 창밖을 보았을 때 얼기설기 그어진 전깃줄에 처음 보는 이상한 물체가 대롱대롱 매달려 있었다. 그 많던 전깃줄은 죄다 어디로 갔을까? 쓸데없는 생각, 기억이 자꾸만 스멀스멀 기어 나오는 것은 오늘 너무 많은 일을 저질렀다는 증거일까?

정지용의 생각이 멈추어 선 것은 정 회장의 서재 앞이었다. 그가 노크를 하려는데 안에서 인기척이 났다.

"들어오거라."

정 회장은 잠옷 차림으로 소파에 앉아 있었다. 옅은 진주빛으로 반짝이는 실크 잠옷에는 쿠키와 아이스크림 도넛 따위가 장난스럽게 수놓여 있었다. 밤이 깊었는데도 불구하고 정 회장은 전혀 피곤해 보이지 않았다. 그는 무감한 얼굴로 자신의 아들을 천천히 훑어보았다. 그러자 얼굴이 점차 일그러지는 듯하더니 이내 희미한 미소로 바뀌었다. 정지용이 멋쩍은 표정을 지었다.

"거기 앉으렴." 정 회장의 말에 정지용이 주위를 살피다가 구석에 놓인 작은 나무 의자를 발견하고 미소 지었다. "이건

제가 어려서 쓰던 의자네요. 제 방에 있던……"

정 회장이 고개를 끄덕였다. "은미라가 그 의자를 사느라고 서울 시내의 가구 전문점을 다 뒤지고 다녔더랬지."

정지용은 미소를 거두고 정 회장을 바라보았다. 아버지가 스스럼없이 어머니를 언급하는 것이 정지용은 마음에 들지 않았다.

"나의 관점에서 너에 대한 나의 가장 큰 실수는 은미라의 말에 혹하여 너를 그 로잔의 숲속에다가 처넣은 것이다." 정 회장이 말을 이었다. "다른 이들처럼 너를 영국이나 미국의 사립학교에 넣었어야 했다. 하지만 그러기에 그 시점의 나는 좀 오만했으며 약간은 비현실적인 데가 남아 있었지…… 늦었지만 이제라도 정식으로 사과한다. 너를 공산당 귀족 잔당들이 자기 새끼들을 숨겨두는 용도로 쓰는 산골짜기에 처박아버린 점에 대해서 말이다. 그것 때문에 너의 사고 회로에 오류가 생겼을지도 모른다는 생각이 나를 이따금 야릇한 죄책감으로 이끌곤 한다."

"어떤 오류 말씀인가요?"

"네가 가진 비현실성과 오만함에 대해 말하는 것이다. 부모로부터 물려받은 너의 해로운 습성이 로잔의 촌구석에서 더욱 강화되었을 것이라고 확신할 수 있다. 하지만 이제부터라도 똑바로 알아두기를 바란다. 너는 폐족도 아니고, 유령

도 아니다. 한 명의 포악스러운 인간일 뿐이다. 살기 위해서라
면……"

"하지만 아버지,"

"내가 은미라를 과대평가했다."

"그래서 죽게 놔두셨잖아요."

"하!"

정지용이 작게 한숨을 쉬었다.

"그 한숨의 의미는 무엇이냐?"

"아니에요, 말씀하세요."

"뭐, 은미라는 독특한 여자이기는 했다. 하여간에, 나는 너
의 의견을 존중하고자 한다. 이제는 너와 나 둘뿐이지 않느
냐? 우리가 함께 생존의 길을 모색해야 하지 않겠느냐?"

"마치 누군가 우리의 생존을 위협한다는 듯이 말씀하시네
요."

정 회장이 대답 대신 못마땅한 표정으로 이마를 찌푸리더
니 양손으로 관자놀이를 꾹꾹 눌렀다.

"물 드릴까요?"

"저기 작은 냉장고 안에 생수가 있다. 한 병 꺼내 다오."

정지용은 정 회장이 가리킨 대로 구석에 놓인 작은 냉장고
에서 생수를 꺼내 정 회장에게 건넸다. 그는 뚜껑을 따려다 말
고, 생수병을 자세히 들여다보더니 바닥에 내려놓고 정지용

을 바라보았다. 하지만 정지용이 아무 반응이 없자 뭔가를 생각한 뒤, 아차 하는 표정으로, 다시 생수병을 들고 뚜껑을 따서 한 모금 마신 다음 뚜껑을 닫고 생수병을 들여다보다가 문득 분을 이길 수 없다는 듯이 양손으로 생수병을 마구 흔들었다. 하지만 아들이 자신을 말없이 응시하고 있음을 눈치챈 그는 재빨리 동작을 멈춰 생수병을 바닥에 내려놓은 뒤 입맛을 다시고 자세를 고쳐 앉으며 정지용에게 말했다.

"그래서, 아들아, 나에게 하고 싶은 말이 뭐냐."

"아버지, 영주를 어떻게 생각하세요?"

"영주? 무슨 영주? 아아, 최영주 말이냐."

"아버지가 고르셨잖아요."

"솔직하게 내가 여자 보는 눈이 있다고 자신할 수가 없다."

"저는요, 영주가 좋은데요, 또 무서워요."

"뭐가 좋고 또 뭐가 무섭단 말이냐?"

"좋은 이유는요, 영주는 굉장히 새것 같아요. 신상품 말이에요. 그래서 영주랑 같이 있으면 반대로 저 스스로가 초라하게 느껴져요. 골동품, 헌 옷, 중고품처럼요. 예를 들어,"

정지용이 거기에서 말을 끊고 정 회장을 바라보았다. 아들을 응시하는 아버지의 얼굴에는 아무런 표정도 떠올라 있지 않았다. 그는 다시 말을 이었다.

"예를 들어, 어떤 건물이 있다고 쳐볼게요. 근데 그 건물

이 너무 높아서, 올라가는 사이에 늙어서 죽는다고 해보면
요……"

"그런데?"

"그러니까……"

"아들아, 이렇게 말하기는 좀 뭣하지만 지금 네가 늘어놓고
있는 말은 그야말로 바퀴벌레가 웃을 수준이다. 왜냐하면 말
이다, 내가 그것을 아주 단순하고 알아듣기 쉽게 설명해주마.
왜냐하면, 너는 계속해서 비유를 사용하는데 비유에는 본질
적으로 아무 뜻이 없기 때문이지. 비유를 사용한다는 것은 말
에 어떤 힘이 있다는 믿음을 그 바탕에 두지 않으면 절대로 발
생할 수가 없는 저속한 습관이다. 생각을 해보아라, 인간의 말
에 무슨 힘이 있다는 말이냐? 새들이 짹짹거리는 소리를 생각
해봐라. 개들이 짖는 소리, 말 못 하는 애들이 칭얼거리는 소
리, 거기에 무슨 의미가 있느냐? 그저 이기적인 짹짹거림일
뿐이다. 그런데 말이다, 너는 인간의 말이 거기에서 얼마나 더
나아갔다고 생각하느냐? 단 한 뼘도 나아가지 못했다. 단 한
뼘도! 그저 싸우고, 물어뜯고, 살아남는 것뿐이다. 그렇지 않
으면? 잡아먹히는 것이지. 널 잡아먹으려는 놈들이 네 주위에
수두룩하다. 영주도 그중 하나이다. 나 또한 하나의 짐승에 불
과하다. 은미라도 마찬가지였고…… 배가 고파지면 무슨 짓
을 할지 아무도 알 수 없다."

"그건 저도 잘 알고 있어요."

"아무렴, 너는 내 피를 이어받았지." 정 회장의 얼굴에 비웃음이 떠올랐다.

"그것도 알아요."

"그럼 뭘 모르겠느냐?"

"제 피에 뭐가 너무 많이 섞인 기분이에요. 너무 혼탁하고 더러워요. 그런 기분 아세요?"

"아무것도 걱정할 것이 없다. 생존 본능은 모든 것을 이긴다."

정 회장이 자리에서 일어났다. 그는 창가로 가서 잠시 밖을 살핀 다음 돌아와 앉았다.

"솔직히 말하자면 이따금 내가 인간이 아닌 다른 존재인 듯한 느낌을 받는다. 곤충이거나, 신이거나. 혹은 둘을 잘 비벼 넣은…… 세상에 곤충으로 된 신의 이미지는 없는가? 하지만 그것이 신의 본질에 가장 정확하다는 생각이……"

"아버지, 저희를 위해 죽어주시면 안 되나요?" 정지용이 말을 끊고 끼어들었다. 하지만 정 회장은 아랑곳하지 않고 우렁찬 목소리로 말을 이었다.

"하지만 대관절 생각이란 무엇이냐? 그것은 탁 트인 창 너머, 가랑비에 젖은 거리를 가득 채운 자동차들이 개미처럼 꼬물거리는 것을 바라보며 펼치기에 적당한 것이다. 적당량의 카페인 혹은 알코올과 한가한 순간이 겹쳐지는 순간, 성긴 그물처럼 쩍쩍 늘어나며 전신을 파고드는 생각 속으로 빠져들게 되는 것이지. 아주 달착지근한…… 무슨 말인지 알겠느냐? 영원히 중단되지 않을 듯 보이는 지상 위 철(鐵)의 행진이 신의 시점에서 하찮은 것으로 변모하는 찰나, 저 멀리 지상의 법칙을 무시하고 포물선을 그리며 솟구쳐 오르는 강철 더미 하나가, 내가 바라보는 창문을 향해 돌진하여 내 허약한 육신을 말 그대로 휴지처럼 구겨버릴 가능성은 무시된다고 할 수 있지. 사실상 그것이 한가한 세상 걱정의 하이라이트인 것이다. 쥐는 언제나 고양이를 걱정한다. 하지만 고양이는? 쥐가 고양이에게 걱정이라는 개념을 가르치는 데 얼마나 많은 시간이, 얼마나 많은 양의 쥐가 필요할지 너는 생각해보았느냐?

무모할 정도로 한가한 인간들, 아들아, 그것이 혹시 너를 가리키는 말이라고 생각지는 않느냐, 세상에 대해서 뭐라고 떠들든, 자신이 대가리를 통째로 밀어 넣은 시커먼 아가리에 대해 크기가 어떻다, 혓바닥이 너무 빨갛다 노랗다, 충치가 보인다 어쩐다고 논하는 사이 세상은 멈추지 않고 유유히 흘러가지. 고양이라면 먹잇감을 찾아 헤맬 테고, 쥐라면 주위를 경계하는 동시에 온갖 구멍들에 통달할 것이다. 고양이라면 구멍마다 발을 뻗어볼 것이고…… 그런데 여기서 하나의 의문이 생겨나지 않느냐? 왜 누군가는 고양이로, 누군가는 하필이면 쥐로 태어나는가? 우리 모두는 그저 나약한 인간이 아닌 것이냐? 아니, 우리는 모두 쥐고, 따라서 우리는 생판 만나본 적도 없는 고양이를 경외해야 하는 것이냐? 혹은 고양이들을 쳐부숴야 할까? 혁명? 하, 좋지! 어떤 미친놈들에 의하면 인간은 평등하단다. 우리는 절대 쥐도 고양이도 아니며, 저 창밖을 굴러가는 뻣뻣한 철가방들이랑도 다르단다. 그런 우리를 우리께서는 인간이라고 부르기로 하시겠단다.

부르기로 한다! 알겠느냐? 바로 여기가 흑마법이 발휘되는 지점이란다. 바로 거기에서부터 앞뒤가 맞지 않기 시작하는 것이다. 인간들의 말과 행동이 갈라지며, 무한하게, 진실로부터 멀어지는 것이다. 우리 모두가 길을 잃은 고아가 되는 것이다. 우리가 우리를 인간이라 부르기로 할 때 그 인간은 혹은 우리는 우리로부터 영원히 멀어지는 것이다. 이것 봐라. 말도 꼬이기 시작하지 않느냐? 그렇게 우리는 진짜 존재하는 인간으로부터 영원히 멀어지게 되는 것이다. 그리고 불현듯, 저 거리를 굴러가는 철다람쥐들에게 감정 이입이 시작되는 거지! 미친놈들! 그 순간이 바로 모든 것이 망하는 순간인데, 미친놈들은 자, 지금부터가 바로 시작이라며 꿈과 희망의 서막이라고 지껄여댄다. 그렇게 우리는 완전히 틀린 길로 들어서는 것이다. 거짓이 거짓을 덮는 사태가 시작되는 것이다. 아들아, 그것이 네가 바라는 것이냐? 위선으로써 거짓과 추태를 덮는 것! 우아한 말들로 향긋한 커피 타임을 이어가는 것, 바로 그것을 말이냐? 대답해보아라! 그것을 바라느냐? 우리가 인간으로서 인간들에 대한 이해와 영원히 이별하는 사태를 너는 진정 바라고 있는 것이냐?"

엄청난 기세로 말을 쏟아낸 정 회장의 얼굴이 땀과 기름으로 번들거렸다.

"말을 해보아라, 네가 진정으로 원하는 것이 무엇이냐?"

"말씀드렸잖아요. 아버지께서 저희들을 위해서 죽어주시는 것이요."

"옳거니! 그것이 정말 네가 바라는 전부이냐?"

정지용이 고개를 끄덕였다.

"정말? 그게 다야?"

"……"

"하! 나는 이해가 안 된다. 혹시 꿈, 희망, 야망 같은 관념을 전혀 이해하지 못하는 것이 아니냐?"

정 회장이 진지한 표정으로 정지용을 보았다. 하지만 그가 대답이 없자 정 회장은 체념하며 말을 이었다.

"그래서 네가 말하는 그…… 저희라는 게 누구냐?"

"저와 제 아내 최영주요."

"최영주가 그렇게 좋으냐?"

"좋다기보다는……"정지용은 잠시 생각한 뒤 말을 이었

다. "결과적으로, 그녀와 저는 말이 좀 통하는 것 같아요."

"이하나랑은 안 통하고?"

"그렇다기보다는……"

"사람고기 맛이 어떻더냐?" 정 회장이 실실 웃으며 물었다. "언제나 궁금했다."

"기억이 안 나요." 정지용이 한 손으로 뺨을 만지며 기억을 더듬는 듯한 자세를 취했다. "전혀요." 그는 난처하다는 표정으로 아버지를 바라보았다. "이상한가요?"

"너는 생각보다 음흉한 놈이다."

정지용이 희미하게 웃었다.

"그 웃음의 의미는 무엇이냐?"

"정말로 죽어주시면 안 되나요? 저와 제 아내를 위해서. 아버지에게 드리는 제 유일한 부탁이에요."

"난 네가 못 미덥다."

"제가 최근에 의미심장한 비전을 보았는데요."

"이야기해보거라."

"최영주가 노을 지는 붉은 바다 위를 둥둥 떠다니고 있었거든요? 그걸 보고 있으니까 딱 그런 생각이 들더라구요. '오, 저기 내 인생의 동반자가 흘러가네. 늦기 전에 붙잡아야지.' 이해가 되세요?"

정 회장이 복잡한 얼굴로 정지용을 바라보았다.

"……죄송해요."

"뭐가 죄송하냐."

"지금 죽으시거나 아니면 3백 살까지 사세요."

"최영주가 너를 잡아먹어도 좋으냐?"

정지용은 대답 대신 난처한 눈으로 정 회장을 보았다.

"최영주가 너를 산 채로 집어삼켜도 상관이 없다는 말이냐?"

"솔직히 그 점에 대해서는 생각해본 적이 없어요."

"이제 보니 너는 나와 은미라의 열등한 유전자만 골라서 물려받은 듯하다."

"죄송해요."

"자꾸 뭐가 죄송하다는 것이냐?"

"아니 뭐…… 제가 영주 씨한테 잡아먹힐 운명인가 보지요. 아버지가 어머니를 잡아먹은 것처럼."

정대철의 표정이 일그러졌다.

"왜요? 그것의 반대인가요? 너무 커다란 양을 삼킨 비단뱀의 경우인가요? 솔직히 전혀 모르겠어요. 아버지는요, 광대 같아요. 약간 수상한 광대. 희대의 광대는 될 수 없는 비극적인 광대. Iago the Pierrot? 그렇다면 사랑하는 오셀로는 어디에 있나요? 혹시 제가 아버지의 오셀로가 되길 원하시는 건 아니겠죠?"

"됐다! 헛소리 집어치워라! 네가 완전히 맛이 갔구나!"

"아버지가 그러셨잖아요. 배가 고파지면 무슨 짓을 할지 알 수 없다고."

"나는 지금까지, 내 모든…… 나 정대철의 전 생애를 걸고 내 모든 노력과 행운을 투입하여 여기에 이르렀다. 너에게 그 노력을 알아달라고 사정할 정도로 뻔뻔하지는 않다. 그렇지만 적어도, 그것을 네가 망치려고 들어서는 안 된다. 네 고약한 심보에는, 아비를 해하려는 욕망뿐이냐? 나라고 한 치의 억울함이 없을 것 같으냐? 나 또한 여러가지 원망들을 옥구슬처럼 주렁주렁 엮어 매달아놓을 수도 있다. 얼마든지 그럴 수가 있어! 하지만 그렇게 하지 않는다. 생각을 해보아라, 왜 내가 너에게 내가 평생에 걸쳐 일군 것을 고스란히 물려줘야 하느냐? 나 또한 억울하다. 왜 하필 너에게? 단지 내 아들이라는 이유만으로? 하! 참으로 난센스! 나 또한 가능하다면 3백 살까지 살고 싶다. 나 또한……"

"하지만 아버지……"

"아들아, 나는 네가 영주를 잡아먹는 꼴을 보고 싶다. 그게 내 유일한 소망이다. 이하나 같은 토끼 새끼 말고, 최영주 같은 호랑이 새끼를 말이다. 네가 그 녀석을 호로록 삼키는 걸, 찹찹 씹어 넘기는 걸, 꿀꺽 넘기는 꼴을 보고 싶단 말이다. 그러고 나면, 네가 나에게 그것을 보여준다면, 나의 그 소망만 이루어준다면, 그다음에는 아무런 후회 없이 나의 모든 것을 내려놓을 수 있다. 아니지, 약속하마. 아들아, 너에게 내 모든 것을 물려주겠다. 남김없이, 싹 다."

"정말로 너무하시네요."

정 회장이 아들을 바라보았다. "왜 그러느냐? 내 말이 뭐가 잘못됐어?"

"그렇잖아요. 아버지가 저에게 물려주시겠다는 것. 죄다 쓰레기뿐이잖아요. 제가 그렇게까지 바보 얼간이 머저리 모지리는 아니에요. 사람을 잘못 보셨어요. 아니, 제 말은요, 지금 저에게 아버지가 하시는 그 말씀, 아버지가 평생을 걸쳐 모은 쓰레기 더미를 떠넘기겠다는 말씀이잖아요. 그럼 저는 어떻게 하라고요? 영주 씨도 없이 저는 어떻게 하라고요? 혼자서 썩어가는 고철상의 늙은이가 되라는 말씀이신가요? 그것은 지나치게 가혹한 처사가 아닌가요? 아버지, 지금까지의 아버지 생을 부정하려는 게 아니에요. 제가 드리고 싶은 말은요, 새로운 시대엔 새로운 시대에 맞는 거짓말이 필요하다는 거예요. 새로운 세계에 걸맞은 환상이요. 죄송한데요, 아버지의 시대는 끝났어요. 아버지의 거짓말은, 아버지의 사기는, 그 조잡한 마술은 이제 통하지 않아요."

아들의 입에서 쏟아져 나온 예상치 못한 냉정한 말에 정 회장은 당황했다. 물론 이런 상황이 언젠가 벌어지리라 예상하지 않은 것은 아니지만, 막상 닥치자 말문이 막히고 힘이 쭉 빠졌다. 그는 자리에서 일어나 비틀대며 창가의 탁자로 다가가 서랍에서 흰 약통을 꺼내 알약 세 알을 입에 털어 넣고 물도 없이 삼켰다. 가쁜 듯 숨을 쉬는 그는 휘청대는 나뭇가지 같았다.

"죄송해요." 정지용이 표정 없는 눈으로 물끄러미 그런 아버지를 응시하며 말했다.

"아니야, 아니야." 정 회장이 고개를 저으며 다시 자리로 돌아와 앉았다.

"물 드세요." 정지용이 냉장고에서 새 물을 꺼내 정 회장에게 내밀었다.

"고맙다."

생수병을 잡은 아버지의 손이 살짝 떨리는 것을 발견한 정지용이 다시금 말했다. "죄송해요."

"아니라니까. 전혀 죄송해할 필요 없다. 이 기회에 너의 진심을 알게 되어서 오히려 기쁘다. 아버지에게 마음속 담긴 깊은 진심을 털어놓아주니 기쁘기 짝이 없다." 말을 끝낸 뒤 정회장은 단숨에 생수 한 병을 깨끗이 비웠다.

정지용은 아버지를 바라보았다. 천천히 평상시의 평온함을 되찾아가고 있는 것이 느껴졌다. '뭔지 모르겠지만, 약효가 상당히 좋군.' 정지용은 생각했다.

"세상이란 말이다, 역시, 역시 살아봐야 알 수 있는 것이다. 그 끝에 뭐가 올지 누구도 알 수가 없어." 정 회장이 말했다. 이제 평소의 컨디션을 완전히 되찾은 모습이었다. 거뜬히 3백 살도 살 듯한 에너지로 다시금 충만해져 있었다. 그는 만족한 표정으로 아들을 바라보았다. 그 표정은 신기하게도, 너무나도 군침 도는 디저트를 눈앞에 둔 초등학생 남자아이의 것이었다. 세상 행복을 다 가진 듯한 아버지의 행복해하는 모습에 정지용은 반사적으로 이상한 뿌듯함을 느꼈다. 어린 아들의 행복을 위해 굉장히 많은 것을 희생한 아버지가 된 듯한 느낌. 이 괴상한 느낌의 정체는 뭐지? 그러다 정지용은 마침내 3백 년간 계속될 아버지의 세상이 어떤 것일지 이해할 수 있었다. 과거도 미래도 아닌 바로 지금의 이 세계를 말이다. 아버지를 위한 먹음직스러운 과자들로 충만한. 식욕 넘치는 아버지를 위한 천국. 아주 오래 지속될 이 순간. 그것을 나는 원하는가? 그것이 정말로 내가 원하는 것인가? 내가 보는 미래는 그것인가? 정지용은 골똘히 생각에 잠겼다. 그러자 마음속 깊이 파문이 일듯 커다랗게 흔들리는 느낌을 받았다. 정지용은 그 느낌에 집중했고, 그러자 그것이 감당할 수 없을 정도로 커다란 슬픔이라는 것을 깨달았다. 그는 조용히 아버지를 불렀다.

"아버지……"

"말하거라, 아들아."

"탁 트인 창 너머 가랑비로 젖어 있던 사색의 거리는 어느
새 흩날리는 진눈깨비로 가득하네요."

정대철은 반사적으로 고개를 돌려 창을 바라보았다. 아까
와 마찬가지로 짙은 어둠으로 가려져 있었다. 그는 아들을 보
았다. 창밖을 응시하는 정지용의 표정은 기이한 꿈을 꾸는 듯
했다.

"아버지……"

"말을 하거라, 아들아."

"진눈깨비, 어여쁜 허깨비들…… 보이세요? Do you see
them, father?"

"아들아……"

"Oh, I see them. A death walks in beauty, like the
night…… Of cloudless climes and starry skies……"°°

아들이 말했다.

악몽의 끝

정신을 차린 이하나의 눈에 들어온 것은 처음 보는 사람이었다. 푸근한 인상이지만 동시에 엄격한 분위기를 풍기는 중년 여자였다. 이하나는 한참 동안 그 여자의 얼굴을 뚫어져라 바라보았다.

"이하나 씨, 보여요? 들려요?"

이하나가 아무 반응이 없자, 그녀는 조심스럽게 이하나의 어깨를 흔들며 다시 말했다. "지금 내 말이 들리세요? 말할 수 있어요?"

이하나는 마침내 작은 소리로 대답했다. "네에."

순간 그녀는 왼팔에 엄청난 통증을 느끼곤 자리에서 몸을 일으키려고 버둥거렸다. 하지만 그녀의 시선이 왼팔에 닿은 순간 그녀의 눈은 경악으로 가득해졌고, 악, 작게 소리친 뒤 의식을 잃었다. 붕대에 감긴 그녀의 왼팔 팔꿈치 아래에는 아무것도 없었다.

*

이하나가 다시 정신을 차렸을 때, 이번에는 혼자였다. 그녀는 이제 모든 것을 기억할 수 있었다. 충혈된 두 눈에 고인 눈물이 순식간에 넘쳐 뺨을 타고 흘러내렸다. 그 일은 전혀 꿈이 아니었다.

*

그토록 정정하던 정 회장이 아시아 센터의 개장을 고작 일주일 앞둔 채 쓰러진 이유가 무엇인지 그 결정적인 원인에 대해서 사람들의 의견은 분분했다.

문제의 날 오후, 정 회장은 며느리 최영주와 짧게 영상통화를 나누었다. 통화가 끝난 직후 그는 김정수 사장에게 세 차례 전화를 했다. 이후 집으로 찾아온 정지용과 서재에서 한 시간 남짓 대화를 나누었고 정지용은 바로 돌아갔다. 정 회장은 다시 한번 김 사장과 전화 통화를 나눈 뒤 간단히 늦은 저녁 식사를 마치고 잠자리에 들었다.

다음 날 아침 정 회장은 욕실 입구에서 의식을 잃고 쓰러진 채로 발견되었다.

이상이 공식적으로 정리된 정 회장의 행적이었다. 정 회장을 마지막으로 만났던 정지용은 회사 경영에 대한 일상적인 대화를 나누었을 뿐이며 아버지에게서 눈에 띄는 병적 징후를 발견하지 못했다고 주장했다. 반박할 만한 증거가 존재하지 않았으므로 그의 주장은 받아들여졌다.

정 회장은 기계에 의존한 채로 1년 남짓 생명을 유지했다. 그사이 정지용은 순조롭게 아버지의 자리를 물려받았다. 정 회장이 쓰러진 뒤 연기되었던 평화와 화합 증진을 위한 아시아 센터의 개장은 같은 해 12월 이루어졌다. 정지용이 사람들 앞에 나선 것은 최영주와의 결혼식 이후 처음이었다. 각종 매체들은 게걸스럽게 그의 일거수일투족을 쫓았다. 날카로운 이목구비와 그에 어울리지 않게 천진한 미소, 적당히 어눌한 한국어 말투, 크지도 작지도 않은 호리호리한 체격, 친근하지도 그렇다고 차갑지도 않은 태도와 특유의 춤을 추는 듯 가벼운 발걸음은 목격자들에게 긍정적인 인상을 남겼다. 내내 그의 곁을 지키던 최영주는 어떤가. 그녀는 언제나처럼 완벽했다. 하지만 사람들은 그녀의 완벽한 표면 아래를 집요하게 쫓았다. 태어난 지 1년도 안 된 아이를 잃은 (공식적으로 그녀의 아들은 유전적인 심장 질환으로 사망했다) 어머니의 슬픔을 엿보기 위해서. 모든 것을 다 가진 여자가 느끼는 절망이 무엇일지 가늠하기 위해서. 그 절망은 성공적으로 목격되었다. 몇몇은 그녀가 행사 중간중간 이따금 피곤한 듯 눈을 내리까는 제스처에서, 몇몇은 그녀의 지나치게 경직된 미소에서, 몇몇은 그녀의 유난히 마른 어깨에서 그 절망을 발견했다. 하지만 결정적인 순간은 정지용과 최영주 부부가 아시아 센터와 함께 완공된 새터민과 다문화 주민들을 위한 거주 시설에 입주한 사람들과 단체 사진을 찍던 순간이었다. 그들 가운데 한 명, 임신한 채 어머니, 남동생, 남편과 함께 북한을 탈출한 뒤 중국 국경 도시에서 사고로 세 사람을 한꺼번에 잃고 유럽계 자선 단체로 피신하여 아이를 낳은 뒤, 다시 6개월을 기다려 한국에 도착했다는 한 여자가 최영주의 시선을 끌었다. 그녀는 몹시 피곤한 표정으로 어린 남자아이를 끌어안고 있었다. 아이는 여자와 다르게 놀라울 정도로 건강해 보였다. 최영주가 그녀를 향해 다가갔다.

"아이의 이름이 뭔가요?"

"철수." 여자가 무심하게 대답했다.

"아아……" 최영주가 격정적인 표정으로 아이를 향해 손을 뻗었다. 그녀의 눈가에서 눈물이 줄줄 흘러내렸다. 정지용이 조용히 다가가 아내의 어깨에 손을 얹었다. 인터넷에 도배된 그녀의 사진에는 아래와 같은 설명이 붙었다.

"하나뿐인 아이를 잃은 어머니의 슬픔과, 아이 외에 모든 것을 잃은 어머니의 슬픔이 마주한 비극의 순간."

"슬픔 속 남과 북의 하나됨."

"그리고 그들의 슬픔에 깊이 동감하는 정지용 부회장."

"이곳에 있는 우리, 저를 포함하여 자랑스러운 대한민국 국민들은 결코 혼자가 아닙니다." 정지용이 건조한 목소리로 축사를 이어나갔다. "우리와 함께하는 아시아의 이웃들이 있습니다. 우리는 같은 배에 타고 있습니다. 우리는 함께 노를 저어 이 넓은 바다를 항해해 나아가야 합니다. 저기 머나먼 대양이 보입니다. 그 대양 너머에는 뭐가 있을까요? 낭떠러지? 혹은 무서운 괴물? 아닙니다. 그것은 무지했던 옛날 사람들이 만들어낸 환상일 뿐입니다. 저 끝없는 대양 너머에 있는 것은 바로 우리 아이들의 미래입니다." 정지용이 거기에서 말을 끊었다. 박수가 터져 나왔다. 정지용이 다시 말을 이었다. "맞습니다. 우리가 이렇게 함께 부단히 나아가야 하는 것은 우리 자신을 위해서가 아닙니다. 바로 우리의 아이들, 우리의 다음 세대가 맞이할 새로운, 더 나은 세계를 위한 것입니다……"

   텔레비전의 카메라가 정지용의 말을 경청하는 최영주를 비추었다. 그녀는 어느새 신기한 모자를 쓰고 있었다. 그것은 빳빳한 펠트 천으로 만든 동그랗고 작은 파란색 모자였다. 모자 주위에는 빨간색 테가 둘러 있었고, 개나리색 깃털이 꽂혀 있었다. 카메라맨도 신기한지 천천히 최영주의 모자 부분을 클

로즈업했다. 하지만 화면은 이내 연설 중인 정지용으로 바뀌었다.

마침 현관문이 열리는 소리가 났고, 화면 속 정지용을 뚫어져라 바라보던 이하나는 재빨리 리모컨을 들어 채널을 바꿨다. 양손에 슈퍼마켓의 비닐봉지를 든 중년의 여자가 집으로 들어왔다. 그녀는 주방에 비닐봉지를 내려놓은 다음 곧바로 이하나의 상태를 확인했다. 그녀는 진통제에 취해 멍한 표정으로 텔레비전을 바라보고 있었다. 화면 속에서는 강아지들의 슬픈 사연이 방송되고 있었다.

"이제 다시 방에 들어가 누워요." 여자가 말했다.

이하나는 조용히 일어나 방으로 향했다.

*

이하나는 대체로 진통제에 취하여 텔레비전을 보며 지냈다. 간간히 간호사가 사 오는 여성지와 베스트셀러 에세이나 소설이 탁자 위에 잔뜩 쌓여 있었지만 전혀 손대지 않았다. 텔레비전을 보지 않을 때는 창밖을 바라보았다. 거실 한편에는 러닝머신이 놓여 있었는데 이하나가 그 기계를 전혀 사용할 생각이 없다는 것을 알아챈 간호사는 세탁물들을 널어놓는 데 사용했다.

이하나의 잘린 팔은 순조롭게 아물어갔다. 푸근함과 엄격함이 조화된 중년의 간호사가 그녀와 항상 함께했다. 이따금 아주 수상해 보이는 동시에 지적으로 보이는 의사가 그녀의 상태를 체크하러 왔다. 의사에 의하면 이하나의 상태는 이상적으로 회복되고 있었다. 의사는 여러 종류의 최첨단 의수가 선전된 두꺼운 카탈로그를 이하나에게 주었다.

어느 날인가, 간호사가 장을 봐서 돌아왔을 때도 역시 이하나는 거실에서 텔레비전을 보고 있었다. 영화 「매드맥스」가 방송 중이었다. 한쪽 팔이 없는 샤를리즈 테론이 사막을 헤매고 있었다. 화면 속 그녀가 절망한 듯 무릎을 꿇은 순간, 이하나가 작게 소리 내어 웃었다. 이후 한동안 간호사는 이하나의 상태를 조심스럽게 관찰했다. 하지만 이따금 컴퓨터로 정지용의 이름을 검색해보는 것을 제외하면 걱정스러운 점은 발견되지 않았다.

*

이하나는 정지용이 증오스럽기보다는 궁금했다. 그가 도대체 무슨 짓을, 왜 저지른 것인지, 이것이 정말로 이별인 것인지 혹은 또 어떤 날 거짓말처럼 그녀를 찾아올 것인지에 대해서 말이다. 그러던 어느 날, 그녀는 옷장 속에서 커다란 나일론 가방을 발견했다. 가방은 빳빳한 5만 원짜리 지폐들로 가득 채워져 있었다. 두텁게 깔린 안개가 살짝 걷히는 느낌이었다. 이어 그녀는 얼마 전부터 자신의 통장에 모르는 이름의 사람들에게서 종종 고액의 현금이 입금되고 있는 것을 발견했다. 한편, 인터넷을 통해 접하는 정지용과 그의 아내는 기억 속에서와 마찬가지로 세련되고 보기에 좋았다. 모든 것이 조금씩 더 명확해졌다. 하지만 그녀는 받아들일 수가 없었다. 그녀는 기다렸다.

고민하고 또 고민하던 어느 날, 그녀는 정지용에게 전화를 걸었다. 받지 않았다. 그녀는 장문의 문자를 보냈다. 며칠 뒤, 간호사가 아무것도 씌어져 있지 않은 흰 봉투를 건네주었다. 그 안에는 정지용이 친필로 쓴 짧은 편지가 들어 있었다.

하나 씨, 잘 들어봐요, 제가 하나 씨를 보낼 수밖에 없는 이유, 아, 저는 하나 씨를 보낼 수 밖에 없었습니다, 왜냐하면 저는, 하나 씨를 정말로 사랑했나 봐요, 하지만 모든 것을 다 가질 수는 없잖아요, 마지막으로 그대를 영원히 내 속에 그리고 내 안에, 켜켜이 간직하고 싶었습니다. 더 이상의 바보짓은 없을 거예요, 더 이상…… 하나 씨, 그대를 만나서 나는 정말 이지 너무 행복했습니다, 그대는 나의 놀이터의 여왕, 런치타임의 오렌지주스 퀸카…… (이하 글자가 분명치 않음) 그대와 더 멀리 가서는 안 된다고 느껴요, 그대가 너무나도 그립지만, 거짓말이 아니야, 세상에서 가장 좋아했어, 진짜, 하나 씨는 정말로, 진정한, 나의 첫, 과학상자의 연인, 그리고 마지막 사랑일지도 몰라요, 하지만 그것은 우리만의 비밀, 잊기로 해요, 죽는 날까지, 지옥에서(아니, 천국에서?) 다시 만나요. 영원히, 영원히, 다시 만나요, 그때까지, 그대를 통해서 나는 좀더 멋진 사람이 되고자 해요, 안녕, 나의 치졸했던 사춘기, 불만뿐인 청춘, 비겁함으로 타오르던 로잔의 숲, 그곳을 그대와 함께 가보지 못한 점이 약간 아쉽긴 하지만, 지옥은 로잔의 숲으로 가득할 테니까, 응, 모든 것이 다 잊혀도 그대는 내 안에서 영원히 함께할 테니. 미안하다고는 하지 않을게요, 그러니 부디, 그대도 나를 잊어요, 하하하, 너무 진부한가요, 하지만 맛있었어요, 하나 씨 고마워요, 사랑해요, 부디, 안녕, 안녕, 영원히……

다음 날 간호사가 어제 전해준 편지를 여전히 가지고 있느냐고 물었다. 이하나는 침대맡 테이블을 가리켰다.

"읽어보셨어요?"

이하나가 고개를 끄덕였다.

"그럼 태우시죠."

이하나는 간호사와 함께 편지를 들고 욕실로 갔다. 그녀는

283

간호사가 건네준 라이터로 편지에 불을 붙여 세면대에 내려 놓았다. 그것은 순식간에 재가 되었다.

*

　다음 해 첫날, 한 손님이 이하나를 찾아왔다. 이우진이었다. 그가 그녀에게 들려준 이야기는 처음 듣는 것이었지만 딱히 놀라운 데는 없었다. 최영주가 정 회장을 위한 페이크 다큐멘터리를 찍는다는 구실로 이우진을 꼬드겨 경기도 인근의 야산에서 벌인 일, 그녀가 구덩이에 아이를 던져 넣을 때의 묘한 표정, 영상통화로 그 모든 것을 지켜보던 정 회장의 놀라운 침착함, 최영주를 보내고 혼자 되돌아가서 아이를 구해 나올 때의 심정, 그리고 겨우 산을 빠져나왔을 때 자신을 기다리고 있던 수상한 승합차에 대해서 그는 길고도 자세히 이야기했다. 그는 자신에게 죽음이 닥쳤다고 생각했고, 그러나 살고 싶다고 생각했다. 그의 품속 아이는 이미 죽은 것처럼 조용했고, 그는 보이지 않는 사람들을 향해서 엉엉 울면서 살려달라고 빌었다. 그들은 이우진과 아이를 어떤 문 닫힌 병원으로 데려갔다. 그들이 도착하자 병원에 불이 켜졌고, 그들은 아이를 데리고 병원으로 들어갔다. 이우진은 병원 앞에 버려졌다. 그는 한참을 걸어 한 지하철역에 도착한 다음 택시를 타고 집으로 돌아왔다.

다음 날 잠에서 깨어났을 때, 그의 집 거실에는 커다란 쇼핑백이 두 개 놓여 있었다. 그는 혹시 그것들이 폭탄일까 두려워 경찰에 신고할 것을 고민하며 한 시간 가까이 휴대전화를 든 채 그 쇼핑백들을 노려보기만 했다. 마침내 열어본 쇼핑백에는 돈이 가득 들어 있었고, 그것은 최영주가 처음 약속한 돈의 열 배였다.

그가 돈을 확인하고 30초도 되지 않아 그의 휴대전화에는 익명의 메시지가 도착했다.

―잘 부탁드립니다.

이우진이 이하나에게 말을 하는 내내, 방문은 한 뼘 정도 열려 있었고, 거실에서는 이따금 간호사가 책장을 넘기는 소리가 났다.

내가 너에게 이런 말들을 해도 좋은지 모르겠다, 내가 과연 내일도 살아 있을지 모르겠다는 말을 이우진은 반복했다. 그리고는 이하나의 잘린 팔에 시선이 닿을 때마다 번번이 깜짝 놀라는 표정을 지었다.

*

며칠 뒤, 이하나가 잠에서 깨어났을 때 집에는 아무도 없었다. 대신 거실 한가운데에는 이우진이 묘사했던 것과 비슷한 커다란 쇼핑백이 두 개 놓여 있었다.

"지겨운 사람들. 언제까지 대체 얼마나 많은 돈을 갖다 놓을 거야."

물론 그녀는 답을 알았다. 그녀가 포기할 때까지, 그녀가 정지용을 기다리는 것을 단념할 때까지.

아니지, 그녀는 다시 생각했다. 이것이 마지막이다. 이것은 작별 인사다. 그들은 떠났다. 영원히.

문득 이런 식의 작별 인사의 방식이 다정하다 생각되었다.

"드디어 나도 미쳐버린 건가."

그녀는 생각했다. 시간을 잊고 깊게 아주 오래. 어느새 그녀의 손에는 정지용이 주었던 팔찌가 쥐어 있었다.

"하지만 그것을 걸 팔이 더 이상 나에겐 없네."

그녀는 천천히 손바닥을 기울였다. 팔찌가 바닥으로 떨어졌다. 그것은 구겨진 벌레 같은 모양으로 바닥에 놓인 채, 기분 좋게 반짝거렸다. 그녀는 오래 또 오래 그것을 바라보았다.

"고마워요, 맛있게 먹어줘서." 마침내 그녀가 중얼거렸다.

○ Arthur Rimbaud, "Après le déluge" 일부 인용.

○○ George Gordon Byron, "She walks in Beauty" 일부 인용.